KB055769

나는 될 놈이다 13

글쓰는기계 게임 판타지 장편소설

초판 1쇄 찍은 날 | 2020년 4월 6일
초판 1쇄 펴낸 날 | 2020년 4월 13일

지은이 | 글쓰는기계
펴낸이 | 예경원

기획 | 위시북스
편집책임 | 이은송
편집 | 위시북스

펴낸곳 | 예원북스
등록번호 | 제396-2012-000132호
등록일자 | 2012. 7. 25
KFN | 제1-527호

주소 | 경기도 고양시 일산동구 호수로 646-24 위너스21II빌딩 206A호 (우)10401
전화 | 031-819-9431 팩스 | 031-817-9432
E-mail | yewonbooks@naver.com

ISBN 979-11-365-2223-8 04810
       979-11-6424-237-5 (Set)

Wish Books
나는 될 놈이다
13 글쓰는기계 게임 판타지 장편소설
WISHBOOKS GAME FANTASY STORY

CONTENTS

CHAPTER 1

"이, 이, 이, 이……."

'이세연이잖아!!'

그제야 눈앞에 있는 플레이어가 누구인지 깨달았다. 화려한 장비를 전부 다 숨기고 있어서 처음에는 바로 누군지 못 알아봤지만, 얼굴을 보니 바로 알 수 있었다.

강력한 언데드들을 손가락 하나로 부리는, 일인군단!

"하면 안 됩니다!"

"……?"

"김태현이라고 하면 안 됩니다! 저희가 잘못했습니다! 저희가 무조건 잘못했습니다!"

보통 사람이라면 갑작스러운 이 둘의 변화에 당황했겠지만, 이세연은 보통 사람이 아니었다.

"그래. 잘 알면 됐네."

태연한 이세연의 반응에 오히려 두 명이 어이가 없어졌다.

"그래서 김태현이라고 했는데. 제대로 들은 거 맞지?"

"예, 예!"

"김태현에 대해서 알고 있는 건 다 말해줄래?"

이세연은 빙긋 웃으며 물었다. 지금 이런 상황에서 여기 온 이유는 하나였다. 태현을 보기 위해서!

태현이 이 주변에 있다는 건 확인한 상태였다.

'프리카 대륙으로 가서 투기장도 확인하고, 김태현도 확인하고.'

일거양득 그 자체!

이세연이 미소를 짓자 두 플레이어는 서로 눈치를 봤다.

'이거 기회 아닌가?'

'그렇지? 기회지?'

태현이나 다른 랭커들과 달리, 뭔가 친절해 보이고 상냥해 보이는 이세연!

이세연. 한국인이라면 누구나 다 아는 플레이어. 판온 1의 명성 때문에 어지간한 세계의 플레이어들도 다 알고 있을 정도로 유명했다.

해외 인터넷 방송에 가면 꼭 보이는 질문 중 하나가 바로 '두 유 노 이세연?'일 정도로, 이세연의 명성은 대단했다.

실력 있지, 얼굴 되지, 성격도 괜찮으니 인기가 없는 게 이상한 것.

그 때문에 두 플레이어는 살짝 착각을 했다. 성격 더러운 태현과 달리, 이세연은 대화가 좀 통할지도 모른다고!

"말해 드리겠습니다!"

"고마워."

"대신 저희도 보상을 좀……"

두 명은 손을 앞으로 모으며 간절하고 애절한 목소리로 말했다. 태현한테 골드와 아이템을 닥치는 대로 뜯긴 덕분에, 어떻게든 벌어야 했다.

'골드 내놔.'

'이, 이제 없는데요?'

'그건 내가 알 바 아니고, 만들어서 내놔라. 더 있는 거 알아. 없다고? 한 번 죽일 테니까 있나 없나 확인해 볼까?'

주머니 가장 깊숙한 골드마저 털어버린 태현! 밀고 당기고, 조이고 푸는 솜씨가 PVP 플레이어인 둘보다 더 뛰어났다. 결국 눈물을 흘리며 전 재산을 털릴 수밖에 없었다.

"보상?"

"네!"

'이세연이라면 분명 보상도 괜찮겠지?'

'당연한 말을 하고 있냐! 이세연이 쓰는 잡템이 우리 장비보다 더 좋을 수도 있어!'

"보상? 으응. 뭐가 좋을까?"

"골드 주세요!"

"곤란한데. 골드를 주기는 싫은데."

"골드 주세요!!"

"그래. 목숨은 살려줄게!"

"……네?"

"목숨은 살려준다고. 왜? 싫어?"

기분 탓인지, 이세연의 미소가 더 짙어진 것 같았다.

스르릉-

옆에 서 있던 데스 나이트들이 칼을 겨눴다.

두 플레이어는 바로 깨달았다. 이세연은 태현과 같은 부류라는 것을!

"좋아요! 좋아요!"

"그래. 그러면 보상도 받았으니까 김태현이 어디서 뭘 하는지 말해볼래?"

둘은 눈물을 머금고 입을 열었다.

이렇게 된 이상 남은 방법은 하나!

'김태현이라도 공격하자!'

'그래! 이세연이 김태현을 공격할지도 몰라!'

"그새 죽었냐?! 뭐 하는 거야!"

"순식간에 죽었다고! 어쩔 수 없었어!"

뒤의 통로에서 추가로 플레이어들이 도착했다.

"저거 진짜 보통이 아냐! 시간을 끌어!"

제카스 파티원들은 태현의 실력을 보고 전략을 바꿨다.

대단하다, 대단하다, 말만 들었지 눈앞에서 한 명이 그대로 순식간에 삭제되는 걸 보자 생각이 바뀌었던 것!

-눈먼 자의 저주, 환혹의 저주, 저주 중첩!

-화려한 빛의 시야!

[저주에 걸렸습니다. 은신 확률, 이동 속도가 내려갑니다.]

[화려한 빛의 시야가 펼쳐집니다. 은신할 수 없습니다.]

'쯧. 준비를 하기는 했군.'

태현은 속으로 혀를 찼다. 상대방을 보니 아예 준비를 하지 않은 건 아니었다. 먼저 던전에 들어간 파티가 뒤에 돌아와서 기습한 것도 그렇고, 정보가 샌 게 분명했다.

그렇다면…….

'아까 그 두 놈은 나중에 만나면 꼭 죽여야지.'

아무리 급한 상황이라도 원한은 챙긴다! 자동 적립 포인트 카드보다 더 정확하고 철저한 태현이었다.

"시간만 끌어! 정면 승부할 필요 없으니까!"

다시 들리는 상대방 파티의 목소리. 태현은 그들이 퀘스트를 깨기 위해 시간을 끌고 있다는 걸 깨달았다.

'어쩐다…… 더 이상 방심해 주지는 않을 것 같고.'

처음에 나타났을 때는 태현의 다른 파티원들을 전멸시킨 덕분에 약간 방심하는 기색이 있었다. 덕분에 순식간에 접근해서 폭딜을 넣을 수 있었지만……. 이제 더 이상은 통하지 않을 것 같았다. 상대방 파티는 명백하게 경계하면서 거리를 두고 있었다. 이동 속도와 은신을 묶는 저주를 연신 갈겨대는 게 그 증거!

그사이 꾸준히 마법이 날아왔다. 허공을 가르던 암석의 창이 터지더니 산산조각이 되어 퍼져 나갔다.

반격의 원을 쓰기 힘든 스킬!

"젠장."

[회피에 성공……]

짜증 나지만 인정할 수밖에 없었다. 상대방은 좋은 파티였다. 한 번 싸운 것으로 태현의 상대법을 익혀 나가고 있는 것이다.

은신이나 이동 계열 스킬을 막아서 근접 폭딜을 견제한다. 반격의 원 같은 스킬을 사용하지 못하도록 강력한 한 방 스킬 같은 건 사용하지 않는다.

케인이나 이다비는 깜짝 기습이면 모를까, 역병 저주에 걸린 상태라 안정적인 전력은 되지 못했다. 노예의 쇠사슬을 쓰려고 해도 사정거리에 들어와야 하는 상황. 어쩌다 보니 태현이 정면에 서서 탱커 역할을 맡고 있었다.

'어떻게 한다?'

그러나 적들의 상황도 그렇게 좋은 건 아니었다.

 -저 자식은 대미지가 아예 안 들어가나?
 -광역기 넣어! 못 피하도록!
 -광역기 넣었는데도 피하는 거야! 저놈 뭐 하는 놈이냐?
 -판온 1 때 김태현도 징그러운 놈이었는데, 저놈도 만만치 않게 징그
럽네. 한국인들은 다 저러냐?

 태현의 정보를 미리 듣고 왔으니 망정이지, 정보를 미리 듣
지 않았다면 어떻게 됐을지 생각하니 소름이 돋았다.
 그들의 전략은 간단했다. 접근하지 못하도록 거리를 벌리면
서 마법을 쓰고 있었는데, 이게 보통 긴장되는 게 아니었다. 이
렇게 좁은 통로에서 투사체 마법도 아니라 광역기를 써대는데
태현은 전부 다 피해내고 있었다.
 단순히 행운 스탯을 믿은 회피만이 아니었다. 광역기가 깔
릴 영역을 미리 보고 피해내는 천부적인 반사 신경!
 제대로 들어간 마법이라고는 저주밖에 없었다.

 -점점 거리를 좁히고 있어! 더 좁혀지면 위험해!
 -미친, 시간 끄는 게 이렇게 힘드냐?

 빠르게 대화하던 플레이어들은 문득 무언가를 발견했다.

-저거다! -저 자식들이 어떻게 이렇게 빨리 여기까지 왔나 싶었는데, 기계골렘을 이용해서 온 거야! 김태현 저놈은 기계공학 스킬이 높다고 들었어!

태현 파티가 복잡한 던전을 뚫고 어떻게 빠르게 길을 찾았는지에 대한 답!

-골렘들을 기계공학으로 조종한 게 분명해. 공격해!

플레이어들은 재빨리 타깃을 바꾸었다. 태현은 날아오던 마법이 멈추자 살짝 당황했다.
'뭘 꾸미는 거지?'
그 순간 옆으로 날아가는 마법들! 그 끝에는…… 기계골렘들이 있었다.
"잠, 잠깐……!"
"하하! 당황하는군! 역시!"
콰콰콰콰쾅!
쓰러진 기계골렘 위로 마법 세례가 작렬하고, 태현은 동시에 스킬을 사용했다.

-아키서스의 신성 영역!

"???"

갑작스럽게 펼쳐지는 광역 스킬에, 뒤에 있던 케인과 이다비는 고개를 갸웃거렸다.

왜 지금 이 스킬을?

그 이유는 곧바로 알 수 있었다.

치직, 치지직-

[기계골렘이 큰 충격을 받았습니다. 불안정한 상태이기에 폭발합니다.]

"어……?"

공격한 플레이어들은 눈앞에 뜬 메시지창을 보고 눈을 깜박거렸다. 이제까지 쓰러뜨린 기계골렘 중 폭발한 놈은 단 하나도 없었던 것!

"이게 뭔……??"

콰콰콰콰콰콰콰콰쾅!

연쇄적인 폭발이 던전의 통로를 뒤덮었다.

"도착했다……!"

멀리서 파티원들이 박살이 나고 있는 동안, 제카스와 남은 친구들은 목적지에 도착했다.

"여기다. 열쇠 꺼내!"

제카스는 드워프들의 성지에서 힘들게 구한, 〈고대 미궁의 황동 열쇠〉를 꺼냈다. 구멍에 갖다 대자 묵직한 소리를 내며 열리는 던전 심층부의 문!

칙칙- 치치치칙-

문이 열리자 안에서 증기가 내뿜어지는 소리가 시끄럽게 들려왔다.

[고대 드워프의 지하 미궁 심층부에 들어왔습니다. 명성이 오릅니다. 드워프들을 만날 때 이번 일을 말할 경우 특별한 대접을 받을 수 있습니다.]

[봉인된 악마, 에슬라를 마주했습니다. 공포에 빠집니다.]

[용기의 아뮬렛을 갖고 있습니다. 저항에 성공합니다.]

'악마?!'

제카스는 당황했다. 일단 뒤부터 확인할 정도로.

탐험가로 잔뼈가 굵은 제카스는 알고 있었다. 판온에서 악마와 만나는 건 보통 목숨을 걸어야 한다는 것을.

어지간하면 싸우기보다는 피하는 게 우선!

"진정해. 봉인되어 있다잖아."

"그, 그래. 그러네."

제카스는 침착을 되찾고 고개를 끄덕였다. 상대는 봉인되어 있었다. 생각해 보니, 그 가브리엘이라는 플레이어도 여기까지 들어온 게 분명했다. 그런 플레이어가 살아서 나갔다면, 저 봉인된 악마는 피할 수 있는 상대가 분명했다.

'대장장이가 피할 수 있었다면 나도 피할 수 있겠지.'

-모험가인가?

굵직한 목소리가 크게 울려 퍼졌다.

심층부 가운데에 있는 건 거대한 증기기관! 온갖 기계 장치들과 태엽이 얽혀서 증기를 뿜어내고 있었다.

그리고 그 장치 한가운데에 갇혀 있는 악마 하나!

-크크…… 너무 두려워할 거 없다. 나는 여기서 나갈 수 없으니 말이다.

"……두려워한 적 없다."

[중급 화술 스킬을 갖고 있습니다. 페널티를 받습니다. 악마를 속이는 데 실패합니다. 에슬라가 당신을 경멸합니다.]

'젠장!'

제카스는 후회했다. 괜히 허세를 부렸다가 악마한테 얕잡아 보이고 시작하게 생긴 것이다. 애초에 악마 상대로 화술 스킬을 시도한 게 어리석은 짓이었다.

-모험가여, 무엇을 얻기 위해 여기 왔나?

"혹시 여기 온 모험가가 있었나?"

-있었지. 힘을 원하는 대장장이가 왔었지…… 놈은 시험을 통과해서 원하는 걸 얻어갔다.

척하면 척이라고, 제카스는 빠르게 상황을 파악했다. 저 봉인된 악마는 시험을 통과하면 보상을 주는 게 분명했다. 가브리엘은 그 시험을 통과해서 보상을 얻어 갔고.

-아주 강력한 저주 폭탄을…….

"나는 그 저주를 풀 방법을 원한다!"

-그렇다면 시험을 통과해라.

꿀꺽-

제카스는 침을 삼켰다. 이미 가브리엘이 통과했다는 건 알고 있지만, 그래도 긴장되는 건 어쩔 수 없었다.

과연 어떤 시험이 나올 것인가?

'설마 대장장이 기술 스킬이나 기계공학 스킬 관련된 시험이면…… 낭패다.'

이 심층부는 보아하니 기계공학과 대장장이 기술 스킬과 크게 관련이 있어 보였다. 가브리엘이 통과를 했다면 더더욱 그럴 가능성이 높았다.

'아냐. 난 할 수 있다. 그런 스킬 없어도 이제까지 다 깨 왔으니까!'

그렇게 결심한 순간, 뒤에서 굉음이 들렸다.

꽈르릉!

심층부의 문이 박살 나는 소리였다.

나타난 건 망치를 든 태현!

"어, 어떻게?"

제카스의 입에서 저도 모르게 튀어나온 말이었다. 아무리 태현이 강하다 하더라도 그의 친구들을 다 뚫고 여기까지 도착할 수는 없었다. 친구들이라면 분명 랭커를 상대로도 버틸 수 있었을 것. 게다가 아까 성공적으로 파티원들을 쓸어버렸다고 들었는데…….

"그건 네 친구들한테 물어봐."

태현의 표정은 어쩐지 피곤해 보였다. 도저히 무슨 일이 있었던 건지 짐작할 수 없는 표정!

태현은 힐끗 시선을 돌렸다.

아무 말 없어도 빠르게 상황을 파악해 내는 능력!

제카스만큼이나 태현도 경험이 많은 플레이어였다.

"저 악마가 정답이었나 보군."

-눈치가 좋구나, 모험가.

"하하, 악마님. 곧 이놈을 끝내 버리고 구해 드리겠습니다! 충성충성충성!"

태현이 에슬라에게 아부하는 걸 보고, 제카스는 한심하다는 표정으로 쳐다보았다. 악마에게 거짓말은 통하지 않았다. 게다가 방금 파악한 에슬라의 성격이라면, 저런 아부는 오히려 역효과일 가능성이 컸다.

-크핫핫. 듣기 좋은 소리구나. 인간 주제에 마음에 든다.

태현은 제카스가 당황했다는 걸 알아차리고 비웃었다.

"왜 그래? 악마하고 친한 사람 처음 보나?"

"윽……."

그 모습에 제카스는 그의 속마음을 들킨 것을 깨달았다.

'어떻게 한 거지? 설마 화술 스킬이 나보다 높나? 아무리 그

래도 그건 말도 안 되는데…….'

탐험가는 퀘스트를 전문적으로 깨는 직업. 당연히 다른 직업보다 화술 스킬이 높을 수밖에 없었다. 아무리 태현의 직업이 아직까지 알려지지 않은 비밀의 직업이라고 해도, 제카스보다 화술 스킬이 높을 수는 없었다.

-신기한 모험가구나. 여러 기운이 느껴져…… 심지어 악마의 기운까지 느껴지다니.

"제가 사실 그 악마 에다오르와 절친한 사이입니다."

"말도 안 돼! 믿지 마라, 에슬라! 저놈이 거짓말을 하고 있는 거다!"

"아니, 지금 위대한 악마 에슬라 님을 건방지게 뭐라고 부르는 거냐? 에슬라 님! 저놈 건방진 거 보십쇼! 이 검, 이 검 에다오르의 검입니다. 에슬라 님도 아십니까?"

"이, 이 자식이…….."

순식간에 바쁘게 돌아가는 태현의 혀! 제카스는 이를 악물었다. 지금 그가 불리한 상황이라는 건 확실했다.

어떻게 빠져나갈 수 있을까?

제카스가 상황을 벗어나게 해준 것은 에슬라였다.

-말도 안 되는 소리를 하는군. 에다오르는 절대로 인간과 친해질 수 없는 놈이다. 성격이 더럽고 쪼잔하고 치사한 놈이거든. 그놈은 악마하고도 친해질 수 없는 놈이야. 게다가 그 검, 아무리 친해졌다고 하더라도 누군가에게 자기 검을 줄 놈이 아니지. 그렇다면 뺏은 거로군. 맞나?

정확한 분석!

태현은 혀를 찼다. 이제까지 하도 악마들을 많이 속여오다 보니, 너무 방심한 것이다. 에슬라가 어떤 악마인지 간도 안 보고 사기를 치다니. 실수였다.

"역시! 믿지 말라고 한 내 말이 맞지 않았나, 에슬라! 저놈은 거짓말쟁이라고!"

태현의 실수에 제카스는 방방 뛰며 좋아했다. 평소에 보여주던 근엄한 모습은 어디로 갔는지, 폴짝폴짝 뛰며 경망스러운 모습이었다. 그만큼 압박감을 느끼고 있었던 것!

"거 더럽게 신났네. 좋냐?"

"크하하, 좋다! 당연히 좋지! 에슬라! 저 거짓말쟁이 놈은 시험을 통과할 자격이 없지 않나?"

-아니, 오히려 마음에 드는군.

갑자기 반전되는 분위기!

"하하, 악마 앞에서는 당연히 거짓말 잘하는 놈이 더 귀염받는 거 모르냐?"

"말, 말도 안 되는…… 저런 거짓말하는 놈이 왜!"

-기계공학 스킬도, 대장장이 기술 스킬도 없고, 악마와도 관련된 게 없는 너는 내 흥미를 끌지 못한다. 그에 비해 저 모험가는 재미있군. 신의 기운에, 악마와도 관계가 있으니.

"제가 에다오르와 사이가 엄청 안 좋습니다."

순식간에 태도가 변하는 태현. 에슬라와 에다오르가 사이가 안 좋다는 걸 눈치채고 입을 연 것이었다.

-그것도 마음에 드는군.

"아다드란 놈하고도 싸웠었죠."

-아다드까지? 정말로 대단하군.

에슬라가 점점 재미있어하는 반응을 보이자 제카스는 초조해했다. 퀘스트를 깨오면서 이렇게 밀렸던 적은 처음!

아무것도 할 수 없는 무력감과 굴욕감이 치밀어 올랐다.

'이렇게 끝인가?'

-그렇게 절망할 필요는 없다, 모험가. 저쪽이 더 마음에 들지만, 나는 공평하니까. 시험은 오로지 한 명만이 통과할 것이다. 원하는 걸 얻는 것도 한 명이 될 것이고.

그 말이 떨어짐과 동시에, 둘은 서로를 향해 무기를 휘둘렀다.

콰과쾅!

-하하, 좋구나! 그래. 그래야지!

서로를 아웃시키면 시험을 통과할 수 있다!

"눈치가 빠른데? 그냥 당할 줄 알았는데."

"어디서 기습을! 이 짜증 나는 자식!"

제카스는 태현에게 욕설을 퍼부으며 채찍을 꺼냈다. 탐험가라고 하면 얼핏 전투로는 강할 것 같지 않은 이미지였지만, 그건 어디까지나 일반적인 저렙 탐험가의 이야기였다. 랭커인 제카스의 전투력은 절대로 약하지 않았다. 아니, 오히려 태현 상대로는 더 까다로울 수 있었다.

탐험가란 직업은 한 가지 스킬만 특화로 키우는 게 아닌, 여러 스킬을 갖추고 다양하게 싸울 수 있는 유연성을 갖고 있는 직업이었던 것이다.

-살아 움직이는 채찍, 고대의 석상 소환, 앞을 가리는 몽환의
안개!

쿠르르릉-
던전 심층부의 바닥을 뚫고, 바위로 된 거대한 조각상들이
솟구쳐 오르기 시작했다.

[몽환의 안개가 펼쳐집니다. 방향 감각이 흐려집니다.]
[고대의 석상이 감시를 시작합니다.]

고수들은 굳이 말을 하지 않아도 속마음을 읽어낼 수 있었
다. 제카스가 사용한 스킬을 보고, 태현은 깨달았다.
'내가 어떤 식으로 싸우는지 알고 있군.'
태현이야 한국에서 워낙 유명하니, 원한다면 바로 정보를
찾아낼 수 있었다. 방송에 나온 영상만 해도 몇 개였으니까.
그래도 해외 플레이어니까 모를 수도 있다고 기대를 했지만,
역시 알고 있는 것 같았다. 그렇다면 각오를 해야 했다.
쉬잇-

-방어의 원!

카캉!

뒤에서 안개를 뚫고 날카롭게 채찍이 치고 들어왔다. 태현은 번개같이 몸을 돌려 채찍을 후려갈겼다.

'맞아도 되는지 알 수 없으니 일단 다 튕겨내야 하나?'

석상 사이에서 채찍을 조종하던 제카스는 움찔했다.

완벽한 기습이었는데 실패하다니.

제카스는 석상들을 쳐다보았다. 이제 슬슬 공격을 시작할 때가 되었다.

'비싼 값을 주고 산 마법이니 값을 해야지!'

콰쾅! 콰콰콰쾅!

석상들이 입에서 불길한 색의 빛을 내뿜기 시작했다.

[회피에 성공했습니다.]

[정확한 타이밍입니다. 반격의 원이 성공합니다!]

몇 개는 흘려보내고, 몇 개는 행운으로 회피하고, 몇 개는 반격의 원으로 되돌려 보낸다.

'뭐 저런 놈이 있냐?'

태현을 관찰하던 제카스는 혀를 내둘렀다.

어지간한 고렙도 녹아버릴 정도의 마법 함정이었는데, 태현은 순식간에 몇 개를 부수며 뚫어나가고 있었다.

-끓어오르는 채찍!

다시 날아들어 오는 채찍 공격. 태현은 직감적으로 위험하다고 느꼈다.

'회피를 보고도 다시 공격한다는 건……'

태현의 회피를 뚫고 공격할 자신이 있다는 뜻!

바로 그림자 도약 스킬을 사용해 위로 뛰어올랐다. 방금까지 있던 자리에 채찍이 꽂히고, 화염이 타오르기 시작했다.

치치치척-

[화염 대미지를 입습니다.]

제대로 닿지도 않았는데 들어오는 대미지. 만약 제대로 맞았다면 어느 정도였을지 상상만 해도 끔찍했다.

'쯧. 탐험가 직업은 까다롭다니까. 다른 직업이랑 달리 스킬이 많아서 안심할 수가 없으니……'

태현은 거리를 벌리면서 신의 예지 스킬을 사용했다. 제카스가 저 안개 속에 숨어 있다고 하더라도 신의 예지 스킬이라면 길을 가르쳐 줄 게 분명!

'잠깐, 예전에도 이런 적이 있었던 거 같기도 하고?'

태현은 갑자기 데자뷔를 느꼈다. 뭔가 이런 상황이 예전에도 한 번 있었던 것 같은 그런 느낌!

물론 판온 1의 랭커들을 썰고 다녔을 때 일이었기 때문에 그런 것이었다. 태현이야 '그런 미미한 랭커들 하나 일일이 기억

할 필요가 있나?'라면서 기억에서 지워 버렸기 때문에 바로 떠올리지 못하는 것이었지만…….

"젠장! 한국인들은 이래서 싫다니까!"

제카스는 욕을 퍼부으며 채찍을 휘둘렀다. 판온 1 때도 그러더니, 판온 2에서도 발목을 잡히니 짜증이 폭발했다.

"뭐? 너 인종차별주의자냐? 이거 캡처해서 올리면 되나?"

안개 너머에서 태현의 빈정거리는 목소리가 들려왔다.

"닥쳐!"

"찾았다."

탕!

태현은 급조한 머스킷을 꺼내 들고 바로 쏴버렸다. 일회용이지만 그걸로 충분했다.

"큭!"

제카스는 치명타가 떴다는 메시지창을 보고 이를 갈았다.

머스킷이라니. 잘 보이지도 않는 무기를 쓰는 놈이 실제로 있을 줄이야. 기껏해야 드워프 몬스터나 쓰는 무기를…….

'잠깐……? 이건 분명…….'

제카스는 판온 1 때의 기억이 떠오르기 시작했다. 그때 분명 이런 식으로 싸우던 플레이어가 있었다.

"으읏! 가타콰의 방패!"

제카스는 급히 스킬을 사용했다. 기억은 나중에 생각해도 됐다. 중요한 건 지금 막아내는 것!

어떻게 그의 위치를 찾아냈는지는 몰라도, 더 이상 공격은 위험했다. 저 머스킷의 대미지도 만만치 않았다.

'김태현의 가장 위험한 무기는 폭딜이라고 들었다. 접근을 허용하면 위험하지만……'

제카스 앞에 펼쳐진 방벽. 태현은 곧바로 무기를 스위치해 고대의 망치를 꺼내 들었다.

부우웅- 꽈꽝!

이런 공격은 틈을 주면 안 됐다. 태현은 바로 거리를 좁혀 폭딜을 넣을 준비를 했다.

치명타 스택, 충분히 쌓였다. 행운의 일격도 마찬가지.

쉬이이익!

제카스가 스킬을 사용하자, 들고 있던 채찍이 네 갈래로 나뉘며 태현을 찔러 들어왔다. 두 개는 피하고, 나머지 하나는 반격의 원으로 돌려보내서 다른 하나와 상쇄. 이걸로 제카스와의 거리는 더욱 좁혀졌다. 몇 걸음만 좁히면 이제 사정거리!

태현은 뭔가 불길함을 느꼈다. 상대방이 일부러 그를 끌어들이는 것 같은 느낌.

'아, 왜 자꾸 데자뷔가 느껴지지? 예전에 이런 일이 있었던 거 같은……'

쉭!

다시 들어오는 제카스의 공격. 태현은 손쉽게 머리를 젖혀 피했다. 이걸로 적의 공격은 전부 끝났다. 남은 건 사정거리 안에 들어온 태현의 공격뿐.

"적이 원하는 건…… 해주지 마라!"

태현은 검을 들어 공격하려는 척을 하다가, 재빨리 몸을 돌려 뒤로 뛰었다. 폭딜 대신 선택한 건 견제용 마법.

-어둠의 화살!

빠르게 날아가는 마법!

제카스의 눈이 크게 떨렸다.

'함정 팠구나!'

파지지직- 콰확!

어둠의 화살이 제카스에게 적중했다. 그 순간 섬뜩한 소리와 함께 제카스 주변에 검보라색 촉수가 사방으로 솟구쳐 나갔다.

엄청난 속도!

근처에 있었다면 반응도 하지 못했을 정도의 속도였다.

"이, 이, 이······."

"함정 잘 봤다."

"이건······ 분명······ 본 적이 있······."

"뭐라는 거야? 야, 안 막냐?"

완전히 무방비 상태가 되어서 중얼거리는 제카스를 보며, 태현은 접근했다.

"······알았다."

"네가 곧 죽을 거라는 걸?"

"네가 누군지 알았다! 김태현!"

"어…… 그래. 내 이름이 좀 알아내기 힘든 이름이지?"

태현은 제카스가 발악하는 줄 알았다. 그러나 아니었다.

"판온 1의 김태현!!"

"……사람 잘못 보셨습니다?"

갑자기 태현이 조용해졌다. 정말 드물게 급소를 찔린 것!

제카스는 눈을 부릅뜨고 외쳤다.

"역시 맞았군. 어쩐지 익숙하다 했더니! 내가 잊을 것 같았냐! 아무리 숨기려고 해도 내 눈을 속일 순 없지!"

판온 1 때에도 그랬다. 태현과 싸우던 제카스는 탐험가 특유의 스킬로 함정을 파서 태현을 유도했다. 그러나 마지막 순간에, 태현은 위험을 눈치채고 돌아서 버렸다.

그 모습에 제카스는 확신했다. 저런 플레이어는 둘이 있을 수 없었다. 판온 2의 김태현은 판온 1의 김태현과 동명이인이라고? 그건 완전히 헛소리였다. 둘은 같은 사람이었다!

"사람 잘못 봤다니까."

"헛소리하지 마라! 그런 거짓말이 통할 거 같냐!"

태현은 입맛을 다셨다. 어떻게든 잘 달래서 넘어가 보려고 했는데, 상대방을 보니 그런 게 전혀 통할 것 같지 않았다.

이미 백 퍼센트 확신한 상황!

'뭐 어떻게 눈치를 챈 거야? 눈치도 좋네.'

한 번 싸운 걸로 그것을 떠올렸다는 게 신기했다. 물론 태현 입장에서는 싸움이 별거 아니었기 때문에 그렇게 생각한 것이었다. 제카스 입장에서, 태현과의 싸움은 몇 번이고 되새

김질할 정도로 강렬한 기억이었다.

그 이후로 태현이 다른 랭커들과 싸우는 영상을 다 찾아서 볼 정도로, 기억 속에 깊숙이 각인된 싸움! 그 정도의 집념이 있었기에 오늘 싸움으로 떠올릴 수 있었다.

"크크…… 접은 줄 알고 아쉬워하고 있었는데! 아주 잘 됐어. 아주 잘 됐다고! 드디어 복수할 수 있게 됐구나!"

제카스는 신이 나서 외쳤다. 판온 1의 태현이 접었다는 소식을 들었을 때, 가장 아쉬워한 사람 중 하나가 제카스였다. 복수할 기회가 사라져 버렸으니까!

그러나 태현은 고개를 갸웃거리며 되물었다.

"음…… 미안한데 네가 판온 1에서 누구였지?"

"……이 ×××$××××가!"

제카스는 울컥해서 욕설을 퍼부었다. 저 모습은 정말 기억을 못 해서 물어보는 것 같은 모습이었다.

"빈틈!"

콰콰쾅!

[치명타가 터졌습니다! 일격에 HP의 50% 이상이 깎여 나갑니다. 출혈 상태에 빠집니다.]

"잠…….."

탐험가는 HP가 그렇게 높지 않았다. 즉, 태현처럼 폭딜을 몇 대만 허용하면…….

퍽! 퍼퍼퍽! 퍽!

경쾌한 소리와 함께 제카스는 그대로 넘어졌다.

'끝났군.'

'끝났다!'

서로가 이 싸움의 승패를 깨달았다. 제카스는 이를 악물며 태현을 노려보았다.

"여전하군! 그런 식으로 날 방심하게 만들다니!"

제카스는 태현의 말에 울컥한 것 때문에 목숨까지 잃게 되었다. 속임수에 또 넘어갔다고 생각한 제카스는 매섭게 태현을 노려보았다. 반드시 복수하리라!

"응? 아니, 너 기억 못 하는 건 진짜였어. 딱히 속임수는 아니었고…… 그렇게 방심을 하지 말았어야지. 나 그리고 진짜 김태현 아니야."

"누가 믿을 거 같냐!"

"에이. 증거도 없잖아."

"내 느낌이 증……."

[HP가 0으로 내려가 사망합니다.]
[악명이 오릅니다. 아이템을 얻었습니다.]

로그아웃 당하는 제카스!

태현은 찜찜한 표정을 지으며 턱을 긁적였다.

'괜찮으려나?'

아무리 봐도 죽기 전 제카스의 표정이 신경 쓰였다. 태현이 뭐라고 말하든 상관없이 믿는 대로 행동할 것 같은 모습!

'으음, 이 자식이 떠들고 다니면 골치 아파지는데……'

현재 태현이 판온 1의 태현이 아니라는 거짓말은, 꽤나 아슬 아슬한 균형 위에 서 있었다. 정체를 숨기고 있었어도 말이 나왔을 텐데, 태현은 판온 2의 한국 플레이어 중 손꼽힐 정도로 유명하게 활동하고 있었다. 이제까지 한 수작들과 행운이 아니었다면 진작 들켰을 것이다.

파워 워리어 길드원들이 인터넷에서 가짜 소문을 퍼뜨리고 있었고, 또 태현이 '나는 판온 1 김태현이 아니다!' 이런 식으로 말한 게 나름 효과가 있긴 했다.

일반인들은 '어? 판온 1에서 그렇게 유명한 플레이어였다면 굳이 자기 정체를 숨길 필요가 없잖아? 판온 2의 김태현은 진짜 판온 1의 김태현이 아닌가 보네'라고 생각하고 있었으니까.

태현이 쌓은 수많은 원한 관계들은 전혀 생각하지 않은 순진한 발상!

적당히 원한을 쌓았으면 이렇게 정체를 숨기고 다니지 않았을 것이다. 감당하기 힘들 정도로 원한을 쌓아서 그렇지!

'과거 일을 후회해 봤자 늦었고, 제카스 저놈 해외에서 유명한 놈 같던데. 젠장. 그냥 기도할 수밖에 없나?'

다행히 증거가 없었다. 위험한 건 제카스의 명성!

랭커에다가, 유명 플레이어로 개인 방송을 보는 시청자들도 많았다. 그런 제카스가 '저놈 김태현이다! 저놈 김태현이다!'이러면 아무리 증거가 없어도 사람들은 솔깃할 수밖에 없었다. 남은 건 누가 끝까지 우기냐의 싸움!

'아, 진짜…… 별 같잖은 놈이 걸려 가지고…….'

고민하던 사이, 에슬라의 목소리가 들려왔다.

-네가 이겼군, 모험가여.

"하하, 에슬라 님. 저놈보다 제가 더 에슬라 님을 존경하고 있기 때문에 이길 수 있었던 겁니다. 세상은 원래……."

-……아키서스의 화신인가?

태현은 깜짝 놀랐다. 방금 저 악마가 뭐라고 한 거지?

-신성한 기운이 느껴지니 분명 신과 관련된 모험가겠지.

"저는 사실 사디크 신을 모시는 사람인……."

-아니, 사디크의 기운이 느껴지기는 하는데 너무 미약해. 아키서스의 힘이 확실하군.

"……아키서스가 저한테 저주를 건 겁니다! 그래서 느껴지는 겁니다!"

-그런 것치고는 기운이 정돈되어 있군. 아키서스의 저주는 저주 중에서 가장 악랄하고 짜증 나는 저주일 텐데.

[화술로 에슬라를 속이는 데 실패합니다.]

태현은 한숨을 쉬었다. 그리고 포기했다. 안 되는 건 어쩔 수 없었다.

"뭐, 못 속이는 놈도 있는 거겠지."

-크하하, 인정하는 건가?

"그래. 아키서스의 화신이면 뭐 그쪽이 어쩌겠어. 그렇게 묶여 있는데."

-맞는 말이다, 모험가. 나는 아무것도 할 수 없지.

"설마 아키서스의 화신이라고 보상을 안 준다거나 하지는 않겠지?"

-내가 왜 그러겠나?

"악마들은 아키서스 이름만 들으면 경련을 하더라고."

-아, 그럴 법도 하지. 아키서스 때문에 영원히 마계에 갇히게 되었으니…….

아키서스와 관련된 말을 들으면 들을수록 소름이 돋았다.

아무리 생각해도 잘못 고른 것 같은 직업!

-그렇게 아키서스를 싫어해도 이상할 것 없지.

"그쪽은 악마 아닌가?"

-나는 아키서스에 별 감정 없지. 이미 그 전부터 여기에 갇혀 있었으니까.

"그건 좀 다행인데?"

말은 그렇게 했지만 태현은 의심을 거두지 않았다.

"내가 아키서스의 화신이라는 건 어떻게 알았지?"

-저 모험가를 상대할 때 보여준 스킬들은 권능이었지. 그걸로 화신이라는 걸 알 수 있었고.

"아키서스는 어떻게 안 건데?"

-아, 그건 혓바닥을 교묘하게 놀리고 성격이 교활해 보이길

래 찍어서 맞춰봤네.

"내가? 성격이 교활해?"

-아닌가?

"허, 참. 나만큼 성격 좋고 진실된 사람이 어디 있다고. 악마라고 말 함부로 해도 되나? 응?"

-내가 여기 묶여 있지만 눈까지 가려진 건 아닌데…….

"됐고 보상이나 내놔. 역병 저주 내놓으라고."

-이렇게 봉인된 내 정체가 궁금하지는 않나?

"안 궁금해. 악마가 악마짓 하다가 잡혔겠지. 보상 내놔."

-사실 내가 이렇게 된 데에는 긴 이유가 있지.

"안 궁금하다니까. 야. 안 들리냐?"

아키서스의 화신인 걸 들킨 태현은 더 이상 거리낄 게 없었다. 봉인되었다지만, 풀리면 단번에 태현을 죽일 수도 있는 몬스터한테 이놈 저놈 하는 배짱!

-내가 아무리 인간들의 세상이라지만, 드워프들에게 붙잡힌 데에는 배신의 영향이 컸지.

"보상 내놓으라고. 나 지금 시간이 많은 편이 아닌데."

서로 자기 할 소리만 하는 둘!

-믿었던 놈들이 나를 드워프에게 팔아넘길 줄이야.

"악마를 믿으니까 그렇지. 나처럼 악마를 의심하면서 살지 그랬냐. 그건 그렇고, 보상은 언제 줄 거야?"

-그래. 그렇지. 나는 기다리고 있었다. 너 같은 인재를.

"아니, 보상 내놓으라고!"

[칭호 악마를 속인 자, 악마의 혓바닥을 갖고 있습니다. 퀘스트 획득 조건을 모두 만족하고 있습니다. 퀘스트가 강제로 발동됩니다.]

〈에슬라의 봉인 해제〉

고대 드워프의 미궁에 봉인된 악마 에슬라는 봉인을 풀고 그를 배신한 악마들에게 복수하고 싶어 한다. 그를 돕는다면 어마어마한 보상을 받아낼 수 있을 테지만, 그게 대륙에 알려지면 모두가 당신을 욕할 것이다.

보상: ?, ??, ????, ????, 알려질 경우 대륙 모든 교단과의 관계도가 대하락.

달라는 보상은 안 주고 이상한 퀘스트만 주는 에슬라!

-아, 그리고 자격이 되니 굳이 시험할 필요는 없겠지. 여기 역병 저주가 담긴 병이 있네.

[아이템을 얻었습니다.]

마치 덤으로 주듯이 건네주는 보상!

태현이 입을 다물고 빤히 쳐다보았지만 에슬라는 아랑곳하지 않았다. 태현이 악마처럼 뻔뻔하다고는 하지만, 에슬라는 악마 그 자체!

-그러면 너를 믿도록 하지, 모험가.

"그래. 그래. 열심히 믿어."

건성으로 대답하는 태현!

태현은 에슬라를 꺼내줄 생각이 조금도 없었다. 아쉬운 게 없는데 뭐 하러 위험을 잔뜩 안고 그런 짓을 한단 말인가.

-꺼내줄 생각이 없는 것 같은데, 의욕이 생기게 해주지.

"왜. 골드라도 주게?"

-아니. 보아하니 에다오르도 그렇고, 다른 악마들의 원한을 좀 산 것 같은데. 안 그런가?

아픈 곳을 찔린 태현이었다.

-설마 악마들을 속였다고 안심하고 있지는 않겠지. 한 번이 야 통하겠지만 속았다는 걸 깨닫는다면 악마들은 금방 네 위 치를 찾을 수 있을 거야. 에다오르 정도라면 충분히 가능한 일 이지. 그들이 덤벼들면 과연 네가 무사할까?

정신이 확 드는 충고! 돌아서던 태현은 멈칫했다.

-그런 악마들을 상대하려면 혼자서는 무리일 텐데. 인간들 사이에는 이런 속담이 있지 않나? 적의 적은 친구라고?

'이 자식이……'

아픈 곳을 정확하게 찔러 들어오는 에슬라!

-다른 교단들하고 힘을 합친다고 해도…… 아, 아키서스 교 단은 다른 교단들하고 사이가 안 좋지?

결정타!

태현은 멈춰 서서 다시 돌아섰다. 그리고 에슬라에게 손을 뻗었다.

"하하, 에슬라. 그러고 보니 묻는 걸 까먹었는데, 봉인은 어떻게 풀어주면 되지?"

-크하하. 바로 그거야. 모험가!

서로 손을 잡는 두 악마! 아니, 정확히 말하자면 악마 하나와 신의 화신이었다.

"언제 나오려나……."

이세연은 하품을 하며 시간을 확인했다. 주변에 있는 살벌한 언데드 군단은 주인을 따라 축 늘어져 있었다.

황야에 누워서 일광욕을 즐기는 언데드 군단들!

누가 보면 기겁을 할 괴상한 모습이었다.

'김태현이 들어간 던전의 출구는 여기밖에 없는데? 설마 다른 곳으로 간 건 아니겠지?'

이세연은 판단에 확신을 갖고 있었다. 스스로를 믿을 수 있으려면 자신감이 있어야 했고, 이세연은 그게 충분했다.

그러나 태현과 관련된다면 이야기가 달라졌다. 아무리 100% 확신을 했어도 언제나 예상을 뚫고 예상치 못한 상황을 만들어내는 태현! 판온 1 때도 그랬다.

'아니야. 분명 여기로 나올 거야.'

덜컥-

그 순간, 던전의 출구가 열리는 소리가 들렸다. 나타난 것은 피곤한 표정의 셋. 태현과 이다비, 케인!

"아오. 앞으로는 뭐 만들 때 제발 폭발 좀 안 하게 만들면 안 되냐?"

"시끄러워. 그거 아니었으면 걔네들 정리 못 했어."

투덜거리는 케인을 구박하며, 태현은 받은 아이템을 확인했다.

끓어오르는 궁극의 역병이 담겨 있는 병:

끓어오르는 궁극의 역병이 담겨 있는 병이다. 기계공학 스킬이 있다면 이 병을 담아서 강력한 폭탄을 제조할 수 있다.

역병 해제의 정수:

악마가 만든 역병 해제의 정수다. 우물이나 호수에 부을 경우 영원히 저주를 해제하는 샘을 만들 수 있다.

어려운 퀘스트를 맡긴 만큼, 에슬라는 화끈하게 보상을 내주었다. 특히 역병 해제의 정수는 어디든 물이 고여 있는 곳에 부으면 영구적으로 저주를 푸는 샘이 되는 강력한 아이템이었다.

이걸 보자 태현은 바로 번개처럼 영감이 왔다.

절망과 슬픔의 골짜기! 영지에 저주 해제의 샘을 만든다면?

플레이어들은 멀리 있든, 귀찮든, 알아서 찾아올 게 분명했다. 영지를 날로 성장시킬 절호의 기회!

영지를 성장시키는 건 매우 어렵고 복잡한 일이었다. 지금 조그만 요새나 마을을 잡은 플레이어들은 영지를 키워보겠다고 별짓을 다 하고 있었다. 세금을 줄이는 것은 물론이고, 현실에서 <우리 영지에 오는 사람 중 다섯 명 추첨해서 상품을 드려요> 같은 이벤트를 할 정도로!

영지는 갖고 있으면 엄청난 이익이었지만, 그것도 어느 정도 크기가 되어야 했다. 정상 궤도에 오르기 전까지의 영지는 그저 돈 잡아먹는 하마일 뿐!

'그래, 이렇게 고생을 했는데 보상이 좀 나와야지. 그래야 세상이 공평하잖아?'

태현은 마음의 한 점 부끄러움도 없이 그렇게 생각했다. 그에게 당한 사람들이 듣는다면 고혈압으로 쓰러질 소리!

"저기? 김태현?"

"야, 빨리 가자."

"저기요? 여기 안 보여? 김태현?"

던전 출구로 나온 태현 일행을 보고 이세연은 반갑게 손을 흔들었다. 그러나 다른 생각에 빠져 있는 태현은 이세연을 발견하지 못했다. 폭발 때문에 정말 죽을 뻔한 이다비와 케인은 지쳐서 고개를 푹 숙이고 있었고.

빠직-

이세연의 하얀 이마 위에 힘줄이 하나 돋았다.

"누가 부르지 않았어요?"

"누가 부르긴 뭘 불러? 여기 사람이 어디 있다고."

"……심연의 화살 삼 연속!"

콰콰콰콰콰쾅!

무시무시한 기운을 뿜어내는 짙은 암흑 화살들이 태현 일행의 발치를 향해 날아갔다. 바닥을 찢어발기는 강력한 마법!

"뭐야?! 기습인가?!"

"나 아까부터 여기서 있었거든?"

이세연은 옆구리에 손을 올리고 어이가 없다는 듯이 말했다. 기습이고 뭐고 대놓고 여기서 기다리고 있었는데!

그제야 태현은 이세연을 발견했다. 눈이 마주치자 그녀는 싱긋 웃으면서 손을 흔들었다.

태현은 눈을 깜박였다. 뭔가 보일 리 없는 얼굴을 본 것 같았다.

"이다비. 내가 너무 피곤해서 악몽을 꾸는 것 같은데."

"악몽이면 퀘스트 깬 것도 날아가는 거 아닌가요?"

"아차. 그랬지."

"그리고 꿈 아닌데요. 보세요."

철썩, 철썩-

이다비는 태현의 뺨을 손바닥으로 짝짝! 때렸다.

"어때요?"

"안 아픈데?"

"그야 판온이니까 안 아프죠."

"그러면 넌 왜 친 건데?"

"……해보고 싶어서……."

이다비는 슬그머니 뒤로 물러섰다. 기회다 싶어서 했는데 생각해 보니 뒷감당이 무서워졌다.

"나도 해본다! 뺨 대봐!"

눈치라고는 없는 케인! 태현에게 복수할 기회라고 생각했는지 손을 들고 달려들려고 했다.

"내 얼굴에 손대는 순간 넌 로그아웃이야."

"……그냥 반가워서 하이파이브하자고 손들어 본 거다."

케인은 살며시 손을 내렸다.

쾅!

데스 나이트 중 하나가 검집으로 바닥을 강하게 내려찍었다. 큰 소리가 울려 퍼졌다. 세 명이 그녀만 내버려 두고 떠들자 이세연이 명령한 것이다.

"와, 나 진짜 이렇게 무시당하는 건 오랜만이야. 여러분? 저 여기 있거든요? 한 번만 더 무시하면 진짜 총공격이야."

"네가 뭔데 시비를 걸어? 우리가 누군지 모르냐?"

정체 모를 여자가 시비를 걸자 케인은 발끈해서 외쳤다. 누구든 간에 지금 태현-케인-이다비 이 셋을 이길 수 있는 사람은 많지 않았다. 게다가 방금 저주까지 풀린 케인은 자신감이 200%인 상황!

"넌 내가 누군지 몰라?"

"몰라! 네가 누군데!"

"정말로 몰라? 내 얼굴 본 적 없어?"

"네가 누군데 얼굴을…… 어? 어디서 본 것……."

이세연이 위장용 장비를 두르고 있어서 곧바로 알아차리지 못했다. 허름한 장비 사이 어디서 많이 본 얼굴!

"케인. 쟤 이세연이야."

"……."

순식간에 사라지는 자신감!

슬금슬금 케인은 뒷걸음질 쳐서 태현 뒤로 숨었다. 그걸 본 이세연은 웃기 시작했다.

"김태현, 저 사람은 저번에도 봤지만 이번에도 재미있네. 저래서 데리고 다니는 거야?"

"아니. 나 따라다니면서 속죄하고 싶다고 눈물을 흘리면서 부탁하길래 데리고 다니는 거다."

"누가 언제 이 새……."

-앞에 세워줘?

"……속죄하려고 따라다니는 거죠! 암요!"

케인은 눈물을 삼키며 대답했다. 이세연은 그걸 보고 더 크게 웃었다.

대굴욕!

케인은 속으로 울었다. 이세연 앞에서 이런 개망신이라니.

'크흐흑……!'

-너 왜 그러냐?

-그걸 몰라서 묻냐, 자식아! 이세연 앞에서 그렇게 개망신을 주고 싶냐!

-넌 맨날 망신당하고 다녔잖아. 저번에도 그러지 않았나?

반박할 수가 없었다. 더 슬퍼지는 케인!

-그래도 이세연은 다르잖아! 자식아!

-뭐야, 너 이세연 팬이었냐?

-판온 1 때부터 했는데 당연히 이세연 팬이지!

-저번에 죽을 뻔해 놓고 아직도 정신을 못 차렸군.

-그, 그건 그거고 이건 이거지! 애초에 저번에 네가 이세연이 길드 들어오란 제안만 받아들였어도 이 꼴이 안 났을 거 아냐! 왜 그 제안을 거절해 가지고…… 그거 때문에 찾아온 거 아냐?

-그건 아닐걸.

-어쨌든 예전에는 이세연 뛰어넘는 게 꿈이었다고.

-꿈도 크다.

사실 케인은 판온 1때 태현의 팬이기도 했다. 천만다행으로, 그건 말하지 않았다. 말했다면 1년간 놀림거리 확정!

이세연은 이다비를 보고 눈을 가늘게 떴다.

"우리 본 적 있었나요?"

"하, 하하, 우리 본 적 없어요. 정말 없어요."

이다비는 시선을 피하며 뻘뻘 땀을 흘렸다. 엄밀히 말하자면 사디크 화염 퀘스트 때 멀리서 얼굴은 본 적 있었다. 그러나 가늘고 길게 사는 게 목표인 이다비에게 이세연의 관심은 부담스러울 뿐! 태현과 이세연이 적대 관계인 이상, 잘못 보였다가는 이다비는 그냥 날아갈 수가 있었다.

"저 사람은 누구야?"

"뿌리 깊은 대형 명문 길드 파워 워리어 길마."

"……내가 잘못 들은 거 아니지? 파워 워리어?"

이세연도 이름은 들어서 알고 있었다.

이상한 놈들의 총집합! 이상한 걸로 유명한 길드!

"파워 워리어 우습게 보지 마라. 게네들한테 당한 애들이 한둘이 아니거든."

태현의 말에 이다비는 감격한 표정을 지었다. 그러나 이세연은 어깨를 으쓱할 뿐이었다.

"누구하고 어울리든 그건 네 자유지. 그렇지만 좀 신기하네. 판온 1때는……."

"어허! 어허허!"

"……아하. 그렇구나?"

이세연의 미소가 더욱 짙어졌다. 눈치챈 것이다. 태현이 이다비와 케인에게 판온 1 때 정체를 숨기고 있다는 것을!

다른 사람들 눈에는 그냥 더 아름다운 미소로 보였겠지만, 태현에게는 아니었다. 사악한 미소 그 자체!

"우리 잠시 이야기할까? 그게 너한테도 좋지?"

"쯧. 좋아. 그러자고."

케인은 놀라서 태현을 쳐다보았다. 그 태현이 남의 말에 고분고분히 따르다니! 아무리 상대가 이세연이라지만!

저번에 만났을 때도 이세연이 한 '길드 들어올래?' 한 제안을 거절하고 냅다 싸우지 않았는가!

'미쳤나? 약점 잡혔나? 약점 잡혔으면 나한테도 알려줘!'

"너 뭔가 기분 나쁜 생각 하는 눈빛인데."

"누, 누가."

속마음을 들킨 케인은 말을 더듬었다. 그러거나 말거나 이세연은 스르륵 다가와서 태현의 팔을 붙잡았다.

"자, 그러면 이야기하러 갈까?"

"저, 혹시 저놈 약점 있으시면 저한테도 공유 좀……."

망설이다 꺼낸 케인의 말은 둘에게 닿지 않고 조용히 흩어졌다. 이다비는 그걸 보고 고개를 절레절레 저었다.

"안 돼요! 싫어요! 이러지 마세요!"

"저기, 나 방송 꺼놔서 그런 짓 해봤자 아무 타격도 없는데……."

"젠장."

태현은 연기를 멈췄다.

"여전하네."

"왜 불렀어? 참고로 〈잊혀진 망자의 왕관〉은 못 준다."

"와, 말하지도 않았는데 당당하고 뻔뻔한 거 봐. 화가 나려고 그러는데?"

"내 손에 들어왔으니까 내 거지."

"그러면 지금 내가 너 잡고 있으니까 넌 내 거야? 응?"

이세연은 태현의 팔을 붙잡고 있던 손에 힘을 주었다.

"어디서 낡은 개그를……."

"누가 먼저 해놓고 그래?"

이세연은 어이없다는 듯이 태현을 쳐다보았다. 원래 그녀는 이렇게 유치하게 말싸움하는 사람이 아니었다. 태현만 상대하면 어쩐지 유치하게 싸우게 되는 이런 상황!

"잊혀진 망자의 왕관은 나중에 이야기 하자구. 지금 그거 때문에 온 거 아니니까."

태현은 살짝 놀랐다. 잊혀진 망자의 왕관 때문에 온 게 아니었다고? 그게 아니라면 이세연이 찾아올 이유가 없었다.

'뭐지?'

태현은 이세연이 잊혀진 망자의 왕관을 찾아온 거라고 예상했었다. 당연히 그에 대한 대비법도 미리 준비해 놓은 상태. 직업 특성상 죽어도 좋은 아이템은 거의 뿌리지 않았다.

〈잊혀진 망자의 왕관〉이 태현의 손에 들어간 이상, 이세연은 강제로 뺏을 방법이 거의 없었다. 게다가 마음먹고 도망친다면 이세연이 태현을 잡을 수 있을지도 의문이었다. 생존력만 따지면 서버에서 손꼽히는 태현! 남은 건 협박밖에 없었는데, 태현은 이세연이 협박한다면 잊혀진 망자의 왕관으로 맞협박을 하려고 생각하고 있었다.

그런데 그게 아니라니.

"못 들었나 보네?"

"……뭘?"

"프리카 대륙 투기장 리그."

투기장 리그야 태현도 당연히 들어서 알고 있었다.

"그건 아는데."

"아니, 내 말은 출전 이야기였어. 출전은 못 들었지?"

"……뭔 출전?"

태현은 말하면서 뭔가 점점 불길해지는 걸 느꼈다. 등 뒤에서 올라오는, 불길한 감각!

이세연은 대답 대신 손가락으로 그녀와 태현을 번갈아 가리켰다. 너랑 나!

"……설마, 설마 아니지. 그게 말이……."

"짜잔! 그런데 그게 정말로 일어났습니다!"

"그게 뭔 말도 안 되는 소리야! 배장욱 PD가 나한테 말도 안하고 그런 짓을 할 리가……."

태현은 멈칫했다. 저번에 배장욱이 부탁 하나 해도 되냐고 물어본 적이 있었다. 설마, 설마?!

"아니, 아니지. 아무리 그래도 그건 아니지!"

정말 드물게 볼 수 있는 태현의 당황하는 모습! 그걸 본 이세연은 정체를 알 수 없는 즐거움이 샘솟는 걸 느꼈다.

너무 즐겁다! 더 즐기고 싶었지만, 이야기를 진행시키기 위해 이세연은 진실을 털어놓았다.

"물론 배장욱 PD가 억지로 출연시킬 사람은 아니. 그러지도 못할 거고. 그래서 내가 직접 설득하려고 왔어. 안 그러면 절대로 나오지 않을 것 같아서."

"그런 거였나?"

태현은 일단 안도했다. 배장욱 PD가 모르는 사이 정말로 함정을 꾸민 줄 알았던 것이다.

이세연과 같이 팀으로 투기장 리그에 나가라니! 상상만 해도 아찔했다. 투기장 리그에 나가는 것보다, 이세연이 어떤 짓을 할지…….

'내 등을 찔러도 열 번은 넘게 찌르겠지!'

태현이 이미지 메이킹을 안 하려고 해도 어쩌다 보니 인성 좋은 사람으로 이미지가 만들어진 케이스라면…….

이세연은 아주 의도적으로 이미지 메이킹을 한 케이스였다. 행동 하나하나 철저하게 조심하면서 행동하는 그녀!

태현은 판온 1에서 맞붙어봤기에 알고 있었다. 이세연은 결코 방송에서 보여주는 것처럼 친절하고 예의 바른 사람이 아니었다. 웃으면서 남의 뒤를 찌를 수 있는 사람! 그리고 생각해 보니, 이세연이 태현에게 감정이 좋을 리 없었다.

이세연이 하자는 건 다 거절해 왔지 않은가!

'아니, 생각하니까 억울하네. 판온 1때 이겼으면 된 거 아닌가? 내가 뭐 승패에 불복하기라도 했나? 깔끔하게 접었는데 왜 이렇게 쫓아다니면서 괴롭히는 거야?'

다른 수많은 랭커들은 태현의 피해자라고 쳐도, 이세연은 절대 피해자가 아니었다. 안심하는 사이, 이세연이 옆에서 따뜻한 목소리로 속삭였다.

"그러면 같이 나갈 거지?"

"미쳤니?"

1초도 망설이지 않고 바로 나오는 대답! 그러나 이세연도 만만치 않았다. 표정 하나 변하지 않았다. 대신 팔을 잡고 있는 손의 힘만 늘어났을 뿐!

"야, 아프거든?"

"관온인데 아플 리 없잖아."

"아픈 것 같은 느낌이 들어, 왠지 모르게. 그러니까 좀 놔라."

태현은 슬며시 이세연의 손에서 팔을 빼냈다. 내버려 뒀다가는 팔을 뽑을 것 같은 기세!

"정말 안 나갈 거야?"

"정말 안 나갈 건데."

"그래. 그럴 줄 알고 설득할 방법을 생각해 왔지."

"뭐 어떻게 하려고?"

"여러 가지 생각했었는데…… 네 영지에 언데드 군단 총공격을 가하거나……."

오싹!

태현은 순간 움찔했다. 지금 막 오크 대공세의 수습을 끝내고 이제 좀 뭔가 지어 올리고 있는 영지에 언데드 대습격이라니!

"그런데 그건 좀 비효율적이잖아? 게다가 아키서스 교단의 총본산이기도 하고. 내 언데드들 다 거기에 쏟아붓는 건 너무 손해가 크다고 생각했어. 그래서 그냥 너하고 네 주변 사람들 공격하겠다고 협박하려고 했는데……."

"하! 잘못 생각했군. 난 내 주변 사람들을 아무리 공격해도 절대 흔들리지 않으니까."

"쓰레기 같은 소리를 너무 당당하게 하지 마……."

이세연은 황당하다는 듯이 태현을 쳐다보았다. 저런 소리를 멋지게 말하는 것도 재주였다.

"그리고 사람 말은 좀 끝까지 들어줄래? 그러려고 했는데, 생각이 바뀌었어. 생각해 보니까 더 좋은 게 있더라고. 여기 기다리면서 방송 봤거든? 내가 뭘 봤게?"

이세연은 생글생글 웃으면서 방송 창을 켰다. 그걸 본 태현은 갑자기 불안해지는 걸 느꼈다.

뭐지?

"짜잔!"

이세연이 킨 건 제카스의 방송이었다. 원래라면 판온 내에 접속해서 플레이어 시점으로 방송을 하고 있었겠지만, 태현한 테 죽은 페널티 때문에 접속하지 못하고 있었다.

실제 얼굴로 방송 중!

-여러분! 제가! 이렇게! 외칩니다! 저 김태현이 판온 1의 김태현입니다! 저를 믿어주십시오! 판온 1 때 플레이어들은 모이십시오! 김태현을! 잡읍시다!

침을 튀겨가며 열렬하게 연설하는 제카스! 죽은 지 한 시간도 안 된 것 같은데 벌써부터 태현을 레이드할 파티를 모집하고 있었다. 태현은 골치가 아파 오는 느낌이었다.

"왜, 머리 아파?"

속마음을 들킨 태현은 슬며시 이마에서 손을 뗐다.

"보니까 증거가 없어서 반응은 반으로 나뉘고 있거든?"

아무리 제카스가 유명 플레이어라고 하더라도, '내 감에 따르면 저놈은 판온 1의 그 김태현이다!'라는 말은 사람들을 설득하기 힘들었다. 반반도 대단한 수준!

"그런데 나까지 끼어서 말하면 어떻게 될 거 같아?"

이세연의 목소리가 점점 가까워졌다. 거의 귀에 입을 붙이고 말하는 수준!

"응? 응?"

이세연은 더 이상 말하지 않고 손을 뻗었다. 명백한 뜻!

태현은 혀를 찼다. 이번에는 그가 졌다. 그가 퀘스트에 정신이 팔린 동안, 이세연은 잔뜩 준비를 하고 온 것이었다.

이세연까지 태현이 판온 1의 태현이라고 말한다면, 정말 여론은 손 쓸 수 없이 악화될 것이다.

탁!

태현은 이세연의 손을 붙잡았다.

"예전부터 너하고 같이 팀으로 싸우고 싶었지!"

"역시! 그럴 줄 알았다니까! 진작 그러지 그랬어!"

"하하! 하하하!"

"까르륵!"

서로 마주 보고 화기애애하게 웃는 둘!

"아예 내 길드에도 들어오는 게 어때?"

"작작해라."

"알겠어. 그건 포기할게."

너무 밀어붙이면 태현이 자폭할 수도 있었다. 그걸 눈치챈 이세연은 순순히 물러섰다.

"우리는 할 수 있다!"

"우리는 할 수 있다! 아자!"

"정말 할 수 있을지는 모르겠지만!"

정수혁은 친구들과 프리카 대륙 투기장에 가서 합을 맞춰 보고 있었다. 투기장 주변에는 예선을 준비하기 위해 모인 플레이어들이 우글우글!

"와, 랭커 자레트 아니냐? 한국 대회인데 참가한 거야?"

"들어보니까 자기 나라 초대 팀에 못 들어가서 예선 뚫겠다고 온 거 같던데."

"아니, 왜 다른 나라 놈이 여기까지 와?"

한국 플레이어들은 해외 랭커가 예선을 준비하기 위해 온 걸 보고 투덜거렸다.

이 자리의 모두가 느끼고 있었다. 투기장 프로 리그가 크게 될 거라는 느낌을!

"수혁아, 우리가 믿는 건 너밖에 없어!"

"그래! 실력도 밀리는 우리가 믿을 건 너밖에 없다고!"

"너희 그런데 그렇게 이겨도 되는 거 맞냐?"

정수혁의 질문에 친구들은 당당하게 대답했다.

"이기기만 하면 장땡이지!"

"맞아! 일단 이기고 생각하자고!"

[프리카 투기장에 입장합니다. 레벨이 100으로 고정됩니다. 스탯이 자동으로 변경됩니다. 투기장 안에서는 PK가 불가능합니다. 장비가 자동으로 해제됩니다.]

"와, 스탯 쫙 내려갔네."

"이거 얼마 만이야?"

"저기 방송국 스태프들인가?"

저 멀리 같은 색의 옷을 맞춰 입은 플레이어들이 보였다. 일사불란하게 다른 플레이어들을 나누는 모습이 MBS의 스태프들 같았다.

"예선 참가하시는 플레이어분들 이쪽으로 모이세요. 장비는 여기서 받아 가시면 됩니다!"

"착용하지 않고, 들고 들어가는 소모품이나 기타 아이템들은 제한이 있습니다! 목록에 없는 아이템들은 갖고 들어갈 수 없습니다! 발각될 경우 부정 행위로 탈락입니다!"

이번 프리카 대륙 투기장 리그의 캐치프레이즈는 〈순수한 실력의 싸움〉이었다. 판온 1의 투기장 리그가 플레이어간의 레벨, 장비 차이 때문에 긴장감이 사라졌다고 판단한 방송국은 밸런스에 최선을 다했다. 정말 순수하게 플레이어들의 직업과 스킬, 센스, 전략만으로 승부를 보게 될 투기장!

"야, 이런 곳에서 사기 칠 사람이 있나?"

"세상에 별사람이 다 있으니까 있을지도 모르지. 간 큰 놈들이 얼마나 많은데."

친구들이 떠드는 걸 듣고, 정수혁은 별생각 없이 말했다.

"맞아. 태현 선배님이라면 충분히 하실 수 있을걸."

정말, 악의는 하나도 없이 순수한 선의로만 말한 정수혁!

"푸하하하핫!"

"수혁이 지금 농담한 거야? 방금 건 좀 웃겼다."

정수혁의 말을 농담으로 받아들인 친구들!

'진심으로 한 말이었는데……'

정수혁은 굳이 다시 말하지 않았다.

아직까지 태현에 대한 환상을 갖고 있는 친구들! 태현과 같이 다녀본다면 그 환상이 순식간에 깨질 것이다.

"좋아. 가보자고!"

"우리에게는 수혁이가 있다!"

정수혁의 친구들은 기세 좋게 외치고 투기장의 입구로 걸어 들어갔다. 그 순간 보이는 상대팀 플레이어들!

조용히, 말없이 살벌하게 있는 플레이어들!

"뭐, 뭐야?"

"왜 분위기 잡고 있는 거지?"

딱 봐도 나이가 좀 있어 보이는 플레이어들이었다. 방송국에서 지급한 장비를 입고 있어서 어떤 플레이어인지 추측할 수는 없었지만…… 뿜어내는 포스는 장난 아닌 수준!

"저 아저씨들 뭐야?"

"야, 찾아봤는데 판온 1에서 날렸던 플레이어들이야!"

그새 검색하고 온 정찬우가 급하게 말했다.

"판온 1에서 투기장 리그 준비하던 프로라던데?"

"뭐?! 그런 사람들이 여기 왜 있어?"

"그야 다시 열리니까 도전한 거겠지……."

정말 예선인데도 만만치가 않았다. 예선이니까 통과할 수 있지 않을까 했던 기대가 순식간에 사라지는 기분!

"쫄, 쫄지 마. 우리도 지지 않아!"

"맞아! 연습한 걸 떠올리라고!"

'연습한 거라면…….'

정수혁을 지키면서 싸우다가, 정수혁의 랜덤 마법에 모든 걸 거는 도박!

'……별로 위안이 안 되는데?'

"무슨 대화를 했냐? 응? 무슨 대화 했냐니까? 나 좀만 알려 주라. 설마 길드 제안 받아들였냐? 나도 데려갈 거지?"

케인의 말을 묵묵히 듣고만 있던 태현의 표정이 나빠지기 시작했다. 그걸 본 이다비는 급히 거리를 벌리기 시작했다. 재수 없는 놈 옆에 있으면 불똥이 튀게 마련!

아나나 다를까, 케인에게 불똥이 튀기 시작했다.

"크아악! 왜! 내가 뭘 했다고?!"

케인에게 분풀이를 하고 나서, 태현은 담담하게 말했다.

"프리카 투기장 리그, 나가기로 했다."

"뭐, 예선?"

"아니. 방송국 초대 팀으로. 이세연하고 같이."

케인은 눈을 크게 떴다. 설마 방금 이세연이 찾아온 건, 팀으로 초대하기 위해서 찾아왔던 거란 말인가?

"나도! 나도 제발! 데리고 가주세요……!"

현실 앞에서 자존심이고 뭐고 없었다. 케인은 태현을 붙잡고 애타게 외쳤다.

"거기 출전해서 뭐 하게?"

태현은 의아해했다. 대답은 이다비가 대신해 줬다.

"저번에 말했었잖아요. 집에서 눈치가 보인다고."

태현이 케인을 안쓰러운 눈빛으로 쳐다보았다. 레드존 길드로 쏠쏠하게 벌던 수입도 끊겨, 나름 소소하게 잘나가던 개인방송도 태현과 같이 다닌 다음부터는 쪽팔려서 끊어, 케인의 상황이 궁할 수밖에 없었다.

이번 투기장 프로 리그는 천금 같은 기회!

'좋은 모습을 보여주면 가족들에게 체면이 선다……!'

더 이상 '너도 좀 밖에 나가!'나 '게임 말고 직장을 구해!'라는 소리를 듣고 살 수는 없었다.

"음…… 좋아. 한번 말해볼게."

케인은 깜짝 놀랐다. 설마 태현이 진짜로 받아들일 줄은 몰랐던 것이다.

"진짜로?"

"뭐야, 농담이었어? 그럼 말고."

"아냐, 아냐! 내보내 줘!"

"어차피 레벨은 다 똑같이 되니까 직업하고 센스 차이일 거 아냐. 네가 탱커로 못하는 놈은 아니니까……."

이세연이 팀에 있고, 태현이 팀에 있으니 탱커는 평균만 해 주면 됐다. 게다가 케인의 직업은 태현과 같이 있을 때 그 힘이 극대화되는 직업이었다.

"PD한테 말해볼게."

"저, 정말? 그쪽에서 받아줄까?"

"안 받아주면 나도 안 나간다고 하면 그만이지 뭐."

"너…… 이 자식……!"

케인은 감격의 눈빛으로 태현을 쳐다보았다.

'매번 구박하고 갈궜지만 이렇게 나를 챙겨주는구나!'

'안 받아주면 안 나갈 수 있는 거 아닌가?'

서로 다른 생각을 하고 있는 둘! 그걸 보며 이다비는 속으로 생각했다.

'둘이 뭔가 서로 착각하고 있는 거 같아.'

셋이 그렇게 떠드는 사이, 멀리서 절망과 슬픔의 골짜기가 눈에 들어오기 시작했다. 그 앞에서 우글거리는 사람들!

"어라? 플레이어들이 많은데요?"

"펠마스한테 맡겨놓은 영지 운영이 성공적이라서 저렇게 된 거라고 생각하고 싶긴 한데……."

태현은 말끝을 흐렸다.

원래라면 그래야 했다. 없는 사이 영지가 번영했다면, 그 영지를 맡긴 NPC가 잘한 것 아니겠는가!

그러나 태현은 그렇게 생각할 수가 없었다. 없는 사이 영지가 번영하면 오히려 더 불안한 게 펠마스!

'이 자식 또 뭐 저지른 거 아니야?'

가까이 다가가자 플레이어들이 말하는 게 들렸다.

"야, 진짜로 역병 저주 여기서 해결할 수 있는 거 맞아?"

"맞다니까. 내가 분명히 들었어. 여기 영주 대리 NPC가 저주 해결할 수 있는 샘물을 판다고 했다고. 게다가 여기 김태현 영지잖아. 그런 곳에서 거짓말을 하겠어?"

"근데 왜 게시판에서는 못 봤지?"

"세상은 게시판 밖에 있다, 친구야. 진짜 정보는 이렇게 발로 뛰어야 얻는 거야. 여기 있는 사람들도 많은데 왜 굳이 경쟁자를 늘리겠어."

"아, 거 좀 빨리빨리 갑시다! 지금 사람도 많은데!"

"어차피 영지에서 공적치 포인트 안 쌓은 사람은 샘물 받지도 못해요!"

옆에서 보던 이다비는 그저 감탄할 뿐이었다. NPC한테서 배우는 오늘의 장사 비법!

태현은 주먹을 불끈 쥐었다. 그리고 걸어가기 시작했다.

"어, 뭐야? 줄 서서 들어가! 여기 안 보여?"

"아까부터 기다리고 있는데 짜증 나게. 어? 김태현이다!"

"뭐! 김태현?"

줄 서서 기다리고 있던 플레이어들 사이로 태현이 왔다는 소식이 퍼져 나갔다.

"태현 님! 저 샘물 좀요!"

"앞으로 여기서 부활하고 여기서 사냥할 테니까 샘물 좀 주세요! 역병 저주 때문에 못 하겠어요!"

"김태현! 이쪽 좀 봐줘! 왜 무시하고 가는 거야!"

CHAPTER 2

쾅!

"펠마스!"

"돌아오셨습니까, 태현 님!"

펠마스는 당당하고 반가운 얼굴로 태현을 맞이했다. 그게 더 태현을 분노하게 만들었다.

"넌 뭔 샘물을 팔고 있는 거냐!"

"컥, 컥컥…… 거, 거짓말은 안 했습니다. 저는 저주가 나을 수도 있다고만 말했습니다!"

"영주 대리 NPC가 그런 소리를 하면 플레이어들은 당연히 믿지 이 자식아!"

뒷골목에서 나타나는 도적 NPC가 그런 소리를 한다면 플레이어들도 의심할 테지만, 영주 자리에 앉아 있는 NPC가 '이 샘물을 마시면 역병 저주가 풀릴 수 있을지도 모르고 없을지도 모르지'라고 말하면 모두가 믿게 되어 있었다.

목이 졸린 펠마스는 필사적으로 팔을 흔들며 외쳤다.

"저, 저는 제가 할 수 있는 것을 했을 뿐……."

"너는 왜 할 수 있는 게 이런 것밖에 없는데!"

"그렇게 말하셔도…… 이거 다 다른 놈들도 하는 겁니다!"

"어디의 다른 놈들?"

"카지노 주변 상점에서 파는 행운 올려주는 부적들이 다 이런 거 아닙니까……!"

"이 자식이 입은 살아가지고……!"

에드안이 펠마스를 손가락질하며 쯧쯧거렸다.

"저놈이 저런 놈입니다. 태현 님."

"이 치사한 놈! 우리 우정이 그것밖에 안 되냐?!"

"어디서 친한 척이야?"

태현은 진심을 담아서 말했다.

"그냥 너희들 모두 다 사라졌으면 좋겠다."

"……"

"그나마 다행인 건 내가 진짜로 저주를 풀 수 있는 걸 갖고 왔다는 거지."

"저는 믿고 있었습니다! 태현 님!"

"넌 좀 닥치고 있어."

태현이 갖고 왔으니 망정이지, 이대로 쭉 갔다가는 플레이어들 사이에서 '어? 왜 아무도 풀렸다는 사람이 안 나오지? 이상한데?'라고 소문이 돌았을 것이다.

'안 그래도 이세연 때문에 머리 아파 죽겠는데…….'

지금 해야 할 일들이 한두 가지가 아니었다. 일단 영지 관리를 끝내고, 사루온에게 돌아가서 역병 저주를 보여주고 기계 공학 비전 스킬을 보상으로 받아야 했다. 투기장 프로 리그가 아니었다면 좀 더 여유가 있었을지도 몰랐겠지만, 약속이 잡힌 이상 그전에 서둘러서 일을 끝내야 했다.

"일단 이것부터 광장 분수에 풀어라. 그러면 역병 저주 해독의 물이 될 테니까. 그리고…… 여기 영지에 소속된 플레이어나 아키서스 교단에 가입한 플레이어만 물을 나눠줘."

"훌륭하신 방법입니다!"

"시꺼."

[현재 데메르 교단과 우호 상태입니다.]

[영지에 아키서스 교단 축복 판매소가 완료되었습니다. 신앙심이 더 빠르게 퍼집니다.]

[청동으로 만들어진 아키서스 조각상의 건설이 완료되었습니다. 신성 스탯이 오릅니다.]

아탈리 왕국, 오스턴 왕국에서 아키서스 교단의 세력이 크게 오르고 있습니다. 아키서스 교단 기도 성소를 짓는다면 사제들의 사기가 오를 것입니다.]

[투기장의 건설은 50% 이상 완료되었습니다.]

교단 하나를 통째로 관리하는 건 보통 일이 아니었다. 게다가 〈아키서스 교단 축복 판매소〉나 〈청동으로 만들어진 아키서스 조각상〉 같은 건 명백히 태현이 없는 사이 펠마스가 지어 올린 건축물들!

'축복 판매소는 아무리 봐도 복권 같은데…… 더 깊게 생각하지 말자.'

태현은 깊게 생각하는 것을 그만두었다. 일단 골드는 골드대로 쌓이고, 영지는 영지대로 개발되어가고 있으며, 아키서스 교단도 나름 성공적으로 영향력을 늘리고 있었다. 무슨 문제만 터지지 않는다면 앞으로의 미래도 긍정적!

'물론 문제가 안 생길 리는 없고…….'

세상일은 언제나 공평했다. 일을 저지르면 나중에 뒷감당을 하게 되어 있었다.

지금 태현이 가장 두려워하는 건 악마들이었다. 에다오르부터 시작해서 마계에서 새로 만나 속인 아다드까지. 진실을 알게 되면 바로 여기로 쳐들어와도 놀랍지 않았다. 오기 전에 최대한 준비를 해야 마음이 놓이는 상황!

'아, 진짜 영지나 교단이 골드 잡아먹는 하마라니까.'

태현이 딱히 골드로 낭비를 하지도 않는데도 골드가 부족하게 느껴졌다. 간단한 건물 하나 짓는 데도 몇만 골드가 가볍게 사라졌다. 펠마스가 영지 내에서 온갖 사악한 방법으로 골드를 긁어내고 있으니 망정이지, 안 그랬다면 많이 골치가 아팠을 것이다. 괜히 다른 사람들이 영지를 운영할 때 길드 단위로 운영하는 게 아니었다.

'일단 역병 저주를 푸는 분수는 광장 앞에 깔고, 에랑스 왕국에서 챙겨온 것도 깔아야지.'

태현은 주섬주섬 아이템을 꺼냈다. 에랑스 국왕에게 미식가로 칭찬받으며 선물 받은 아이템!

물론 그 과정에 약간의 사기가 있었지만…….

에랑스 왕가의 구리 솥:

에랑스 왕가의 보물 창고에 있던 거대한 솥이다. 설치하고 요리할 경우 특별한 효과를 볼 수 있다.

사람 몇 명은 그냥 들어가도 될 정도의 거대한 솥!

들고 다니면 무게 제한도 만만치 않고, 설치하는데 시간도 걸리기 때문에 자리를 잡고 설치를 해야 했다. 요리사 플레이어들이 알면 눈독을 들일 희귀한 아이템이지만…….

태현은 이걸 광장 앞에 그냥 깔아버릴 생각이었다.

'이런 식으로라도 좀 영지 특성을 만들어봐야지.'

다른 거대한 도시에 비해 태현의 영지는 작고 부족한 게 많았다. 그래도 플레이어들이 여기 자주 오게 만들고, 여기서 뭔가를 하게 만들려면 다른 도시에는 없는 무언가가 필요했다. 그리고 지금 그건 아키서스 교단밖에 없었다.

어떤 직업 하나에 특화되어서 밀어주지는 못하지만, 행운이라는 스탯은 생각지도 못한 효과를 많이 가져다주었다. 실제로 지금 절망과 슬픔의 골짜기에서 뭔가 만들어보겠다고 자리를 잡고 있는 제작 직업들도 은근히 있었던 것이다.

즉, 절망과 슬픔의 골짜기 영지 컨셉은…… 스킬 레벨이나 실력과 상관없이 행운으로 대박을 노릴 수 있는 영지!

'생각해 보니 이거 복권 좋아하는 사람들 마인드 아닌가?'

어쩌다가 영지가 이렇게 됐나 의문이 들었지만, 깊게 생각하면 안 될 것 같아서 태현은 다시 생각을 멈추었다.

"역, 역병 저주가 풀렸다!!"

"정말로?!"

"거짓말이 아니었어?!"

"내가 말했잖아, 저런 NPC는 거짓말 안 한다니까!"

양심이 찔리는 걸 느끼며, 태현은 묵묵히 솥을 설치했다. 원래라면 태현에게 관심이 쏟아졌겠지만, 역병 저주가 워낙 지긋지긋했는지 플레이어들은 분수에만 관심을 가졌다.

"야! 빨리 가! 빨리!"

"밀지 마요! 지금 사람 있잖아요!"

솥을 설치할 곳은 분수 옆!

설치만 하고 물러서려던 태현은 멈칫했다.

'어라? 그리고 보니 저기 분수 물로 요리를 하면 내 요리 스킬도 오르지 않나?'

새로운 아이템도 생겼겠다, 여기 있는 사람들도 무조건 먹어야 하는 상황이니…….

중급 요리 3(53%)

-초급 괴식 요리 8(33%)

태현의 눈빛이 번쩍였다. 지금 이건 좋은 기회였다.

저주도 풀고 스킬도 올리고!

"뭘 하는 거야······?"

이세연은 어이없는 표정으로 동영상을 지켜보았다. 지금 그
녀가 보고 있는 건 태현의 영지에 간 플레이어들이 올리는 영
상이었다.

-역병 저주, 드디어 해결 방법이 나왔다!

-김태현의 영지 절망과 슬픔의 골짜기에 있는 분수에서 물
을 마시면 풀림!

-이거 가짜 아니지?

-믿기 싫으면 믿지 마셈. 아, 그리고 이거 여기서 얻으려면
영지로 귀환지 설정하거나 아키서스 교단 가입해야 함.

-뭐? 둘 다 못 하는 사람들은?

-한 명당 이 인분씩 요리를 팔긴 파는데, 남는 사람한테 팔
아달라고 해봐.

-아, 지금 아탈리 왕국까지 가기 힘든데······.

"진짜 한결같다."

이세연은 고개를 저었다. 태현이 투기장에 강제로 참여하게 된 것 때문에 좀 다른 반응을 보이나 궁금해서 영상을 보고 있었다. 그러나 달라진 것 하나 없이 광장에서 묵묵하게 요리를 하고 있었다. 내일 서버 종료를 하더라도 나는 오늘 요리 스킬을 올리겠다는 담대한 태도!

'판온 1이랑 달라진 게 없어.'

보통 저 정도 위치에 오르면 저런 단순 작업은 귀찮아서 안 하게 되는데, 태현은 아니었다.

나는 아직도 배고프다!

스킬 레벨을 꼬박꼬박 올리는 철저함!

'그런데 왜 요리 먹은 사람들 표정이 저렇게 × 씹은 표정이지? 김태현 요리 스킬은 괜찮을 텐데? 저주 해제용 요리라서 그런가?'

정답은 괴식 요리 때문이었다. 억지로 먹을 수밖에 없는 사람들을 희생해서 괴식 요리 스킬을 팍팍 올리려는 태현!

[끓어오르는 궁극의 역병 저주를 해결했습니다. 명성이 크게 오릅니다. 에랑스 왕국, 에스파 왕국, 아탈리 왕국, 오스턴 왕국에 당신의 이름이 퍼집니다. 왕가의 사람들을 만날 때 이번 일을 말

할 수 있습니다.]

[칭호: 저주의 종결자를 얻었습니다.]

저주의 종결자:

당신은 대륙을 뒤덮은 저주를 해결했습니다. 저주 관련 대미지 감소 보너스, 스킬 <저주 이동> 사용 가능.

행운을 기반으로 한 회피를 믿고 있는 태현에게 저주는 약점 중 하나였다. 그런 약점을 줄여주는 칭호!

'그래, 고생했는데 이 정도는 줘야지!'

앞으로 투기장 리그에서 맞붙어야 할 상황에서 가뭄의 단비 같은 칭호였다.

"태현 님! 감사합니다!"

"덕분에 역병 저주 풀고 가요!"

"그런데 제카스라는 플레이어가 태현 님이 판온 1의 김태현이라고 하던데 진짜가요?"

태현은 정색하며 대답했다.

"그놈이 이 역병 저주 해결 퀘스트 뺏겨서 음해하는 거야. 그런 놈 말 믿지 말라고."

"역시 그렇죠? 하하하!"

옆에서 듣던 케인도 말을 거들었다.

"얘가 판온 1의 김태현이라니. 말이 되냐? 헛소문이야, 그거. 판온 1의 김태현이 들으면 얼마나 짜증을 내겠어."

순도 100%의 진심! 케인은 정말로 태현이 판온 1의 김태현과 상관이 없다고 생각하고 있었다.

어찌 보면 당연했다. 케인은 판온 1 김태현의 팬이었다. 그런 김태현이 사실은 태현이었다는 사실을 쉽게 받아들일 수는 없었다.

"그런가요?"

"그렇다니까. 김태현한테 실례니까 그런 소리 하고 다니지 말라고."

케인은 잘 해주고 있는데, 옆에서 듣는 태현의 기분이 나빠지는 현상! 옆에서 지켜보던 이다비는 속으로 생각했다.

'아무리 생각해도 헛소문이 아닌 거 같아.'

케인이야 눈치 없어서 그렇다지만, 원래 아니 땐 굴뚝에 연기가 나지 않는 법!

"오늘은 여기까지만 할까?"

이다비는 깜짝 놀라서 태현을 쳐다보았다. 여기까지만 한다니. 그게 무슨 소리란 말인가?

이제까지 이다비가 본 태현은, 근성과 끈기와 인내로 가득 뭉친 사람이었다. 사람을 속이기 위해서라면 구덩이에서 3박 4일을 기다리고 있을 수 있는 사람! 한몫 벌 기회를 잡았다면 며칠 동안 밤을 새워서라도 달리는 게 태현이었다.

"혹, 혹시 어디 아프신 거예요?"

"……내가 게임 그만한다는 게 그렇게 충격적인 일이냐?"

"네. 아, 아니요."

이다비의 '네'는 생각하지 않고 바로 나왔다. 자기가 무슨 말을 하는지 깨달은 이다비는 급히 말을 바꿨지만, 이미 늦어 있었다. 시선을 회피하는 이다비!

태현은 빤히 이다비를 쳐다보다가 말했다.

"약속이 있어서 나가보려고."

"그래. 나도 나가야 해."

태현과 케인의 말에 이다비는 고개를 갸웃거렸다. 둘이 동시에 약속이 잡혔다니?

"이번에 투기장 프로 리그 때문에. 케인 쟤 PD한테 소개시켜 주고 허락받으려고 하거든."

"정말 하는 거예요?!"

"뭐 어려운 것도 아니고. 그 정도는 해줘야지."

이다비는 살짝 감동한 눈빛으로 태현을 쳐다보았다.

케인이 팀에 참가하지 않아도 태현에게는 아쉬운 게 아무것도 없었다. 그런데도 불구하고 직접 PD를 설득해서까지 케인을 팀에 넣으려고 하다니.

'매번 괴롭히기는 하지만 사실 케인을 좋아하는 거 아닐까?'

"너 뭔가 불쾌한 생각을 하고 있는 건 아니겠지?"

"네? 아, 아니요."

뭔가 이상한 낌새를 느낀 태현이 날카롭게 물었지만, 이다비는 시치미를 뗐다.

"어쨌든 대회 출전하는데 그냥 말 한마디 하고 넘어갈 수는 없고…… 직접 만나 봐야지. 나야 신분이 확실하지만 케인은 누군지도 모르잖아."

"야. 나도 신분 확실하거든?"

"모르지. 실제로 봤는데 한 사십 넘은 아저씨가 나올 수도 있을 테니까. 와, 그러면 좀 충격받을 거 같다."

"무, 무슨…… 너야말로 실제로 만났는데 그런 사람인 거 아니냐?"

"나는 외모 커스텀 거의 안 했어. 이대로라고 보면 돼."

"……."

"왜 둘 다 입을 다물지?"

케인과 이다비는 태현의 얼굴을 보고 속으로 생각했다. 현실에서 직접 보면 상당히 무서울 거 같다고!

"저도! 저도 참석해도 되나요?"

"응? 너는 왜?"

"……동료잖아요."

태현이 1초도 망설이지 않고 '너는 왜'라고 묻자, 이다비는 상처받은 표정을 지었다.

"아니…… 너 와봤자 별로 재밌을 것도 없고 할 일도 없을 테니까 그런 거지. 오고 싶으면 오던가. 어차피 케인하고 만나서 방송국 같이 갈 거니까."

"사람은 꼭 필요한 일이 없더라도 다른 사람을 만날 수 있잖아요."

"그래? 난 필요한 일 아니면 안 만나는데. 귀찮잖아."

진심이 가득 담긴 태현의 말이었다.

"뭐, 너도 오던가."

"네! 갈래요!"

이다비는 고개를 끄덕였다. 태현과 케인이 어떤 사람인지 궁금하기도 했고, 그 자리에 그녀가 끼고 싶기도 했다.

'이 사람들하고 조금 더 친해지고 싶어.'

처음 에스파 왕국 투기장에서 태현을 봤을 때에는 이득 때문에 손을 잡았지만, 지금은 조금 달라졌다.

판온 게임 자체가 재미있어진 것!

이제까지 이다비에게 판온은 돈을 버는 수단이었다. 재미고 뭐고 길드를 굴리고 각종 방법으로 골드를 벌어 현금으로 환전을 해온 것이다.

그러나 태현과 만나고, 같이 다니면서 온갖 퀘스트를 깨며 다양한 일을 겪게 되니, 게임 자체가 재미있어졌다. 물론 재미뿐만 아니라, 이득도 엄청나게 보고 있었다. 태현과 같이한다는 것만으로도 〈파워 워리어〉 길드 방송은 어마어마한 관심을 공짜로 얻게 되었으니까!

"이 자식은 왜 안 오는 거야?"

케인은 초조하게 주변을 두리번거렸다. 지금 케인은 A역 앞의 카페에서 태현을 기다리고 있었다. 2시에 만나기로 약속을 잡았던 것! 약속한 대로 시간에 맞춰서 기다리고 있는데, 태현이 보이지 않았다.

부아아아앙-

뭔가 특이한 배기음이 들렸다, 일반적인 자동차와는 다른.

끼이이익-

케인의 눈이 커졌다. 카페 앞 도로에 페라리 한 대가 멈춰선 것이다. 선명한 붉은색 스포츠카를 본 사람들이 수군거리며 시선을 던지며 지나갔다. 창이 내려갔다. 그러자 어디서 많이 본 것 같은 날카로운 인상의 사람이 보였다.

"케인?"

"어, 네? 저, 음. 그러니까, 케인 맞는데…… 네가 김태현?"

케인은 태현을 만나면 나름 자신감 넘치는 모습을 보여주려고 했었다. 판온에서는 맨날 쥐 잡히듯이 잡혀 살았지만, 현실에서까지 그럴 수는 없지 않은가.

그렇게 생각하며 다짐을 하고 있었는데…… 그런 생각을 한순간에 날려 버리는 충격적인 등장!

"김태현 아닌데?"

케인은 당황해서 주변을 두리번거렸다. 태현이 아니라니. 그러면 저 사람은 누구란 말인가?

"죄, 죄송……."

"……내가 김태현 아니면 네가 케인이라는 걸 어떻게 알겠냐?"

"……야!!"

"빨리 타기나 해."

케인은 떨떠름한 표정으로 옆의 좌석에 앉았다. 눈이 아플 정도로 선명한 붉은색 시트! 오늘 아침에 집에서 나올 때만 해도 이런 일이 있을 거라고는 생각지도 못했다.

"잠깐만, 이다비는?"

태현이 끌고 온 페라리는 두 명밖에 타지 못했다. 당연히 한 사람은 타지 못했다.

"걔는 방송국으로 직접 온대. 너만 타면 돼."

"그, 그래?"

케인은 두리번거리며 차 안을 둘러보았다.

'이 자식 얼마나 잘 사는 거야?'

판온에서 엄청 잘나가는데 왜 개인 방송 같은 걸 안 하나 싶었는데, 이제 납득이 갔다. 이 정도로 잘살면 아쉬운 게 없겠지!

'나는 취직하라고 오늘도 잔소리 듣고 왔는데……!'

뭔가 억울해지고 슬퍼지는 마음!

"이, 이거 네 차냐?"

"아니, 아버지 차. 원래 난 걸어 다니거나 택시 타."

케인은 고개를 갸웃거렸다. 왜 이런 차가 있는데 걸어 다니거나 택시를 타지? 자신이라면 매일 매일 꼬박꼬박 타고 다닐 것 같았다.

"왜인지 궁금해하는 거 같은데? 이유가 듣고 싶어?"

"어? 어……."

"안 듣는 게 좋을 텐데."

태현은 씩 웃었다. 그 웃음에서 불길함을 느낀 케인은 움찔했다. 뭔가 들으면 많이 후회할 것 같은 미소!

"그보다 케인 넌…… 생각했던 거랑 좀 많이 다른데?"

태현은 케인의 위아래를 훑어보더니 말했다. 그 모습에 케인은 말을 더듬었다.

"왜, 왜?"

"외모 커스텀을 얼마나 한 거야? 최대로 했나?"

태현이 이런 식으로 물을 만했다. 왜냐하면 케인의 실제 모습은…… 작은 몸집에 동안의 남자였던 것!

케인이 나이를 말하지 않았다면, 태현은 케인이 자기보다 어리다고 생각했을 정도였다.

"외모 좀 바꿀 수도 있지!"

"아니, 레드존 길마라면서 허세 부리고 다니고, 뻥뻥 시비 걸고 다닌 사람이 이러니까 뭔가 좀 김이 새는데……."

게임과는 정반대의 이미지였던 것!

케인은 조용히 입을 다물었다. 여기서 더 말해봤자 태현한테 놀림만 당할 것 같았기 때문이었다.

"그보다 너 확실히 남자 맞지?"

"이 자식이 진짜…… 싸우자는 거냐! 어!"

처음 봤을 때 느꼈던 긴장감은 사라진 지 오래! 케인은 울컥해서 태현에게 외쳤다. 아무리 봐도 시비를 거는 거로밖에 느껴지지 않는 말!

"아니, 혹시 몰라서 묻는 거야."

"그걸 왜 혹시 몰라서 묻는데! 눈깔은 폼으로 달고 다니냐!"

"내가 최근에 착각한 적이 있어서……."

케인은 순간 잘못 들었나 싶었다.

"남자인지 여자인지 잘못 본 적이 있다고?"

"그래."

"눈깔을 폼으로 달고 다니는 게 맞았…… 억!"

갑자기 차가 출발하자, 케인의 몸이 뒤로 꺾였다.

"그보다 아까 내가 왜 걸어 다니거나 택시 타는지 궁금해했
었지?"

"그, 그랬지?"

"정답은 내가 운전을 좀 못 해서야. 내가 면허를 딴 다음에
면허를 장롱에 박아놓고 안 꺼낸 지가 몇 년이더라…… 에이,
뭐 어쨌든 그건 중요한 게 아니고."

"그게 안 중요하면 뭐가 중요한데!"

"사람들이 페라리 몰고 지나가면 알아서 비켜주더라."

"미친놈아!"

"괜찮아, 안 죽어."

"운전을 못 하면 그냥 나올 것이지 왜 차를 끌고 나온 건데!"

"늦어서 어쩔 수 없었지. 약속을 어길 수는 없잖아?"

이런 부분에서는 철저한 태현!

케인은 차에서 뛰어내리려고 했지만, 이미 차는 출발한 상
태였다.

"헉, 허억…… 허어억……."

"거, 겁은 많아가지고."

"네가 말만 안 했어도 겁 안 먹었어!!"

케인은 울컥해서 태현에게 따졌다. 사실 태현의 운전은 걱정한 것처럼 이상하지 않았다. 운전 안 한 사람이 운전한 것 치고는 매우 깔끔하고 완벽했다.

즉 태현이 출발하기 전에 한 말은…… 케인을 겁주기 위해서 한 말이 분명!

'이 사악한 자식이 진짜……'

"빨리 올라가자고. PD님 기다리겠다."

"그, 그래."

"그런데 너 본명이 뭐냐?"

태현은 별생각 없이 물었다. 태현은 게임에서 닉네임을 본명으로 쓰는 타입이었다. 그러나 케인처럼 아예 다른 닉네임을 쓰는 사람들도 많았다.

"……김덕수."

"뭐?"

"김덕수!!"

"뭐??"

"너 이 자식! 들었는데 일부러 이러는 거지?"

"처음에 알아차렸어야지. 좋아, 덕수. 앞으로는 좀 더 친해지기 위해 본명을 부르자. 너도 태현이라고 불러. 나도 덕수라고 부를 테니까."

"케인이라고 불러라……."

케인은 부들부들 떨며 말했다. 그러는 사이, 저 멀리서 배장욱 PD가 손을 흔드는 게 보였다.

"오셨군요! 반갑습니다! 이분은…… 저번에 말하신 케ㅇ……."

"김덕수입니다."

"네?"

"게임 닉네임은 케인이고, 본명은 김덕수래요."

부들부들!

태현이 배장욱에게 설명하는 동안, 케인은 옆에서 주먹을 쥐고 부들부들 떨고 있을 수밖에 없었다. 처음 보는 PD 앞에서 화를 낼 수도 없었던 것이다.

"아, 네. 김덕수 씨. 안녕하세요."

"케, 케인이라고 불러주십시오……."

"네. 케인 씨. 이쪽으로 들어오시죠."

셋 다 자리에 앉자, 배장욱이 이야기를 시작했다.

"우선 태현 씨, 이번에 참석해 주셔서 정말 감사합니다. 수한이도 듣고서 얼마나 기뻐했는지 모릅니다."

"별거 아닙니다."

"이세연 씨한테 들었는데, 제안을 듣고 바로 수락하셨다고요? 태현 씨가 예전부터 같이 이세연 씨하고 팀을 이뤄서 싸워보는 게 꿈이었다고 하더군요. 그런 걸 바라셨으면 미리 말씀해 주셨으면 됐을 텐데……."

빠드득!

케인은 분명히 보았다. 책상 밑에 있던 태현이 들고 있던 볼펜이 그대로 박살 나는 모습을!

"하하, 뭔가 오해가 있는 것 같은데, 제가 딱히 이세연하고 같이 팀을 하고 싶었던 게 아닙니다."

"네? 이세연 씨가……."

"뭐 착각했나 보죠."

"착각치고는 너무 확고하게 말하셨는데……."

"그러면 그 여자가 미친 게 아닐까요?"

"네??"

"하하, 농담입니다."

'농담 같지가 않은데……?'

배장욱은 이마에서 나오는 땀을 닦았다. 아무리 봐도 태현의 눈빛은 100% 진심이었던 것이다.

"어, 어쨌든 참가해 주셔서 정말 감사합니다. 흥행에 큰 도움이 될 겁니다. 그리고 저번에 말씀하신 건……?"

"네. 여기 있는 이 김덕수……."

꼬박꼬박 김덕수라고 본명을 불러주는 태현에게 울컥한 케인이 옆에서 말했다.

"케인, 케인!"

"알겠어. 자식아. 김덕수(케인)를 팀에 넣고 싶은데요."

"야!"

태현과 케인의 대화에, 배장욱은 다시 한번 이마의 땀을 닦았다. 가볍게 이야기하고 있었지만 가볍게 이야기할 주제는 아니었던 것이다.

이번 투기장 프로 리그의 치열한 예선을 건너뛰고, 바로 본선에 들어갈 수 있는 권한! 다른 사람들이 듣는다면 '특혜 아니냐'라고 욕을 먹을 수도 있는 민감한 문제였다.

"태현 씨. 이건 그렇게 쉽게 결정을 내릴 수 있는 문제가 아닙니……."

"케인을 넣지 못한다면 저도 안 나갈 생각입니다."

태현은 단호하게 말했다.

제발 안 된다고 말해줘라! 그러면 나도 당신 핑계 대고서 이 세연한테 못 나간다고 말할 수 있으니까!

태현의 눈동자가 이글거렸다. 그 눈빛을 본 배장욱은 움찔했다. 저 눈빛은 단단히 결심을 한 남자의 눈빛!

'저, 정말 크게 각오를 하고 왔군!'

사실 배장욱은 케인을 꼭 넣어야 한다고는 생각하지 않고 있었다. 급이 꽤 떨어지는 편이었으니까.

나름 인기는 있었지만, 국내 플레이어 중 케인보다 인기 많은 플레이어는 찾으려면 얼마든지 찾을 수 있었다.

그런 케인을 넣는다니. 아무리 태현이 말을 꺼냈다고 하지만, 배장욱은 자기가 잘 말하면 이해를 해주지 않을까 싶었다. 그러나 지금 직접 만나서 본 태현의 태도는 보통이 아니었다. 일체의 협상도 없이 바로 찔러 들어오는 단호함!

이건 정말 Yes or NO의 문제였다.

'김태현이 자기 사람들은 정말 잘 챙긴다고 하는 소문이 있던데, 그게 진짜였구나. 저 케인을 팀에 넣기 위해서 자기가 빠질 정도의 각오를 하다니!'

'제발 거절해라, 이거 핑계 대고 나도 빠지게. 이세연하고 같이 팀 하기 싫다고!'

'김태현 너 이 자식…… 나를 위해서 이렇게…… 잠깐, 뭔가 이상한데?'

조용한 회의실. 그러나 세 명의 생각은 시끄러울 정도로 빠르게 굴러가고 있었다.

배장욱은 침을 삼켰다. 중요한 건 결정을 내리는 것.

'아니, 길게 생각할 필요 없다. 간단한 문제야.'

케인을 그냥 넣는 걸 감수할 정도로 김태현의 이름에 무게가 있는가? 단순한 문제였다.

그리고 배장욱은……

"알겠습니다, 태현 씨."

"그래요. 어쩔 수 없겠죠."

"그렇습니다. 어쩔 수 없군요. 저 케인 씨까지 같이 넣겠습니다. 팀의 자리가 하나 줄겠지만, 이세연 씨는 납득해 줄 테니 어떻게든 설득이 될 겁니다."

태현과 케인은 깜짝 놀랐다. 놀란 이유는 서로 달랐지만.

"그게 뭔 소립니까!"

"정말요? 잠깐, 야, 넌 반응이 왜 그래?"

케인이 뭔가 이상한 걸 깨닫고 태현을 타박했지만, 당황한 태현은 아랑곳하지 않고 배장욱에게 따졌다.

"아니, 정당한 심사도 하지 않고 그냥 넣겠다는데 OK를 하시다니. 이러시면 안 되죠!"

"태현 씨, 저희들만 있으니 솔직하게 말씀드리겠습니다."

"……?"

"태현 씨가 안 나오시면 이세연 씨도 안 나옵니다. 저희가 그런 위험을 어떻게 감수하겠습니까?"

여기서도 발목을 잡는 이세연! 태현은 속으로 이를 갈았다. 정말 거미처럼 치밀하고 교묘한 수법!

사실 이건 스스로 무덤을 판 것에 가까웠지만……. 태현에게는 그렇게 느껴지지 않았다.

"잘 부탁드리겠습니다."

"저, 저도 잘 부탁드리겠습니다!"

절망한 태현을 내버려 두고, 케인은 신이 나서 배장욱과 계약 관련 이야기를 나눴다.

"드, 드디어 나도 백수 탈출이야……! 집에 가서 당당하게 말할 수 있어!"

"……."

"내가 원래 이런 소리를 잘 안 하는데, 고, 고, 고마……."

퍽!

"커헉!"

"이 자식은 사람이 옆에서 고민하고 있는데 혼자 신이 나가지고. 좋냐? 응? 좋냐?"

"당, 당연히 좋지! 너는 왜 아까부터 화가 나 있는데!"

"됐어, 인마. 집에 가."

"자식이 괜히 화만 내고 말이야……."

케인은 얼얼한 등짝을 만지며 투덜거렸다. 불평을 해도 즐거운 기분은 사라지지 않았다. 투기장 프로 리그 초대 팀의 티켓을 잡은 것이다. 남들이 안다면 욕하고 비난할지도 모르지만, 케인에게는 전혀 신경 쓰이지 않았다.

천금 같은 기회!

"근데 이다비는 왜 안 보이냐?"

"그러게? 방송국 앞에서 만나기로 해놓고 아직 안 왔네."

"이제까지 안 온 거 보면 무슨 일 있나 본데? 그러면 나 먼저 가본다."

"이런 치사한 자식…… 기다리지도 않고 먼저 가?"

"……그, 그러면 기다릴게."

"이런 미련한 자식. 약속 시간이 지난 지가 언젠데, 언제까지 기다리려고?"

"야 이 자식아!"

케인은 한참을 태현과 투닥거리다가 먼저 집에 가겠다고 떠났다.

혼자 남은 태현은 시계를 확인하고 방송국 앞 벤치에 앉았다.

'얘 진짜 무슨 일 있나?'

핸드폰으로도 아무런 연락도 오지 않고 있었다. 슬슬 걱정이 되기 시작했다.

"헉, 헉, 헉헉헉……."

멀리서 자전거 한 대가 빠르게 달려왔다. 그 위에서 열심히 페달을 밟고 있던 여자가 태현을 빤히 쳐다보았다.

"혹시 태현 님?"

"밖에서 님이라고 붙이는 건 그만둬 줄래? 다른 사람 들으면 이상하게 생각하잖아."

"뭐 어때요!"

이다비는 풀쩍 자전거 위에서 뛰어내렸다.

약간 앳되어 보이는 얼굴에, 운동하기 편하도록 하나로 질 끈 묶은 머리카락. 누가 봐도 미녀라고 생각할 모습이었다. 판온 2의 캐릭터와 헤어스타일 말고는 다른 점이 없었다.

"그나저나 태현 님은 판온 캐릭터랑 정말 그대로……."

"네가 할 소리냐? 그보다 왜 이렇게 늦은 거야?"

"아, 계산을 잘못했어요."

"집이 가깝나? 자전거 타고 올 정도면?"

태현은 이다비가 끌고 온 자전거를 보며 고개를 갸웃거렸다. 이다비는 손가락 하나를 폈다.

"10분?"

"한 시간이요."

"……그 정도면 그냥 버스를 타고 오지 그랬어? 버스 노선이 없나?"

"교통비 아까워서요!"

당당하게 말하는 이다비!

태현은 골치가 아파 오는 걸 느꼈다. 보아하니 땀을 흠뻑 흘린 상태였다.

전력으로 밟아서 한 시간이라니. 보통 그 정도면 버스를 타고 오지 않나?

"그런데 케인 씨는 어디 갔죠?"

"걔야 아까 갔지."

"태현 님을 두고 먼저 가다니, 치사하네요!"

"그치? 치사하지?"

자리에 없다는 이유 때문에 공격받는 케인!

"그러면 오늘 약속은 다 끝난 건가요?"

"네가 온 시간을 볼래?"

태현의 말에 이다비는 멋쩍게 웃었다. 그녀가 생각하기에도 너무 늦게 온 것이다.

"타라. 데려다줄게."

삐삑거리는 소리와 함께 열리는 페라리의 차 문. 이다비는 고개를 갸웃거렸다. 그리고 페라리를 향해 손가락을 뻗고, 다시 태현을 향해 손가락을 뻗었다.

"내 거냐고?"

끄덕끄덕-

"아버지 건데."

"그게 그거죠!"

"그런가? 우리 아버지는 좀 다르게 생각하시던데."

"이렇게 돈이 많으셨으면 미리 말하시지 그랬어요!"

이다비는 태현의 손을 붙잡으며 말했다.

"미리 말했으면 뭐가 달라졌나?"

"더 친하게 지내려고 노력했을 거 아니에요!"

"……너는 참 솔직해서 좋다."

"칭찬이죠?"

"칭찬이야. 데려다줄 테니까 타라."

"자전거 갖고 왔는데요."

"설마 한 시간 다시 밟아서 집에 갈 건 아니지? 여기다 세워 놓고 가. 저기 보관소 있어."

"만약 누가 가져가면……."

이다비의 자전거는 누가 가져가기에는 지나치게 초라하고 낡아 보였다. 도둑도 안 건드릴 것 같은 자전거!

"내가 새로 사줄게."

"그러면 탈게요!"

바로 자전거를 보관하고 옆에 타는 이다비! 옆에 앉은 이다비는 킁킁거리며 냄새를 맡았다.

"앗. 그러고 보니 땀 냄새 나지 않나요?"

"괜찮아. 내 차 아니거든."

태현은 눈을 가늘게 떴다. 이다비가 찍어준 주소로 차를 끌고 오자, 나온 곳이 달동네였기 때문이었다.

'이런 차는 너무 안 어울리는데. 괜히 이걸 끌고 왔군.'

이다비가 판온에서 돈, 돈 거리며 현금을 벌기 위해 이것저

것 하고 있다는 건 태현도 잘 알고 있었다. 당연히 돈이 풍족하지 않다는 것도 짐작하고 있었지만, 이 정도일 줄은 몰랐다. 그러나 정작 이다비는 아무렇지도 않은 표정이었다.

"여기요. 여기서 내려주세요."

"그래."

"아무 말도 안 하시네요?"

"뭐가?"

"보통 제 주변 사람들은 여기 오면 이것저것 말을 많이 하던데……."

"딱히 할 말이 없어서."

이다비는 태현을 보고 살짝 웃었다. 그녀가 어디 사는지 본 사람들은 당황하거나 동정하는 눈빛으로 말을 더듬곤 했다. 이렇게 가난할 줄은 몰랐다는 표정!

이해가 가지 않는 건 아니었지만, 이다비에게 그런 반응은 지겨운 반응이었다.

'내가 가난한 건 가난한 거야. 왜 그쪽이 그렇게 쳐다보는데?'

스스로 가난한 걸 받아들이고, 가슴을 펴고 당당하게 최선을 다하는 이다비에게 저런 동정의 시선은 불쾌할 뿐이었다.

그러나 태현은 아무런 눈빛도 보내지 않았다. 담담하게 말할 뿐! 그게 이다비는 고마웠다.

괜히 어색하게 말하거나, 동정의 눈빛을 보냈다면 아무리 태현이라도 속으로 화가 좀 났을 것이다.

"나중에 내 도움 필요한 거 있으면 말해."

"네? 무슨 뜻이에요?"

이다비의 목소리는 살짝 날카로웠다.

"설마 여기 사는 거 보고 가엾다거나⋯⋯."

"그런 생각은 하지도 않았거든? 우리 집 가훈 중 하나가 '남을 함부로 동정하지 마라'야."

"무슨 가훈이 그래요? 그보다 그러면 왜 갑자기 그런 말을 해요?"

"도움이 필요하면 말하라는 건 네가 가여워서가 아니라, 순전히 날 위해서 한 말이야. 네가 개인 사정으로 갑자기 판온을 접거나 하면 내가 좀 곤란하거든. 그러니까 내 도움이 필요하면 말하라고. 서로 이득이잖아."

"⋯⋯에이, 저야 그래도 태현 님이 뭐가 아쉬워서요?"

이다비의 목소리는 원래대로 돌아와 있었다. 평소처럼 쾌활하고 친근한 목소리.

"아냐. 다른 놈들은 다 파워 워리어를 무시하지만, 나는 높게 평가하고 있어. 정예 길드보다는 오히려 그런 식의 길드가 훨씬 더 쓰기 좋거든. 멍청이들이나 그걸 모르지."

태현은 진심으로 파워 워리어 길드를 고평가하고 있었다. 그걸 본 이다비는 살짝 당황했다.

길마인 그녀도 하지 않는 고평가를 하다니.

"그, 그렇게 고평가할 길드는 아닌데⋯⋯."

"그리고 그 길드를 만든 건 너니까, 너도 높게 평가하고 있다고."

"뭐가 그렇게 대단한데요?"

이다비는 눈빛을 빛내며 물었다. 남의 입으로 그녀가 만든 길드의 칭찬을 듣는 건 생각보다 즐거운 일이었던 것이다.

"약간 개방 같은 곳이잖아."

"개방? 그게 뭐예요?"

"무협지 안 읽어봤나? 무협지 보면 나오는 조직인데. 거지들의 모임이야."

순식간에 싸늘해지는 이다비의 눈빛!

"거지요?"

"아, 아니. 거지는 거지인데 정의롭고 강한 거지들의 모임이라고."

"어쨌든 거지란 거잖아요!"

"아, 무늬만 거지라니까! 보통 게네들 숨겨놓은 돈하고 보물들 많다고!"

어쩌다 보니 개방으로 대화의 주제가 흘러간 상황!

태현은 간신히 이다비에게 '개방은 멋지고 강한 조직이야!'라는 걸 설득할 수 있었다.

"……납득은 안 되지만 칭찬인 거 맞죠?"

"그래. 칭찬이라니까?"

"아무리 생각해도 거지들 모임이라는 게 칭찬 같지가 않은데……."

"무협지를 안 읽어서 그래! 읽어봐! 멋있게 나온다고!"

태현은 말하면서 왜 이러고 있나 하는 생각이 들었다.

"어쨌든 알겠어요."

"그래. 개방의 멋짐을 알아줘서 고맙다."

"그리고 도움이 필요하면 말할게요. 왜냐하면⋯⋯."

"그게 서로한테 이익이니까. 그렇지?"

"그렇죠!"

이다비는 진심으로 웃으며 태현의 손을 잡고 위아래로 흔들었다. 최근 있었던 일 중 가장 기분 좋은 일이었다. 서로가 동등하게 가치를 인정하는 파트너라니.

"태현 씨도 도움 필요하면 말해요. 도움이 필요할지는 잘 모르겠지만."

"아냐. 나도 도움 많이 필요해."

이다비는 고개를 갸웃거렸다. 태현이 도움이 필요하다니. 잘 상상이 가지 않았던 것이다.

이다비의 주변 사람 중 알아서 잘 먹고 잘살 것 같은 사람 1위!

오늘 실제로 만나보니 그런 확신이 더욱 커졌다. 모는 자동차부터 시작해서 입고 있는 옷, 행동거지 하나하나가 부티가 넘쳤다. 돈 많은 사람만이 보여줄 수 있는 여유!

'분명 라면 끓여 먹을 때도 안×탕면이 아니라 무×마에다가 계란하고 치즈까지 넣어서 끓여 먹겠지!'

이다비가 생각하는 부자의 모습이 뭔가 이상했지만, 태현이 그걸 알 방법은 없었다.

"무슨 도움이요?"

"음, 이건 좀 부끄러운데⋯⋯."

태현이 머뭇거리자 이다비는 더욱 궁금해졌다. 저렇게 머뭇 거릴 이유가 있나? 대체 어떤 부탁이길래?

"길드원들 시켜서 이세연 악플 좀 달아주면 안 돼?"

"······당연히 안 되죠!"

"역병 저주 푸는 국! 받아가라! 이제 한 시간 후면 접을 거 니까. 잠깐. 여기서 바로 먹으라고."

다시 접속한 태현. 태현은 영지에서 역병 저주를 해결하는 물을 이용한 다양한 요리를 선보이고 있었다.

물론 모두 다 괴식 요리 스킬을 응용한 요리들! 덕분에 먹 는 사람들은 구웨엑! 구웨에에엑! 거리며 괴로워하고 있었다.

그러거나 말거나 태현은 스킬에만 집중하며 요리법을 다양 하게 바꾸고 있었다.

탁-!

태현은 플레이어의 손목을 붙잡았다. 방금 국을 받은 요리 사 플레이어는 당황해서 태현을 쳐다보았다.

"지금 뭐 하려는 거지?"

"네? 어, 이 요리에 향신료 좀 넣어서 먹으려고······."

요리 스킬이 없는 플레이어는 울며 겨자 먹기로 먹어야 했 지만, 요리사 플레이어는 아니었다. 얼마든지 다시 요리해서 맛있게 먹을 수 있는 것!

그러나 그럴 경우 태현에게 들어가는 요리 스킬 경험치가 확 줄어들었다.

"내 요리가 맛이 없다는 건가?"

"그런 건 아니라……."

차마 '네 요리 × 같아! 맛없어!'라고는 말 못 하는 요리사!

"그러면 먹어! 먹으라고! 원샷해!"

"컥, 커헉, 커허억……."

괴로워하는 플레이어를 보면서, 케인은 고개를 절레절레 저었다. 정말 초심을 잃지 않는 태현!

자기가 저 정도 위치까지 오르면 어느 정도 쉬어가면서, 아니면 다른 사람들의 시선을 신경 쓰면서 게임을 할 것 같았다. 그런데 태현에게는 그런 게 없었다.

자나 깨나 한결같은 모습!

"안녕하세요!"

"어, 너 왜 안 왔냐?"

"왔거든요? 자전거 타고 가느라 좀 늦었던 거거든요?"

"왜 자전거를 타고 와?"

"교통비 아끼려고요!"

"……그, 그래……."

케인은 이다비의 기색에 압도되어서 고개를 끄덕였다. 교통비 아끼려고 그랬다는데 할 말이 없었다.

"그보다 출전 결정되었다면서요?"

"김태현한테 들었냐? 응."

"그리고 본명이 김덕수라고⋯⋯."

별로 알려주고 싶지 않은 사소한 부분까지 잘 말해주는 태현! 그래도 케인은 참았다. 태현 덕분에 대회에 나갈 수 있게 되었으니까!

그걸 생각하면 이 정도는 웃으면서 참아줄 수 있었다.

"또 현실에서 보니까 동안에 동생처럼 생겼⋯⋯."

"아니, 이 자식은 대체 뭔 이야기를 하고 다니는 거야?!"

결국 폭발한 케인!

마침 태현도 장사(?)를 끝내고 돌아오는 게 보였다.

케인은 태현을 일단 불렀다.

"야! 너⋯⋯."

따지려고 하는 순간, 케인의 이성이 원래대로 돌아왔다. 따지기에는 이번에 받은 게 너무 많은 상황!

"고, 고맙다고."

"그래. 당연히 고마워해야지."

이다비는 옆에서 둘의 대화를 흥미진진하게 쳐다보았다.

"대충 팔 만큼 다 팔았으니까 빠르게 이동하자. 에랑스 왕국 가서 악마 놈한테 퀘스트 보상 받아야 해."

"야, 근데 우리 투기장 연습 안 해?"

케인의 당연한 질문에, 태현은 '이놈은 무슨 헛소리를 하는 거야?' 하는 표정으로 대응했다. 뻘쭘해지는 건 케인!

"왜, 왜 그렇게 쳐다봐?"

"뭘 대단한 걸 한다고 연습까지 해?"

"대단한 거야! 대단한 거라고 인마!"

태현에게 PVP나 투기장 같은 건 숨 쉬는 것과 비슷한 일이었다. 새로 연습을 하거나 뭘 할 필요는 전혀 없었다.

그러나 케인은 태현처럼 괴물이 아니었다. 당연히 이런 대회를 앞두고서는 연습이 필수였다.

게다가 이 대회가 대단하지 않다니.

'이 대회가 얼마나 대단한데!'

수많은 사람들이 이 대회에 주목하고 있었다. 한국인들만이 아니라 해외 사람들까지. 자칫 잘못하면 전 세계적으로 개망신을 당할 수도 있는 상황!

케인이 초조할 수밖에 없었다.

"나중에 실수라도 해서 망신당하면 어쩌려고!"

"괜찮아."

"뭐가 괜찮은데?"

"나는 실수해도 인기 많아서 욕 안 먹을 거야. 그에 비해 너는 실수하면 욕 좀 많이 먹겠다."

얄미울 정도로 상황을 정확하게 파악하고 있는 태현!

그랬다. 케인과 태현은 인기로 비교했을 때 그 급이 차이가 났다. 이세연이나 태현이 대회에서 실수한다면 '둘도 사람인데 실수할 수 있지'란 반응이 나올 것이다.

그러나 케인이 실수한다면?

'저 ×× 왜 여기 껴가지고 난리냐!'

같은 반응부터 시작해서.

'저거 방송국에 뇌물 준 거 아니냐!'라는 반응까지 아주 다양하게 나올 게 분명!

"연, 연습하자! 연습하자고! 호흡 좀 맞춰봐!"

"나랑 같이 다니면 알아서 연습이 될 거다. 연습하고 싶어? 내가 곧 싸울 일 많이 만들어줄게."

어떻게 들으면 소름 돋는 말이었지만, 궁지에 몰린 케인의 귀에는 태현의 말뜻이 제대로 들어오지 않았다.

"그런 거 말고! 제대로 팀으로!"

"그렇게 말해도 그게 실질적으로 불가능하잖아."

"지금 초대 팀 구성을 보라고. 나하고 이세연, 너 있지? 남은 건 세 자리네."

이다비가 손가락을 꼽더니 의아하다는 목소리로 되물었다.

"두 자리잖아요?"

"아. 실수. 무의식적으로 날 빼버렸네."

이세연과 정말 같은 팀이 되고 싶지 않다는 무의식이 튀어나와 버렸다.

"어쨌든 두 자리 남았지? 지금 배장욱 PD한테 들어보니까 이 두 자리에 들어가려고 다들 살벌하게 경쟁하고 있다고 하더라고."

아무리 실력자라고 해도, 프리카 투기장에서는 예선을 뚫는다는 확신이 없었다. 모두 다 비슷한 레벨로 조정되어서 싸우다 보니, 한 번의 실수가 치명적일 수 있는 것! 그러다 보니 모두가 방송국 초대 팀에 들어가고 싶어 했다.

본선에 바로 진출할 수 있는 것도 매력이지만, 어찌 보면 자기의 인기를 증명할 수 있는 방법이기도 했으니까.

덕분에 MBS가 아닌 다른 방송사에서는 안달이 난 상태였다. 자기들과 계약한 플레이어들도 MBS 쪽을 힐끗거리며 관심을 보이고 있었으니까.

"아예 새로 팀을 더 초대할 수는 없나요?"

"해외 팀들도 초대해야 해서 국내 팀을 그렇게 많이 부를 수는 없지. 상징성도 떨어지고. 어쨌든 케인. 중요한 건 뭐냐면, 연습은 거의 기대하지 말라고. 그 두 자리는 지금 당장 결정 안 날 거고, 결정 난다고 하더라도 팀으로 연습하기는 힘들 거 같으니까."

누가 들어오든 간에 분명 유명한 플레이어일 테니, 서로 판온에서 바쁘기는 마찬가지일 것이다. 호흡을 맞춰가면서 연습하기는 힘들 게 분명! 태현은 판온 1 때의 경험으로 정확하게 상황을 읽고 있었다.

'그런데 말하다 보니 은근히 상황이 안 좋잖아?'

태현은 살짝 고민했다. 이세연 때문에 반강제적으로 출전하게 되기는 했지만, 출전한 이상 무조건 이길 생각이었다. 그런데 은근히 상황이 좋지 않았다.

치열한 예선을 뚫고 올라오는 팀들은 다 각자 호흡을 맞춰보고, 오랫동안 연습을 한 단단한 팀들이었다. 그에 비해 태현이 들어간 초대 팀은 아직 구성도 되지 않은, 오로지 인기와 흥행만 보고 인원을 모은 팀이었다.

각자의 실력이야 확실하지만, 5:5로 팀 싸움을 해야 하는 상황에서는 팀워크도 실력 못지않게 중요했다. 지금 상황을 봐서는 팀이 모인다고 해도 연습을 하기 힘들 것 같았다.

'나하고 케인은 손발 잘 맞으니까 상관없고, 이세연이야 어련히 알아서 잘하고. 남은 둘이 좀 말이 통하는 사람이었으면 좋겠는데.'

그러나 언제나 세상일은 원하는 대로만 흘러가지 않았다.

"크큭…… 대단하구나."

"보상 내놔."

"내가 하라고 했지만, 정말로 이 저주를 찾아서 가지고 올 줄이야……."

"아, 보상 내놓으라고!"

"훌륭하다. 너는 보상을 받을 자격이 충분하다. 자!"

사루온은 태현의 눈빛이 살기로 번쩍이는 걸 전혀 모르는 것 같았다.

'만약 쓸데없는 비전 스킬이라면 옆의 신전 거리로 가서 공적치 포인트를 모두 사용한 다음 널 레이드 해버리겠다!'

살기가 줄줄!

그러나 사루온은 아랑곳하지 않고 손을 흔들었다.

[기계공학의 비전 스킬, <살아 움직이는 폭탄>을 얻었습니다. 기계공학 스킬이 오릅니다.]

<살아 움직이는 폭탄>
손에 닿은 생물이나 생물의 일부를 폭탄으로 바꿉니다. 대상의 강함에 따라 폭탄의 강함이 달라집니다.

태현의 눈이 순간 커졌다. 기계공학 스킬은 은근히 꽝이 많았다. 그리고 멀쩡해 보이는 스킬도 정작 써보면 부작용이 많을 때가 있었다. 그러나 그럼에도 불구하고 기계공학을 파고파는 이유는…… 이렇게 다른 스킬에서는 볼 수 없는 강력하고 특이한 대박 스킬을 볼 수 있기 때문!

"케인. 잠시 이리 와볼래?"

"무슨 일로…… 잠깐. 너 뭔가 눈빛이 이상한데."

이제 케인도 호락호락하지 않았다. 하도 많이 당한 덕분에, 눈빛만 보고서 눈치를 채는 수준에 도달한 것이다.

"하하, 무슨 소리를 하는 거야? 이리로 오라고. 지금 대회도 같이 나가는데 날 의심하는 거냐? 너무 섭섭한데?"

"그, 그런……."

태현의 치사한 말에 케인은 우물쭈물하며 다가갔다.

'이 자식이 왜 이러지?'

-살아 움직이는 폭탄!

'1, 2, 3, 4…… 시간이 생각보다 많이 걸리는데? 하긴, 시전 시간이 짧으면 사기 스킬이겠지.'

닿는 순간 바로 즉시 시전이 가능하다면, 적을 폭탄으로 바꿔버린 다음에 자폭시켜버리는 사기적인 콤보가 가능했다. 그러나 시전 시간이 길어서 그런 건 불가능했다. 도중에 방해가 들어오면 바로 취소가 되어버리는 스킬!

[당신의 왼쪽 팔이 폭탄으로 변했습니다. 폭발할 경우 매우 위험합니다.]

"넌 뭘 하는 거야 이 자식아?!"
"아. 이런 거였군!"

태현은 만족스럽게 고개를 끄덕였다. 그 모습을 뒤에서 보고 있던 사루온은 흐뭇한 표정을 지었다.

[악마 대장장이 사루온의 평가가 올라갑니다.]
[악명이 크게 올라갑니다.]

악마가 또 태현을 고평가하는 메시지창을 보자, 태현은 슬슬 진심으로 적성을 고민했다. 그냥 아키서스의 화신 같은 신성 관련 직업이 아닌, 악마 관련 직업으로 가는 게 더 적성에 맞지 않았을까? 숨만 쉬어도 오르는 악마들의 호감도!

"그런데 모험가. 이 역병 저주는 아무나 만들 수 있는 게 아니다. 혹시 이 저주를 해결할 때 악마를 보지 못했나?"

태현의 눈동자가 빠르게 굴러갔다. 이게 무슨 소리?

[악마 사루온이 퀘스트의 진실에 대해서 알고 싶어 합니다. 진실에 대해서 어떻게 말하느냐에 따라 반응이 달라집니다.]

여기서 진실을 말하느냐, 거짓을 말하느냐에 따라 사루온이 다르게 반응한다는 메시지창이었다.

태현은 고민했다. 사루온이 별로 위험해 보이지 않는 대장장이 같아 보였지만, 정체는 분명히 악마였다. 수틀리면 정체 드러내고 '크하하 죽여 버리겠다' 해도 전혀 이상하지 않은 종족이 바로 악마!

판온에서 가장 다루기 까다로운 종족이 악마였다. 즉, 이 질문도 그냥 별생각 없이 대답할 수는 없었다.

가장 좋은 건 애매하게 대답하는 것!

"악마를 보기는 봤지."

태현은 애매모호하게 대답했다. 어차피 이제 아쉬운 건 없었다. 보상도 받았으니까, 사루온이 죽이겠다고 덤비기라도 한다면 그냥 도망칠 생각이었다.

"뭐! 정말인가!"

"그래."

태현은 말하면서 사루온의 반응을 유심히 지켜보았다.

과연 어떻게 반응할 것인가?

"혹시 그 악마가 에슬라 님인가?"

바로 에슬라의 이름을 맞춰 버리는 사루온!

'뭐야? 어떻게 알고 있는 거지?'

악마들끼리는 은근히 서로 잘 알고 있는 것 같았으니, 사루온이 에슬라를 알고 있어도 이상할 건 없었다. 주목해야 할 건 에슬라 뒤에 '님'을 붙여서 말했다는 것! 그렇다면 적대 관계가 아닐 가능성이 높았다.

"그래. 에슬라를 만났는데."

"역시! 이런 저주를 만들 수 있는 건 에슬라 님밖에 없지!"

사루온은 흥분된 목소리로 말했다. 그러더니 태현을 의심가는 눈빛으로 쳐다보았다.

"너는 에슬라 님을 어떻게 만나게 된 거지? 그분의 행적은 나도 찾지 못했는데."

"저주를 풀 방법을 찾다 보니 만났는데. 그보다 너는 에슬라하고 무슨 관계인데?"

"나는 그분의 심복이다."

[고급 화술 스킬을 가지고 있습니다. 상대방의 말이 진실인지 아닌지 알 수 있습니다.]

진실을 말하고 있었다. 즉 에슬라의 심복이라는 뜻!

'여기서 이렇게 만나게 되나?'

생각해 보니 에슬라도, 사루온도 꽤나 대단한 기계공학 스킬을 갖고 있었다. 둘이 관련이 있어도 이상하지 않았다.

"만나게 해다오!"

"잠깐, 에슬라는 지금 봉인되어 있어."

"역시……! 그래서 찾을 수 없었던 거였나! 어떤 놈들이 봉인했지?"

"고대 드워프하고 다른 악마들이…… 이름이 다는 기억 안 나는데 가장 큰 역할을 한 게 에다오르하고 아다드란 놈이었던 거 같기도 하고……."

그 와중에 은근슬쩍 자기의 원수를 끼워 넣는 태현! 정말 재빠르고 대담한 솜씨였다.

[고급 화술 스킬을 갖고 있습니다. 추가 보너스를 받습니다. 사루온이 당신의 말을 완전히 믿습니다.]

"그놈들이! 감히!"

사루온은 분노한 얼굴로 외쳤다. 태현은 속으로 주먹을 불끈 쥐었다. 싫은 놈들끼리 서로 싸움 붙일 때야말로 언제나 가장 즐거운 순간!

태현은 쐐기를 박을 생각으로 말했다.

"나는 에슬라에게서 부탁을 받았지."

"무슨 부탁을 받았나!"

"에슬라를 봉인에서 풀어달라는 부탁."

〈악마의 봉인을 풀어라-에슬라 퀘스트〉

고대 드워프의 미궁에 봉인된 에슬라는 강력한 악마지만, 혼자의 힘으로는 봉인에서 풀려날 수 없다. 봉인을 풀기 위해서는 강력한 악마의 징표 세 개가 필요하다.

그는 당신에게 봉인을 풀어주는 대가로 힘을 빌려주기로 약속했다. 정말로 어렵고 힘든 일이지만, 에슬라를 봉인에서 풀어낼 수 있다면 거대한 힘을 얻을 수 있으리라.

악마의 세 징표:

-에다오르의 뜨겁게 끓어오르는 진홍빛 대검 (1/1)

-? (0/1)

-? (0/1)

보상: ?, ??, 에슬라와의 동맹.

강력한 악마가 갖고 있는 주무기를 한 개도 아니라 세 개는 모아야 봉인을 풀 수 있었다.

이 퀘스트를 받았을 때, 태현은 생각했다.

'급한 거 아니니까 내버려 둬야지.'

갇혀 있는 건 에슬라지 태현이 아니니 미뤄두겠다는 생각! 에슬라가 알면 기가 막혀 하겠지만, 태현 입장에서는 당연했다. 손을 잡은 이유가 태현을 싫어하는 악마들이 많아서였는데, 그 에슬라를 꺼내기 위해서 악마들을 상대해야 한다니. 불에 기름을 붓는 거나 마찬가지였다.

그런데 예상외의 인물이 나타났다. 갑자기 자기가 에슬라의 부하라고 말하는 사루온! 태현의 눈에는 굴러 들어온 호구로밖에 보이지 않았다.

'이놈을 어떻게 다뤄야 잘 다뤘다고 소문이 날까…….'

말하면서도 태현의 머리는 바쁘게 굴러갔다.

"내가 도와주겠다. 에슬라 님의 봉인을 풀 수 있도록!"

아주 제 발로 태현의 손아귀 위로 굴러 들어오는 사루온! 태현은 흡족한 표정으로 고개를 끄덕였다.

"그래. 우리 같이 힘을 합쳐서 사악한 악마 놈들을 물리치고 에슬라 님의 봉인을 풀어내자고!"

사루온 정도 NPC라면 매우 든든했다. 종족도 악마고, 기계공학과 대장장이 스킬을 갖고 있는 NPC니 어디 싫어하는 놈의 영지로 보내놓으면…… 상상만 해도 기대되는 결과!

'오스턴 왕국에 나 싫어하는 놈들이 많았었지? 거기로 보내놓을까?'

"좋아. 언제 마계로 갈 생각이지?"

"어? 아, 지금은 힘을 모으고 있어서. 준비되면 말해줄게."

태현은 별생각 없이 말했다. 물론 마계로 갈 생각은 전혀 없었고, 사루온을 달래서 써먹기 위한 겉치레였다.

"그래. 그러면 나도 이 가게는 접고 너를 도와주겠다."

"당연히 그래야지!"

"네 영지로 가서 기다리고 있도록 하지."

"……뭐?"

태현은 순간 귀를 의심했다. 방금 뭐라고?

"준비가 끝날 경우 바로 가려면 네 영지가 가장 가깝지 않겠나? 네 영지에서 준비하고 있겠다."

"아, 아니……."

아키서스 교단 총본산에 악마가 들어가겠다니. 아무리 태현이 막 나간다고 하지만 쉽게 '그래라'고 할 수는 없었다.

'그러면 대체 어떻게 되는 거지?'

보통 악마가 도시에 숨어 있으면, 그 도시에서 깽판을 치는 경우가 많았다. 그러나 사루온 같은 경우는 태현에게 협조적인 NPC였다. 깽판을 치지는 않을 테지만…….

'……미친 듯이 불안해!'

안 그래도 절망과 슬픔의 골짜기에는 이상한 놈들투성이인데, 사루온이 갈 경우 어떻게 될지 짐작도 가지 않았다.

"뭐지? 무슨 불만이라도 있나?"

"아, 아니……."

머뭇거리는 사이, 사루온은 결정을 내리고 짐을 쌀 준비를 시작했다. 그 모습을 아연실색한 채 지켜볼 수밖에 없었다.

"팀장님, 소식 들으셨어요? 김태현이 이번 투기장 프로 리그에……."

"들었어."

"아, 네……."

말이 끝나기도 전에 대답하는 최명성 팀장의 모습에, 윤주환은 민망해서 말끝을 흐렸다.

"쯧쯧. 그렇게 소식이 느려서야. 나는 제일 먼저 알았다. 뉴비팬 티 내냐?"

올드팬으로서 자부심을 가득 부리는 최명성 팀장! 평소에는 언제나 팀장을 존경하는 윤주환이었지만, 이럴 때 보면 참…… 기분이 묘했다.

'아, 아니야. 그래도 평소에는 친절한 상사니까…….'

"어…… 어쨌든 반응 보셨어요? 이번 투기장 리그는 흥할 것 같지 않나요?"

최명성은 고개를 끄덕이며 대답했다.

"흠…… 확신은 못 하지만, 1하고 달리 흥할 가능성이 높다고 생각하고는 있다."

판온 1에서 있었던 약점들을 고치고, 거기서 멈추는 게 아니라 흥행에 관련된 홍보를 적절하게 하고 있었다. 이세연과 김태현이 참전한다는 게 특히 좋았다. 일반 플레이어들은 그 소식만 듣고서 벌써 환호하고 있었으니까.

여기에 해외의 유명 플레이어 팀까지 초대하고, 예선을 뚫은 실력파 팀까지 붙여 놓는다면 일단 흥행은 보장된 것이나 마찬가지였다.

"MBS 쪽에서 야심이 큰 거 같은데, 벌써부터 전 세계 리그를 꿈꾸고 있더라고."

"벌써요? 국내 대회인데?"

"섣부르긴 한데 턱없는 이야기는 아니야. 해외 관심이 만만 치 않거든. 러브콜 보내는 해외 팀들이 벌써 쌓였어."

"우와……."

"우리에게도 좋은 이야기지."

판온 2의 위치는 이미 단단해서 더 이상 흔들릴 수 없었다. 지구에서 가장 성공적인 가상현실 게임!

그러나 최명성은 알고 있었다. 현실에 안주하면 뭐든지 나 태해지게 마련이라는 것을. 지금 잘나가더라도 꾸준히 발전하 고 개선해 나가야 했다.

그런 면에서 투기장 프로 리그는 매우 적절한 기회였다. 외 부 회사들과 협력해서 새로운 시장을 열 수 있는 기회!

최명성은 게시판들의 글들을 둘러보았다. 대부분의 사람들 이 뜨거운 반응을 보여주고 있었다.

-김태현하고 이세연이 한 팀이라니! 완전 드림팀 아니냐? 벌써 우승 팀 정해진 거 아님?

-아, 밸런스 좀 맞춰 주셈. 재미없게 뭐임.

-해외 팀들 불러서 한국 팀이 압살해버리면 좀 미안하지 않냐? 서비 스 좀 해줘라.

-미친놈들. 착각 좀 작작해라. 프리카 투기장에서 뛰어보기나 했냐? 거기서 한 번 뛰어봤으면 평소 실력이 의미가 없다는 걸 알게 될 거다. 레벨 맞춰지는데 무슨 실력이야? 김태현이고 이세연이고 평소 레벨하

고 장비 거품 다 드러나는 거지. 해외 팀한테 발리고 정신승리나 하지 마라. ㅉㅉ.

-위에 놈은 뭐라는 거야?

-그래서 님 레벨은?

-이세연은 판온 1 탑 랭커였거든요? 장비 벗고 레벨 내려도 이길 수 있거든요?

-너 같은 놈은 그냥 바르겠다. 입만 살아가지고.

-그런데 진짜 너무 한국팀 과신하는 거 아닌가 싶은데. 이세연하고 김태현 실력 좋은 건 아는데, 프리카 투기장은 레벨하고 장비 다 치우고 싸우는 곳이잖아. 한 명이서 무쌍하기는 힘들지.

-맞아. 게다가 아직 한국 초대팀은 멤버도 안 정해졌잖아.

-남은 두 명 누가 하냐?

-야, 그보다 케인 그놈은 왜 거기 끼냐? 거기 급이 돼?

-김태현하고 친해서 들어간 거 아닌가?

-와, 인맥 개쩌네요. 김태현하고 친하다고 들어가나.

-김태현이 착하니까 챙겨준 거겠지. 케인 그놈 레드존 길마였다며? 김태현처럼 착한 사람한테 붙어가지고 단물 쪽쪽 빨아먹는 게 아닌지 의심된다.

-진짜 의심되더라. 김태현 지금 속고 있는 거 아니냐?

-니들이 김태현 몰라서 그러는데 김태현 인성이 생각보다 아주 개 ××······.

-응 김태현 안티 또 왔나?

-저건 지겹지도 않나 봐. 매번 와가지고 김태현 욕하고 케인이 당하

고 있대. 미친놈 아닌가?

-저거 케인 아니냐?

-아, 아니거든?

-저놈은 무시하고 남은 두 자리나 예측해보자. 누가 들어갈 거 같냐?

-이세연 길드에 현아 아냐? 나 걔 좋아하는데. 걔가 들어왔으면 좋겠다.

-에이, 그래도 급이 좀…….

-케인도 들어왔는데 뭐 어때서!

-도동수 어떠냐? 요즘 제대로 물올랐던데.

-사유가 최고지.

-난 진지하게 김태산 밀어본다.

-아니, 팀에 김태현, 김태현 아빠, 김태현 친구 구성되면 그게 한국 팀이냐 김태현 팀이냐?

-뭐 어떠냐! 팀만 강하면 그만이지!

"상황을 파악 못 한 사람들이 많군."

최명성은 고개를 저었다. 일반인들은 지금 다들 착각을 하고 있었다. 유명한 국내 플레이어들은 모두 다 한국 초대 팀에 들어가고 싶어 한다고. 그러나 현실은 그게 아니었다.

'제각각 실력은 뛰어나지만 팀워크는 거의 기대할 수 없는 팀. 그런 팀에 들어가려는 플레이어는 한정되어 있지.'

물론 예선을 통과하지 않고 바로 본선으로 들어갈 수 있는 건 정말 큰 장점이었다. 그러나 다섯 명으로 구성되는 팀에, 이세연과 김태현 같은 쟁쟁한 플레이어가 있는 건 다른 사람들에게도 부담이었다. 각자 실력에 워낙 자신이 있는 플레이어다 보니, 팀워크를 맞추거나 전략을 짜는 게 힘들 수밖에 없는 것이다.

그래서 지금 대형 길드 쪽에서는 랭커들과 랭커들을 받쳐줄 수 있는 플레이어들로 끈끈하게 팀을 짜서 예선을 노리는 경우가 많이 보였다. 큰 그림을 그릴 수 없는 초대 팀보다는, 계산이 서는 단단한 팀으로 나서겠다!

최명성이 보기에는 매우 합리적인 생각이었다. 기존의 명성과 이름값 때문에 사람들이 착각하고 있었지만, 프리카 투기장은 레벨과 장비가 의미가 없었다. 즉 유명한 플레이어 하나하나에 그렇게 목을 매지 않아도 된다는 것!

그렇다면 차라리 끈끈하고 손발 잘 맞는 다섯 명으로 구성된 팀을 구성하는 게 승률이 높을지도 몰랐다.

다들 김태현과 이세연 팀이 잘 나갈 거라고 생각하고 있었지만, 최명성은 본선 팀에서 가장 불리한 팀이 한국 팀이 될 거라고 생각하고 있었다. 본선 팀 중 유일하게 호흡을 맞춰볼 기회가 없는 팀이 될 테니까.

이름값과 흥행만 신경 쓴 MBS 측의 실수!

'그렇지만…… 역시 나는 김태현이 이기는 걸 보고 싶다.'

판온 1에서부터 이어진 팬심!

최명성은 불리하다는 걸 알면서도 김태현이 이기기를 원했다. 판온 1에서도 그랬듯이, 김태현은 언제나 불리한 상황에서 생각지도 못한 방법을 찾아내곤 했다.

레벨이 낮춰지고, 장비가 사라져도 그건 달라지지 않았다.

'믿는다, 김태현!'

-해외 팀은 누구 오려나.

-에반젤린 SNS 보니까 캐나다팀으로 확실하게 참가 결정된 거 같더라.

-에반젤린? 나 에반젤린 좋아함.

-예쁘지.

-뭔가 어색하게 방송하는 게 귀엽지 않냐?

-그거 다 컨셉이라니까.

-컨셉이면 뭐 어때!

-에반젤린도 직업 좀 깠으면 좋겠다. 볼 때마다 신기해.

-뱀파이어 계열 같은데…….

-스미스나 크로포드도 오겠지?

"으윽……."

"폭탄 풀어 이 자식아!"

"지금 그게 중요한 게 아니야."

"그러면 뭐가 중요한데?! 너 진짜 사람들이 네가 이러는 거
알아야 해! 맨날 사람들이 뭐라는 줄 알아? 김태현 그 착한 자
식을 케인이 속여서 단물 쪽쪽 빨아 먹는다 그런다고! 내가 그

것만 보면 억울해서 눈물이 다 난다!"

"풉!"

옆에서 듣던 이다비가 빵 터졌다. 듣다 보니 그렇게 보일 수도 있겠다 싶었던 것이다. 케인이 불타는 시선을 이다비에게 던지자, 어색한 휘파람을 불며 시선을 피했다.

"이다비, 케인이 날 속여서 단물을 빨아먹고 있었나?"

"대회 참가도 했으니까 어떤 면에서 보면 그럴지도요?"

"앞으로 조심해야겠네."

자기를 무시하고 둘이서 떠드는 걸 본 케인은 가슴을 두드렸다. 내가 어쩌다가 이렇게 속 긁는 두 사악한 인간들하고 같이 다녀야 하나!

"그 폭탄 내가 안 터뜨리면 금방 사라지니까 괜찮아."

"……애초에 바꾼 게 잘못된 거 아니냐? 응? 내가 이상한 거냐?"

"그보다 지금 중요한 건 사루온이야. 이놈이 지금 내 영지에 가겠다고 짐을 싸서 떠났는데……."

말리기도 전에 떠나버린 사루온!

태현은 골치가 다시 아파 오는 것을 느꼈다.

[현재 절망과 슬픔의 골짜기의 치안은 보통입니다. 주변에 몬스터들이 더 많이 나타날 경우 치안이 내려갈 수 있습니다. 던전이 발견될 경우 수입이 늘어나지만, 치안은 내려갈 수 있으니 주의하시길 바랍니다.]

[현재 영지에서 동원 가능한 병력은 다음과 같습니다.

-맥크레니 상단 용병.

-아키서스 교단 성기사.

병사들은 만족해하고 있습니다.]

[건설이 활발하게 진행 중입니다. 이대로 지속된다면 유명 건축가 NPC가 찾아올 수도 있습니다.]

[현재 영지의 수입은 -420골드입니다.]

'……이거 흑자가 날 수는 있기는 한 건가?'

완전히 박살 난 영지를 받다 보니, 골드만 잡아먹고 있는 상황이었다. 그나마 펠마스가 거하게 사기를 치고, 각종 제작 직업 플레이어들을 꼬드겨서 싼값에 후려치기를 하고 있어서 이정도지, 아니었다면 더 적자가 심하게 났을 것이다.

'일단 아키서스 교단 성기사들도 고용이 됐고, 필수적인 건물들은 지어지고 있는데…… 와, 정말 갈 길이 머네. 이거 도시로 만들 수 있기는 한가?'

도시에는 온갖 것들이 다 있었다. 필드에 안 나가고 도시에서만 노는 플레이어들이 괜히 나타나는 게 아니었다.

'아예 안 될 거 같은 건 차라리 미리 포기를 하는 게 나을지도 모르겠다.'

선택과 집중. 그 개념이 여기서도 통했다.

[현재 절망과 슬픔의 골짜기에서 투기장이 지어지고 있습니다. 사고 때문에 완성까지 5일 더 느려집니다.]

많은 메시지창 중, 투기장 관련 메시지창을 본 태현은 복잡한 표정을 지었다.

무턱대고 지른 과소비의 결과물! 다른 건물들과 달리, 이 투기장은 정말 태현의 취향 때문에 지른 건물이었다.

'이거 써먹을 수나 있으려나……'

태현은 결정을 내렸다. 절망과 슬픔의 골짜기는 기본 건물만 갖추고, 나머지는 다 아키서스 관련 건물로 가기로. 그렇지 않으면 그냥 다른 도시들의 하위호환밖에 되지 않았다.

목적은 아키서스 교단의 상징적인 도시!

'잠깐, 아키서스 교단의 상징적인 도시면……'

태현의 머릿속에 순간 한 장면이 스쳐 지나갔다. 곳곳에 동상들이 있고, 사람들은 그 앞에서 울부짖으며 상자를 까고 아이템을 만드는 그런 모습이!

'……아, 아니. 꼭 그렇게 되라는 법은 없으니까……'

[악마 대장장이 사루온이 영지에 도착했습니다.]

"아니, 이 자식은 왜 이렇게 빨라?!"

[특수 건물-악마의 대장간을 지을 수 있습니다.]

'웅?'

사루온이 하도 빨리 도착해서 당황하기는 했지만, 일단 특수 건물을 지을 수 있다고 하니 태현은 바로 지으려고 했다.

뭐든지 있으면 좋으니까!

특수 건물 같은 건 기회가 있을 때 미리미리 잡아놓는 게 좋았다.

그러나 태현은 잊고 있었다. 사루온은 기계공학 관련된 NPC고, 그런 NPC가 도착해서 지을 수 있는 대장간은 당연히 기계공학 관련된 대장간이었다.

그리고 그런 건물을 지으면? 당연히 기계공학 관련 플레이어들이 찾아오게 되어 있었다!

CHAPTER 3

"안녕하세요."

"그래. 허허허. 허허허허."

유 회장은 실없는 웃음을 터뜨렸다. 아는 사람들이 봤다면 귀신을 본 표정을 지었을 것이다. 재계의 호랑이라고 불릴 정도로 성질이 괄괄하고 불같았던 유 회장이 저런 모습을 보여주다니!

그러나 상대가 누군지 안다면 모두가 납득할 게 분명했다. 당연히 유지수였다.

"……아무리 생각해도 뭔가 이상한데……."

유지수는 뭔가 찜찜한 기분을 느꼈다. 그렇지만 상대가 그녀의 할아버지라고는 상상치 못했다.

평소에 게임과는 너무 거리가 멀었으니까?

"그래서 그 남자친구하고는 잘 되어가고 있나?"

"남자친구 아니라니까요! 그, 그리고 그런 건 물어보지 마세요."

유지수는 얼굴을 붉히며 고개를 흔들었다. 그 모습에 유 회장의 분노는 더욱 커졌다.

'누군지 잡히기만 하면 호수의 물고기 밥으로⋯⋯.'

"그보다 그쪽은 정말 낚시만 하시네요?"

"이게 재밌어서 말이야."

"다른 것도 재밌는 게 많은데⋯⋯ 그리고 보니 저희 할아버지도 낚시를 엄청 좋아하세요."

유 회장은 순간 식은땀을 흘렸다. 눈치챈 건 아니겠지?

표정을 보니, 별생각 없이 말한 것 같았다. 유 회장은 안도의 한숨을 내쉬었다.

유 회장은 슬며시 궁금해졌다. 이 귀여운 손녀는 할아버지를 어떻게 생각하고 있을까?

"할아버지는 어떤 분이시지?"

"좋은 분이세요."

헤벌쭉 올라가는 유 회장의 입가!

"언제나 잘해주셔서 좋은데, 가끔 부담될 때가 있어요."

"뭐, 뭐? 그게 왜?!"

"⋯⋯?"

"헛, 헛흠. 말해보게."

"저한테 자꾸 남자친구가 있냐고 물어보시고, 사내놈들은 다 늑대라고 하시고⋯⋯."

"그게 사실이니까 그렇지!"

"네?"

"아, 아무것도 아니야. 계속. 계속해 보게."

유 회장은 스스로를 다스리기 위해 심호흡을 했다.

"저를 걱정해주시는 건 알겠는데 저도 이제 다 컸거든요."

'아니야!'

"그러니까 그런 걱정은……."

"할, 할아버지께서 지수 양을 아껴서 그런 거 아니겠나?"

"아니, 그건 알겠는데 너무 과하다니까요."

"그러니까 그게 애정……."

"아니, 그게 과하다고요."

단호하게 자르는 유지수!

유 회장은 풀이 죽어서 고개를 끄덕였다.

"그렇군……."

분위기가 뭔가 이상하자, 유지수는 화제를 돌리려고 했다.

"그러면 계속 여기서 낚시만 하실 거예요?"

"그럴 생각이었다만?"

"낚시도 좋지만 레벨도 좀 올리시는 게 좋을 거예요. 아니면 다른 곳을 가거나요. 이 주변은 몬스터도 좀 센 편이어서 낚시만 하기에는 힘들거든요. 저도 이제 한동안 여기 없을 테니까 도와줄 수도 없을 거고요."

"어디를 가는 거지?"

"프리카 대륙으로 가보려고요."

"프리카 대륙이면…… 아, 투기장 대회 때문인가?"

"어? 아시네요? 관심 없을 줄 알았는데⋯⋯."

"그 정도야 알지!"

실은 저번에 만난 두 플레이어가 우연히 말한 걸 들은 거였지만, 유 회장은 원래 관심이 많았던 것처럼 위장했다.

"출전하려고?"

"네. 저희 길드원들하고 같이⋯⋯."

말하던 유지수는 얼굴을 붉혔다. 출전해서 예선을 뚫는다면 태현과 본선에서 만날 수도 있었던 것이다.

'왜 얼굴을 붉히지?'

유 회장은 정체를 알 수 없는 찜찜함을 느꼈다.

"들어보니 초대 팀이 있다고 하던데? 그런 초대 팀에 들어가는 건 어떤가?"

"그거 아무나 들어가는 거 아니에요. 그리고 저는 이미 같이 나가기로 약속했거든요."

"그, 그래?"

유 회장은 아쉬움에 입맛을 다셨다. 만약 나가고 싶다고 말했다면, 당장 MBS를 압박했을 텐데!

"어쨌든 낚시만 하는 것도 좋지만 더 낚시를 하기 위해서는 레벨 올리는 것도 조금 생각해 보세요."

"그, 그래. 고맙네."

유지수를 따라가고 싶었지만, 여기서 따라가겠다고 했다가는 정말 들키거나 오해를 살 것 같았다. 유 회장은 눈물을 머금고 떠나는 유지수를 향해 손을 흔들었다.

이제 남은 친구는 낚싯대뿐!

'그래, 이 낚싯대만 있으면 나는……'

[조건을 달성했습니다. 세월을 낚는 낚시꾼으로 전직할 수 있습니다.]

유 회장은 놀라서 고개를 갸웃거렸다. 그러나 주변에 물어볼 사람은 모두 사라진 상태!

'일단 이렇게 나오는 거 보니까 좋은 거 같은데……?'

유 회장은 잘 몰랐다. 그저 낚시꾼이 들어간 직업에다가, 따로 메시지창이 뜨니까 좋은가보다 싶었을 뿐!

"좋다! 전직한다!"

[<세월을 낚는 낚시꾼>으로 전직합니다. 마을에 있는 은퇴한 낚시꾼 휴본을 찾아가십시오.]

뭔지도 모르고, 유 회장은 시키는 대로 했다. 다른 사람이었다면 신이 나서 상태 창을 확인하고 뭘 새로 얻었는지 확인을 했을 테지만…… 유 회장은 자기가 얻은 직업이 어떤 직업인지도 모르고 있었다.

무려 영웅 직업! 이제까지 밝혀진 낚시꾼 직업 중에서 최상위권에 속한 직업인 것이다.

그러거나 말거나, 유 회장은 은퇴한 낚시꾼을 찾기 위해 마을을 헤맬 뿐이었다.

"이놈들은 왜 이렇게 길을 복잡하게 만들어놓은 거야? 좀 표지판이라도 세워놓든가…… 에잉."

유 회장은 투덜거리면서 길을 찾아 헤맸다.

"저, 휴본이라는 낚시꾼은 어디 있나?"

"그런 비리비리한 놈은 뭐 하러 찾아? 자고로 사람은 직접 뛰어다니면서 사냥을 해야지!"

유 회장의 얼굴이 팍 구겨졌다. 이 타이럼 시는 정말 겪어도 겪어도 잘 적응이 되지 않았다. 왠지 모르게 NPC들이 전부 다 재수가 없었던 것이다.

워낙 타이럼 사냥꾼들의 도시에 특화되었다 보니, 유 회장처럼 낚시꾼을 하는 플레이어들은 대접을 받지 못했다.

'이놈 이거 일부러 알고 추천한 건 아니겠지.'

다시 고개를 드는 태현에 대한 불신감!

"그래도 위치라도……"

"위치를 알고 싶으면 저기 밖에 나가서 토끼를 10마리 잡아 오게!"

타이럼 사냥꾼들은 초보 모험가들의 실력을 토끼 사냥으로……. 유 회장은 메시지창을 다 읽지도 않고 꺼버렸다. 그리고 말했다.

"아니, 저런 놈을 어떻게 10마리나 잡으라는 거야?"

유 회장은 어이가 없어서 사냥꾼에게 되물었다. 이제 조금 요령이 생겨서 토끼를 보고 겁을 먹지는 않지만, 그래도 여전히 토끼는 만만찮은 상대였다.

보이기만 하면 달려와서 들이박는 사나움!

피하려고 달려도 빠르게 따라오는 신속함!

계속 도망쳐도 끝까지 따라오는 끈질김!

온갖 강한 요소들만 모아놓은 것 같은 강한 몬스터, 그게 바로 토끼였다.

"저거 잡으려면 다른 사람들도 몇 명씩 모여서 파티 짜서 잡는데, 이런 퀘스트를 주면 안 되지!"

"안 되기는 뭐가 안 돼! 안 되는 걸 되게 하는 게 타이럼 사냥꾼이다. 토끼 하나 잡는 것에 징징대는 놈은 필요 없어!"

"난 타이럼 사냥꾼 할 생각도 없네! 이 퀘스트 난이도가 너무 이상하다는 거 아닌가!"

"예전에 여기 있던 모험가 중에서는 혼자서 이 주변의 토끼의 씨를 말린 모험가도 있었지. 불평할 시간에 잡을 방법을 생각해 보는 게 낫겠군!"

타이럼 사냥꾼은 그렇게 말하고서 가버렸다. 그 뒷모습을 본 유 회장은 기막혀했다.

'어이가 없구나! 인공지능이 사기를 치다니…… 저기 밖에 있는 토끼들을 어떻게 혼자서 다 잡을 수 있지?'

아무리 생각해도 거짓말로밖에 느껴지지 않았다. 괘씸했지만 어쩔 수 없었다. 유 회장은 그 뒤로도 몇 번이고 묻고 물었다. 계속 구박만 듣다가, 간신히 휴본의 위치를 들을 수 있었다.

'진짜 이 도시를 뜨든가 해야지…….'

낚싯대와, 낚싯대를 드리울 곳만 있으면 어디든 좋았지만, 이곳은 정말 사람의 성질을 박박 긁어놓는 곳이었다.

유 회장은 그렇게 생각하며 오두막의 문을 열었다.

"휴본 있나?"

"누구냐?"

"낚시꾼일세. 배움을 받으려고 찾아왔는데……."

"낚시꾼? 이 주변에도 낚시꾼이 있는 줄은 몰랐는데. 무식한 놈들밖에 없어가지고……."

오두막 안에는 늙은 낚시꾼이 있었다. 보자마자 타이럼 사냥꾼의 욕을 하는 휴본의 모습에 유 회장은 기뻐했다.

사람은 언제나 같은 적을 욕할 때 친해지는 법!

"그렇지! 아주 무식한 놈들이야!"

"보아하니 자네도 낚시꾼 같은데…… 하나 조언을 해주지. 이곳은 낚시꾼으로 대성하기 힘들어. 진정한 낚시꾼이 되기 위해서는 세계를 돌아다녀야 하지. 낚시꾼에게 필요한 게 무엇이라고 생각하나?"

"음…… 기다릴 줄 아는 마음?"

"그것도 중요하지만, 더 중요한 게 있지."

"……?"

"죽지 않고 자신의 목숨을 챙길 수 있는 능력이야."

휴본의 말에 유 회장은 고개를 끄덕였다. 낚시를 하기 위해 호수까지 가는데도 토끼한테 괴롭힘을 당한 유 회장이었다. 어디든 가서 낚시를 하려면, 몸을 지킬 능력은 필수!

"자네에게서 뛰어난 낚시꾼의 자질이 보이니, 내가 몇 가지 스킬을 가르쳐 주지."

[<같은 몬스터인 척하기> <미끼 던지기> <사람 낚시> 스킬을 얻었습니다.]

뭔가 이상한 스킬명에 유 회장은 당황했지만, 휴본의 말은 멈추지 않았다.
"내가 주는 스킬들만 잘 익혀도 어디 가서 죽지 않을 정도는 될 거야."
"고, 고맙군."
"그리고 이것도 받게."

[<은퇴한 낚시꾼의 외투>를 얻었습니다.]
[<은퇴한 낚시꾼의……]

휴본이 건네준 건 은퇴한 낚시꾼의 세트 장비였다. 이제까지 허름한 장비만 입고 있던 유 회장은 신기한 마음으로 장비를 갈아입어 보았다.
"제법 잘 어울리는군."
'멋, 멋있잖아?'
나이에 맞지 않게, 유 회장은 스스로의 모습에 감탄했다. 거지처럼 하고 다니다가 좀 전문 장비를 입으니, 그럴듯한 낚시꾼으로 보이는 것이다. 게다가 종족까지 엘프였으니…….

"내 말 듣고 있나?"

"어, 어? 뭐라고 했나?"

"내가 해줄 수 있는 건 이 정도가 전부네. 이제 이 대륙을 돌아다니면서 낚시꾼으로서 경험을 쌓게나."

"그런…… 좋아. 열심히 해보겠네!"

유 회장은 의욕적으로 고개를 끄덕였다. 계속 한곳에서만 낚시를 하는 것도 좋았지만, 이렇게 기회가 생긴 김에 돌아다니는 것도 한 번쯤은 괜찮을 것 같았다.

다른 낚시터는 어떤 모습일까?

"그리고 또 뭐가 있을까……? 아! 교단에 들어가는 게 좋겠군."

"교단?"

"그래. 신을 믿으면 낚시에 많은 도움이 되거든."

"신이라…….."

현실에서도 딱히 종교를 믿지 않는 유 회장은 얼떨떨해져서 중얼거렸다.

"어떤 신이 있지?"

"으음…… 신이야 많지만, 낚시꾼에게 추천해 줄 만한 신은…… 바다의 신 포드세나, 행운의 신 아키서스 정도인가."

"행운의 신? 그런 신도 있나?"

"한동안 잊혀졌다가 다시 교단이 생겼다고들 하더군."

행운이라. 뭔가 끌리는 단어였다.

낚시에서 행운이 얼마나 중요한가! 실력도 실력이지만, 재수가 없으면 물고기 구경도 못 하는 게 낚시였다.

유 회장은 아키서스 교단을 믿어보기로 결정했다.

"어디로 가면 믿을 수 있지?"

"여기로 가면 되네."

휴본은 친절하게 지도까지 찍어주었다. 유 회장의 지도에 절망과 슬픔의 골짜기의 위치가 찍혔다.

"마차를 타고 가는 게 좋을 거야. 자네 실력에 걸어갔다가는 위험할 수도 있으니까."

유 회장은 휴본의 말에 고개를 끄덕였다. 그 뒤로도 휴본은 몇 가지 조언을 더 해주었다. 초보적인 팁들이었지만, 유 회장에게는 꼭 필요한 조언들이었다.

원래 직업으로 전직하면 이런 식으로 도움을 주는 NPC들이 나타나는 게 보통이었다. 유지수에게는 타이럼 사냥꾼이 있었고, 유 회장에게는 휴본이 있는 것처럼 말이다.

아무도 안 도와주는 아키서스의 화신이 특이 케이스인 것!

유 회장은 부푼 마음을 안고 마차에 탑승했다. 그 영지에서 아는 얼굴을 보게 될 거라고는 생각지도 못한 채!

"내가 지금 보고 있는 게 그놈 맞냐?"

태현은 중얼거렸다. 옆에 있던 케인과 이다비가 고개를 끄덕거렸다.

절망과 슬픔의 골짜기로 돌아가 다음 권능 퀘스트 계획을 짜려고 했던 태현이었다. 그러나 영지 가까이 도착하자, 길가에 서서 기다리고 있는 한 무리의 플레이어들!

가브리엘과 기계공학 대장장이 플레이어들이었다.

"태현 님!"

가브리엘이 양팔을 벌리고 달려들자, 태현은 케인을 앞으로 밀었다. 혹시 모를 습격을 대비한 방패!

"읍읍읍!"

케인과 부딪친 가브리엘은 숨 막히는 소리를 냈다. 케인은 짜증스럽게 가브리엘을 밀어냈다.

"뭐냐, 너희들은? 기습이라도 하려고 여기 있었냐?"

"기습이라뇨! 무슨 그런 말도 안 되는 소리를!"

가브리엘은 태현의 말에 깜짝 놀라서 펄쩍 뛰었다.

"저희는 태현 님을 도와드리고 싶어서 여기 온 겁니다!"

"됐거든? 도움 필요 없거든? 애초에 역병 저주도 내가 도와달라고 한 적도 없는데 네가 도와준다고 퍼뜨린 거라며? 그게 어떻게 도와준 거냐?"

옆에서 이다비가 그 말을 듣고 작게 말했다.

"그런데 그걸로 보상 얻은 거 생각해 보면 결과적으로는 도움을 준 게 맞지 않나요?"

"너 누구 편이니?"

태현의 말에 이다비는 멋쩍게 웃으면서 입을 다물었다.

가브리엘은 당황한 얼굴로 말했다.

"그, 그런…… 역병 저주는 태현 님의 말씀을 따른 겁니다. 레벨이 높다고, 장비가 좋다고, 직업이 좋다고 다른 사람들을 괴롭히는 플레이어들을 없애기 위해서……."

케인이 어이가 없다는 듯이 끼어들었다.

"야, 그런 놈 중의 최고가 김태현이거든? 뭐라는 거야?"

"어, 어디서 막말을…… 당신이 태현 님을 따라다니면서 속이고 있다는 소문이 있던데 사실이었나 보군!"

"뭐, 뭐? 야 이 자식아! 너 때문에 내가 얼마나 개고생을 한 줄 알아? 역병 저주 걸려 가지고 맨날 쇠사슬로……."

케인은 울컥해서 가브리엘을 노려보았다. 생각하니 새삼스럽게 억울한, 지난날의 인간 방패 역할! 화가 나서 떠들기 시작한 케인을 옆으로 밀어내고, 태현은 다시 말했다.

"난 역병 저주 같은 거 하라고 한 적도 없어. 그러니까 나 도와준다는 소리 하지 말고 얌전히 좀 있어라. 난 역병 저주랑 상관도 없는데 나하고 상관있는 거 아니냐고 헛소문까지 돌았다고. 내가 이미지를 얼마나 신경 쓰는데."

이다비와 케인이 동시에 놀란 눈으로 쳐다보았지만 태현은 당당했다.

"그, 그런……. 죄송합니다, 태현 님. 제가 태현 님의 마음을 모르고 실수를…… 이 실수는 반드시 갚겠습니다!"

"그래. 갚…… 잠깐만. 아니다. 그냥 갚지 마라."

태현은 뭔가 불길함을 눈치챘다. 갚는다는 명목으로 또 사고를 칠 것 같은 가브리엘!

"그보다 여기는 어떻게 알고 기다린 거지?"

태현은 보통 어디로 가는지 위치를 말하지 않고 다녔다. 원한을 산 플레이어가 워낙 많았기 때문!

그런 태현의 위치를 알고 여기서 기다리고 있었다니.

"예? 사루온 님이 곧 오실 거라고 해서서 기다리고 있었는데요?"

태현은 어떻게 된 건지 알아차렸다. 원래 영지에 가브리엘 쪽 기계공학 플레이어들이 몇 명 있었던 게 분명했다. 그 플레이어들은 당연히, 갑자기 찾아온 대장장이 NPC인 사루온을 보고 관심을 보였을 것이고……. 사루온은 눈치 없이 '곧 김태현이 여기 올 것이다'라고 말한 것!

"너희 여기서 스킬 올리고 있었냐?"

"네."

가브리엘과 달리 다른 플레이어들은 얼굴이 별로 알려지지 않아 아무도 신경 쓰지 않은 것이다.

태현은 점점 두려워지는 걸 느꼈다. 왜 영지에 자꾸 이상한 놈들만 꼬인단 말인가? 머릿속에 '끼리끼리 논다'라는 말이 갑자기 떠올랐지만, 태현은 애써 부정했다.

"애들아."

태현의 말 한마디에, 모두가 집중하는 눈빛을 보냈다.

"내 영지는 사실 기계공학을 익히기에는 별로 안 좋아. 그러니까 다른 곳에 가지 않을래? 오스턴 왕국에 플레이어들이 점령한 성이 있는데 거기 괜찮더라. 거기 가라."

속이 너무 뻔히 보이는 태현의 말이었다. 옆에서 듣던 케인과 이다비도 질색할 정도로. 그러나 눈에 콩깍지가 단단히 쓰인 대장장이들에게는 그렇게 들리지 않았다.

"아닙니다! 저희는 여기가 좋습니다!"

"여기서 최선을 다해보겠습니다! 이 영지를 더 좋게 만들겠습니다!"

태현은 진심으로 싫다는 표정을 지었다. 까놓고 말해서 영지에 해만 될 것 같은 놈들! 그런데 저렇게 저자세로, 진심을 다해서 노력하겠다고 하니 거절하기가 뭐한 것이다.

언제나 이런 타입에 약한 태현!

콰콰콰쾅!

멀리서 커다란 소리가 들렸다. 영지 쪽이었다.

"설마……."

"저, 저희가 한 짓 아닙니다!"

바로 대장장이들부터 의심하는 태현! 태현의 의심하는 눈빛이 그들에게 향하자, 대장장이들은 억울하다는 표정으로 손을 흔들었다.

"저희 정말 아닙니다!"

"저희가 이 영지를 왜 파괴하겠습니까!"

"그래. 그건 그렇긴 해."

태현의 목소리는 차분했다. 그 모습에 대장장이들은 감동했다. 역시 놀라서 그런 거였지, 태현은 그들을 믿어주고 있었던 것이다.

"자, 모두 눈을 감아라. 영지에서 기계공학 스킬로 뭐 만들던 놈들은 조용히 손을 들어라. 어허. 눈 뜨지 마. 선생님은 다 보고 있어."

"뭐 하는 거냐?!"

케인이 기가 막혀서 태현을 붙잡고 소리쳤다.

"범인 찾잖아."

"뭘 찾긴 뭘 찾! 쟤네들이 안 했다잖아!"

"그걸 믿냐? 야, 기계공학 스킬은 쓰레기 스킬이야. 내가 판온 1때부터 봤는데 만들다 보면 박살 나고 터지고 제멋대로 오작동하고……."

눈을 감고 있던 대장장이들은 태현의 말에 몸을 움찔거렸다. 아무리 들어도 믿겨지지 않는 태현의 목소리!

'기계공학의 아버지', '기계공학 메타의 개척자' 같은 칭호로 불리던 태현이 기계공학 스킬을 저렇게 말하고 있다니!'

'이건 꿈일 거야!'

'말도 안 돼!'

"저, 저희는 정말 안 했습니다!"

"맞아요! 지금 딱히 만들고 있던 것도 없습니다! 기계공학 스킬을 처음 쓰는 것도 아닌데, 위험한 아이템을 만들면서 그걸 내버려 두고 여기로 나오지는 않아요!"

〈영지를 지켜라-절망과 슬픔의 골짜기 수비 퀘스트〉

사악한 사디크 교단의 사제들과 성기사들은 아키서스 교단에 깊은 원한을 품고 있다. 그들은 아키서스 교단이 다시 나타나서 번영하고 있다는 소식을 듣자 이렇게 습격해 왔다. 그들을 막고 영지를 지켜라.

　보상: ?, ????, ??

　"하하, 난 너희들을 믿고 있었어."
　그러나 태현에게 향한 눈빛들은 이미 싸늘해진 상태였다.

　쾅! 콰콰쾅!
　영지 주변에서 화염이 연신 터져 나왔다. 사디크의 화염!
　"아키서스 놈들을 처리해라!"
　"원수를 갚아라!"
　살벌한 기세! 태현을 향한 사디크 사제들과 성기사들의 원한은 보통이 아니었다. 몇 번이고 엿을 먹인 것도 모자라, 그들의 신전이 있던 자리에 들어선 것 아닌가.

　[투기장 건물이 파괴됩니다. 건설 속도가 느려집니다.]

　"안 돼에에에에에에에!"
　메시지창을 본 태현은 비통하게 울부짖었다. 그걸 들은 이다비는 깜짝 놀라 물었다.
　"무, 무슨 일이에요?"

"투기장 건물이…… 부서져서 속도가 느려진다고……."

"……그, 그게 지금 그렇게 비통해할 일인가요?"

"넌 피도 눈물도 없냐?"

"태현 님한테 듣고 싶지는 않거든요?!"

그렇게 말하며 달려가자, 저 앞에서 싸우는 모습이 보였다. 맥크레니 상단이 고용한 용병들이 달려와서 몬스터를 막고 있었던 것이다.

"백작님! 잘 오셨습니다! 같이 싸웁……??"

용병들은 명성이 높은 태현을 보고 환호했지만, 태현은 그들과 같이 싸우지 않고 그냥 지나쳐 버렸다.

"백작님!? 백작님??"

"아, 그 정도는 너희가 알아서 해라! 용병이잖아! 돈 받았잖아!"

[용병들의 사기가 오릅니다.]

대충 말해도 화술 스킬이 고급인 데다가 아키서스의 화신 직업 보정까지 받는 덕분에, 용병들의 사기는 올라갔다.

"싸우자! 몬스터들을 쓰러뜨려라!"

용병들은 사디크 교단에서 부리는 마수들이 더 이상 접근하지 못하게 막고 있었다.

그나마 다행인 건, 저번 오크들이 대규모로 일어났을 때 영지 주변에 방어를 위해 준비를 해놨다는 점이었다. 덕분에 용병들이나 플레이어들이 수월하게 싸울 수 있었다.

"망루 위로! 망루 위로 올라가서 쏘자! 그게 더 편해!"

"목책 쪽으로 모여요! 파티로 싸워야 해요!"

영지 안에 있던 플레이어들은 갑작스러운 퀘스트에 당황했지만 빠르게 움직였다. 그 모습에 태현은 살짝 감동했다.

'너희들······!'

이런 이상한 영지지만 그래도 자기네들 있는 곳이라고 지키려고 하는구나!

"많이 잡으면 보상 나올 거야!"

"그렇지? 영지 방어 퀘스트잖아?"

"넌 뭐 달라고 할 거냐?"

"당연히 아키서스 축복이지. 축복받은 다음에 10연속 강화 들어간다."

"난 아키서스 축복받은 물로 전부 바꾼 다음에 요리해보려고. 그 물로 하면 '믿을 수 없게 잘 만든' 칭호 붙은 요리가 잘 나온대."

플레이어들의 대화를 들은 태현은 떨떠름한 표정을 지었다. 뭔가 고맙긴 한데, 계속 저런 보상으로 때워도 되나 싶은 마음!

'좋아하니까 괜찮겠지?'

망설일 시간은 없었다. 태현은 재빨리 뛰어 들어가 사디크 교단의 주력 부대를 찾았다.

"크하하!"

[건설 진행 중인 건물이 파괴됩니다. 건설 속도가 느려집니다.]

"그만 부숴, 이 ××들아!"

분노의 일갈!

태현의 몸이 순간 사라지더니 앞에서 다시 나타났다. 그림자 잠수와 도약 스킬을 연속적으로 사용한 다음 거리를 좁힌 것이다. 그리고 이어지는 연속적인 폭딜!

"크아악!"

재수 없게 가장 앞에 있던 사디크 성기사 하나가 회색빛으로 변해 사라졌다.

"못 지나간다!"

"김태현, 이 사악한 놈! 우리의 신전을 부수고 계획을 망친 놈! 사디크의 분노가 있으리라!"

화르륵!

태현이 추가로 두 명을 쓰러뜨리는 사이, 뒤에서 다시 한번 사디크의 화염이 타올랐다.

사디크 교단의 전략은 간단했다. 태현을 이기려는 게 아닌, 어떻게든 시간을 끌어서 영지에 타격을 입히려는 속셈!

'와, 내가 하는 짓들을 다른 놈들이 하네!'

이제까지 해왔던 것을 그대로 돌려받는 태현!

퍼퍼퍽!

태현은 사디크 사제 한 명을 추가로 쓰러뜨리고서 외쳤다.

"이제 이런 짓은 그만두자! 사디크 교단! 서로 미워하지 말고 화해하자고! 증오의 연쇄를 끊자니까!"

할 거 다 해놓고 이제 와서 화해하자고 해봤자 아무도 들어주지 않았다. 어이없다는 표정으로 태현을 쳐다보는 사디크 성기사들!

"죽어라, 아키서스의 똘마니."

"우리 교단에서 '김태현'이나 '아키서스'가 욕으로 쓰이고 있다. 절대로 용서할 수 없다. 김태현!"

차가운 반응들만 돌아왔다.

"저거 남의 본진 태워놓고 화해하자는 거야?"

"얼굴에 철판을 대체 몇 개 깐 거야?"

거기에 수군거리는 플레이어들까지! 태현은 사디크 교단 습격자들 사이에 못 보던 플레이어들이 있다는 걸 깨닫고 눈썹을 찌푸렸다.

"뭐야, 왜 다른 놈들이 있어? 새로 가입했나?"

"잘 물어봤다, 김태현!"

태현의 물음에 누군가가 대답했다. 꽤나 거리가 떨어진 곳에서.

"너는……!"

"그래! 김태현! 내 얼굴을 기억하겠지!"

버포드는 의기양양하게 외쳤다. 그와 태현 사이에는 사디크 교단 성기사들과 태현을 공격하기 위해 모인 플레이어들이 끼어 있었다. 덕분에 회복된 자신감!

"이렇게 복수할 기회가 오다니. 드디어 네가 나한테 준 걸 돌려줄 시간이 왔구나! 자! 할 말이 있으면 해봐라!"

"……너 누구였지?"

갑자기 주변이 조용해졌다. 사디크 교단 쪽 플레이어들도 '이 분위기 어쩔 거야' 하는 표정으로 버포드를 쳐다보았다.

당황한 버포드는 발악하듯이 외쳤다.

"모, 모르는 척하지 마라! 네가 날 모를 리 없을 텐데!"

"어…… 어디서 본 거 같긴 한데. 기억이…… 혹시 중국인 플레이어였나? 쑤로 시작하는?"

"그건 쑤닝이고 이 자식아! 도대체 누구랑 누굴 헷갈리는 거야?! 인종부터가 다른데!"

버포드가 울컥해서 따지자 다른 플레이어들이 버포드를 말리기 시작했다.

"진정해라, 버포드. 저놈의 속셈에 넘어가지 마. 저놈은 널 열 받게 만들어서 먼저 덤비게 하려는 거야."

"맞아. 버포드."

"후욱, 후욱……."

떠드는 걸 심드렁한 눈빛으로 쳐다보며, 태현은 다시 입을 열었다.

"그래서 저놈들은 누군데? 사디크 교단에 새로 가입이라도 한 놈들인가? 야, 지금이라도 늦지 않았으니까 나와라. 거기다 망해가는 교단이야. 교단 건물도 박살 났다고."

버포드와 사디크 성기사들의 어깨가 부들부들 떨렸다.

[사디크 성기사들이 도발에 넘어갑니다. 지휘력이 내려갑니다.]

"지금 나와서 아키서스 교단에 들어오면 위약금도 없이 받아주……."

"헛소리하지 마라! 우리가 누군지 아직도 모르겠냐!"

당당하게 외치는 플레이어들의 모습. 태현은 그걸 보고 고개를 갸웃거렸다. 누구지?

옆에 있던 이다비가 작게 속삭였다.

"대체 원한을 얼마나 많이 쌓았기에 만나는 사람마다 자기를 모르냐고 물어요?"

게다가 더 웃기는 건 태현은 전혀 못 알아보고 있다는 거!

"나는 착하게 살았어. 분명 저놈들도 별거 아닌 거 갖고 원한 품은 쩨쩨한 놈들이겠지."

"김태현! 판온 1의 원한을 갚으러 왔다!"

태현은 그 말을 듣자마자 어떻게 된 건지 깨달았다.

제카스 때문이구나! 자기 이름을 걸고 '김태현 저놈 저거 판온 1 김태현이야!'라고 말하고 다닌 덕분에, 그걸 믿은 사람들이 나오기 시작한 것이다. 사디크 교단이야 태현을 향한 원한이 하늘을 찌르고 있을 테니 손잡기도 쉬웠을 테고!

태현의 추측은 정확했다. 판온 1에서 태현한테 당한 적이 있던 플레이어들이 제카스의 말을 듣고 찾아온 것이다.

그 과정에 버포드와 사디크 교단이 손을 잡은 것이고.

"아니, 그 제카스 놈의 헛소리를 믿냐? 그놈이 나한테 퀘스트 뺏겨가지고 날 음해하는 거라니까. 이름 같다고 다 동일 인물이야? 너희가 외국인이라 모르겠지만 한국인들 보면 성 같고 이름 같은 사람이 은근히 많다고."

그 말에 플레이어 중 한 명이 손을 들고 말했다.

"나 한국인인데 이 자식아."

"……어쨌든 간에 이름 하나 갖고 그러는 건 억지라 이거지. 증거 있냐? 증거 있냐고?"

"흥, 증거 따위는 필요 없다. 어차피 여기까지 온 이상 더 이상 돌이킬 수 없다는 걸 잘 알고 있을 텐데?"

플레이어 중 하나가 태현한테 창을 겨누며 말했다. 반신반의하며 왔지만, 여기까지 온 이상 태현이 진짜 김태현인지 아닌지는 의미가 없었다. 돌이킬 수 없었으니까!

남은 건 최대한 판온 1의 울분을 여기서 푸는 것뿐!

'게다가 저놈은 판온 1 김태현 못지않게 얄미운 놈이야.'

'뻔뻔한 게 아무리 봐도 비슷한데…… 진짜 아닌가?'

몇 마디 나눴다고 벌써 플레이어들의 마음을 굳혀 버린 태현이었다. 사람의 성질을 긁는 건 정말 타고났다!

"김태현. 우리가 왜 이렇게 시간만 끌고 있는 줄 아나?"

"뭐 믿고 있는 구석이라도 있나?"

"정답이다! 우리가 이렇게 시선을 끄는 동안 다른 팀은 신전 건물을 파괴하기로 했었거든! 하하하!"

플레이어들은 크게 웃으면서 태현을 지켜보았다. 그러나 태현의 표정은 변화가 없었다.

"……안 놀라냐? 신전 건물이 부서지면 아키서스 교단에도 분명 타격이 갈 텐데……."

"나도 믿고 있는 구석이 있거든. 지금 마음 같아서는 투기장 쪽에 배치할 거 그랬나 싶긴 한데……."

두두두두-

플레이어들 뒤쪽에서 묵직한 말발굽 소리와 함께 기사들의 함성 소리가 들려왔다.

"김태현 백작님! 도우러 왔습니다! 신전 쪽 침입자들은 저희가 쓰러뜨렸습니다!"

"고맙군. 아농 백작. 내 투기장 건물은 많이 부서졌지만 정말 고마워. 내 투기장 건물 완성은 몇 주일이 더 걸리겠지만 정말 고마워!"

갑자기 뒤에서 나타난 귀족들의 기사단!

그 모습에 플레이어들은 깜짝 놀랐다.

"아니, 이런 거지 같은 영지에 왜 저런 기사단이 있어?!"

"말이 좀 심하지 않냐?"

이제까지 어떤 도발에도 울컥하지 않았던 태현이 순간 살짝 울컥했다. 물론 작고 괴상한 영지기는 했다. 그래도 여기에 들인 공이 얼마인데!

그러나 자리에 모인 플레이어들은 태현의 말을 무시했다. 아니, 태현의 말을 귀담아들을 여유가 없었다. 생각했던 계획이 완전히 틀어진 것이다.

사디크 교단의 마수들이 영지 밖에서 난리를 피우고, 사디크 사제들과 성기사들이 나뉘어져서 영지 안에서 날뛰는 동안, 그들은 태현의 발목을 잡을 생각이었다. 아무리 태현이라도 고렙 플레이어 다수에, 사디크 교단 NPC까지 끼고 있는 그들을 빠르게 쓰러뜨릴 수는 없었다. 그사이 다른 사람들이 영지를 최대한 많이 부수는 게 원래 계획!

태현의 무시무시한 PVP 실력을 알고 있는 플레이어들은 태현을 정면으로 상대할 생각이 전혀 없었다.

-야, 어쩔 거야? 왜 여기 기사단이 있어?

-지금 저기 뒤에서 기사단 나타나면 우리가 튀지도 못하잖아! 다른 놈들도 다 잡혔고!

사디크 성기사나 사제면 모를까, 플레이어들은 여기서 죽을 생각이 전혀 없었다. 어디까지나 판온 1의 김태현이 여기 태현이라는 소문을 듣고 겸사겸사 복수를 하러 온 것이었지, 같이 죽으면 본전도 못 찾았다.

"걱정 마라. 어차피 저거는 허세야!"

"허세?"

"그래. 김태현이 저런 기사단을 어떻게 데리고 있겠나! 껍데기만 멀쩡하고 그렇게 강한 놈들이 아닐 거야! 봐라!"

플레이어 한 명이 기세 좋게 말하더니 뒤에서 나타난 기사단을 향해 달려 나갔다.

"이야아아아!"

콰콰콰쾅쾅!

-명예의 문장, 푸른 피의 돌진!

아농 백작 옆에 있던, 단단히 중무장한 기사가 스킬을 사용하며 돌진하자 플레이어는 그냥 날아가 버렸다.

그걸 본 플레이어들의 입이 떡 벌어졌다. 저 정도 공격이라면 아무리 봐도 그들보다 낮은 레벨이 아니었다.

최소 레벨 200은 넘겼을 것 같은 위압감!

그런 기사들이 우르르 모여 있으니 보통 겁나는 게 아니었다. 태현은 그 기색을 읽고 쐐기를 박았다.

"후후. 여기 기사들의 레벨은 각자 300이 넘는다!"

"!!"

플레이어들도 놀랐고.

"!!"

이다비와 케인도 놀랐다.

이다비는 화들짝 놀라서 태현한테 물었다. 이제까지 데리고 있던 기사단이 그렇게 강한 NPC였다니!

"진짜예요?"

"당연히 구라지."

둘이 소곤거리며 대화하자, 가운데에 놓인 플레이어들은 불안한 목소리로 외쳤다.

"무, 무슨 이야기를 하는 거냐!"

"너희들은 어떻게 할지 상의하고 있었지."

태현은 눈 하나 깜박이지 않고 거짓말을 했다. 그 말에 플레이어들은 움찔했다. 그러나 모두가 겁만 먹은 건 아니었다.

플레이어 중 한 명은 결심한 표정으로 말했다.

"우, 우리가 그렇게 쉽게 물러나지는……."

"아, 그래? 그러면 뭐 싸우자. 봐주려고 했는데 싸우고 싶다면야."

태현의 말에 플레이어들의 눈빛이 뒤바뀌었다. 방금 말을 꺼낸 플레이어를 내버려 두고 우르르 거리를 벌렸다.

"어, 어? 애들아?"

"뭘 친한 척이야? 언제 봤다고."

"난 처음 만났을 때부터 네가 싫었어."

순식간에 차가워진 플레이어들의 태도! 허세 한번 부렸다가 버림받게 생긴 플레이어의 눈에 눈물이 그렁그렁 맺혔다.

"야, 야! 너무하지 않냐?!"

"너무하긴 뭘 너무해 이 자식아. 너 때문에 다 같이 죽을 뻔했는데."

"죽을 거면 혼자 죽으라고! 기회를 주면 사람이 감사합니다 하고 받을 줄 알아야지!"

마치 모래알 같은 팀워크였다. 팀원들에게 버림받게 생긴 플레이어는 필사적으로 그들을 설득하려고 들었다. 여기서 혼자 남으면 정말 혼자 덤터기 쓰는 것이나 마찬가지!

"야, 들어봐! 김태현이 왜 봐주겠어! 우리가 그렇게 난리를 피웠는데! 건물도 부수고 여기 주민들도 공격하고!"

대놓고 태현 들으라고 하는 소리! 혼자 죽기 싫으니 물귀신 작전으로 다른 사람들까지 끌어들이려는 속셈이었다. 실제로 그 말을 들은 다른 플레이어들은 당황해서 입을 다물게 하려고 했다.

"닥쳐, 이 자식아!"

"김태현 앞에서 도발하면 어쩌자고!"

"죽을 거면 혼자 죽으라니까!"

퍽! 퍼퍼펙!

아예 공격까지 하는 플레이어가 나올 정도! 그러나 궁지에 몰린 플레이어의 말은 은근히 설득력이 있었다.

"그런데 말이 되긴 해. 김태현이 왜 우리를 살려주냐?"

"차라리 싸워서 포위망 뚫자니까. 원래 계획대로 흩어져서 건물 부수면서 도망치면 김태현이라도 다 못 잡아."

'이 자식들이······.'

멀리서 귀를 기울이고 있던 태현에게는 섬뜩한 계획!

실제로 그러면 지금 피해가 몇 배로 커질 수밖에 없었다.

"내가 너희를 살려주는 이유는 하나다."

태현의 말에 모든 사람이 시선을 집중했다.

"너희도 제카스한테 속았다는 걸 알고 있기 때문이지!"

"······!!"

"제카스 그놈이 얼마나 사악한지 이제는 알았을 거라고 생각한다. 제카스 그놈은 자기가 깨던 퀘스트 하나를 뺏겼다고 그렇게 허위 소문까지 퍼뜨려서 나를 괴롭히려고 하는 놈이다. 세상에 어떻게 그런 놈이 있는지……."

태현은 최대한 불쌍하고 슬픈 표정을 지으며 말했다.

'누가 봐도 나는 피해자!'라는 표정!

"나처럼 착하게 살려는 사람을 제카스는 자기 퀘스트 하나
방해했다고 이렇게 괴롭히고 있다. 세상에 이름 하나 같다고
본다는 게 말이나 되나? 응?"

"너도 딱히 착하지는 않…… 컥, 커허헉!"

아까 괜히 허세를 부렸다가 다른 사람들에게 욕을 먹은 플
레이어가 다시 입을 열었다가 된통 공격을 당했다.

"이 자식은 진짜 영원히 닥치게 해야 해!"

"닥치고 있어! 김태현 님이 말씀하시잖아!"

순식간에 '김태현 님'으로 바뀐 호칭!

"이, 이 멍청한 놈들아! 너희는 속고 있어! 저게 약속을 지키
겠냐! 나 같아도 안 봐주겠다! 속았다고 쳐도 그 속은 놈들을
왜 내버려 두겠어? 힘을 합쳐서 빠져나가야 한다니까!"

"닥쳐! 김태현 님은 너 같은 쓰레기하고 달라!"

위기의 상황에서 구명줄을 잡은 플레이어들은 필사적으로
매달리려고 했다.

[HP가 0으로 내려가 사망합니다.]

반항하던 플레이어는 결국 공격을 맞고 로그아웃 당했다.
그 순간 뒤에서 커다란 목소리가 들려왔다.

"그 말이 맞다!"

"????"

"김태현 님은 저런 뻔뻔한 놈과는 차원이 다른 사람이다!"

"……너희는 제발 그냥 다른 곳으로 가주면 안 되냐?"

목소리의 정체는 대장장이들이었다.

가브리엘을 필두로 한 대장장이들! 다행히 플레이어들은 정신이 없어서인지 가브리엘의 얼굴을 못 알아보고 있었다. 알아봤다면 바로 공격부터 들어갔을 것! 역병 저주 때문에 피해를 본 플레이어가 한둘이 아니었으니 말이다.

태현이 진저리를 치든 말든, 대장장이들은 목 놓아 소리쳤다.

"태현 님을 너희 같은 쓰레기들과 비교하지 마라! 판온에서 피해받는 사람들을 위해 얼마나 열심히 하시는 분인데!"

"맞다! 맞다!"

태현은 그냥 대꾸하는 걸 포기했다. 옆에서 듣던 케인은 속으로 생각했다.

'저건 뭔 다른 세계의 김태현이냐?'

"그, 그러면…… 정말 그냥 보내줄 건가?"

"항복해도 되는 거겠지?"

태현은 인자한 얼굴로 고개를 끄덕였다.

"나쁜 건 제카스잖아. 너희는 속았을 뿐이지. 안 그래?"

"맞, 맞아!"

"제카스가 그렇게까지 말하니까 속았지 뭐야!"

"하하하! 하하하하!"

"하하하하하하!"

서로 마주 보고 웃는 태현과 플레이어들!

태현은 웃음을 뚝 그치더니 손가락으로 버포드 가리켰다.

"그러면 저 사디크 놈들 당장 잡아가지고 데리고 와."

차차차창!

순식간에 둘로 나눠지는 습격자들!

버포드는 당황한 얼굴로 플레이어들을 쳐다보았다. 설마 태
현의 말 몇 마디에 이렇게 돌아설 줄은 생각지도 못했다.

"아니, 저 말을 믿냐?!"

"너보다는 믿을 만하지!"

"맞아! 김태현은 약속 지키는 플레이어라고."

"저 정도면 체면 생각해서라도 약속은 지키겠지!"

궁지에 몰린 플레이어들은 자기가 좋을 대로 생각하고 있었
다. 그들이 살아나가기 위해서는 태현이 약속을 지키는 사람
이어야 했다.

"쳐!"

"이 배신자 놈들! 사디크의 노여움이 두렵지도 않느냐!"

"지금 그런 소리를 할 때냐! 다 망한 교단 놈들이 진짜!"

우당탕!

요란한 소리와 함께, 싸움이 일어났다.

버포드가 데리고 온 사디크 교단의 사제들과 성기사 VS 태
현을 노리고 온 플레이어들!

싸움이 일어나고 나서야 태현은 한숨을 돌릴 수 있었다.

"후……."

영지에 대한 공격은 예상하고 있기는 했다. 생각보다 빠르게, 갑작스럽게 들어와서 당황했을 뿐.

'아무래도 지킬 게 있다 보니까 상당히 귀찮은데 이거.'

이런 기습을 이 정도로 막은 건 잘 막은 편이었다. 그럼에도 불구하고 영지 곳곳에서 불타고 부서진 흔적들이 눈에 들어왔다. 사디크의 화염이 남긴 흔적들!

"죽여! 죽여!"

"이 배신자들이 감히!"

-격노의 포효! 목숨 끊는 칼날!

-사디크의 화염 방벽! 사디크의 화염 사냥개 소환!

"크아악!"

치열해지는 싸움! 그러는 동안 태현은 혼자 생각에 잠겨서 가만히 있을 뿐이었다. 그걸 본 이다비가 말을 걸었다.

"팝콘이라도 드려요?"

"응? 무슨 팝콘?"

"싸움 구경하는 거 아니었어요?"

"……생각하고 있었는데. 잠깐, 그보다 팝콘이 있었단 말이야? 그런 걸 왜 파는 거야?"

"저희 길드에서 앞으로 많이 팔릴 거 같아서 미리 만들어놓고 있거든요."

깔끔한 팝콘 요리:

정해진 레시피를 충실하게 따르는 요리사가 대량으로 만든 요리다. 딱히 영양은 없지만 먹는 재미가 쏠쏠하다.

복용 시 포만감이 아주 조금 상승. 기분이 좋아짐.

뭔가 정말 무의미한 요리! 스탯을 올려주는 것도 아니고, 그냥 입이 심심할 때 맛을 느끼기 위한 요리였다. 그러나 이다비는 진지했다.

"나중에 유명해지면, 앞으로 이 팝콘 그릇에 광고도 붙일 수 있지 않을까요?"

"꿈이 너무 큰 거 아니야?"

"천릿길도 한 걸음부터! 태현 님이 먹는 모습을 많이 보여주면 인기를 탈지도 몰라요! 자! 앞으로는 이렇게 남들 싸움 붙여놓고 구경하실 때마다 팝콘을 꺼내서 드세요!"

이다비의 박력에 밀려, 태현은 팝콘을 집어 들었다.

그냥 현실의 팝콘과 비슷한 맛! 적당한 맛이었다.

'이걸 꼭 먹어야 하나?'

태현이 그런 생각을 하는 동안, 밑의 싸움은 거의 끝나가고 있었다. 패배한 쪽은 사디크 교단 세력!

"헉, 헉헉…… 김태현! 이겼다! 약속을 지켜라! 우리는 그만 가도 되겠지?"

"이겼냐? 열심히 했네. 고생 많이 했으니까 나도 그냥 보낼 수는 없지."

"보내준다며!"

태현의 말을 이해 못 한 플레이어들은 펄쩍 뛰었다.

"아니, 보내줄 거야. 기다려 봐. 인마. 안 좋게 만났지만 내 영지를 위해 싸워줬는데 보상 하나 못 주겠나?"

태현의 말에 모두의 눈이 커졌다. 쳐들어온 사람한테 보상 까지 준다고? 아무리 그래도 그건 너무……!

-진짜 보상 주는 건가?

-와, 이건 너무 착한데?

-판온 1의 김태현이랑 다른 놈이 분명해.

그렇게 떠드는 사이 뜨는 그들 앞에 뜨는 퀘스트창!

〈제카스의 목을 가져와라-아키서스 교단 퀘스트〉

모험가 제카스는 사악하고 음흉한 음모를 꾸미며 아키서스 교단을 공격하려고 했다. 이에 자비로운 아키서스 교단의 교황은 용감무쌍하고 정의로운 당신들을 모아 제카스를 응징하려고 한다. 아키서스 교단을 위해 제카스의 목을 가져와라!

퀘스트 실패 시 〈아키서스의 저주〉가 적용됩니다.

보상: 1골드.

"이야. 퀘스트 만드느라 힘들었어. 받아줄 거지?"

모두가 입을 다물었다. 그제야 플레이어들은 태현이 뭘 하느라 이렇게 시간을 끌었는지 알게 되었다. 아키서스 교단의 이름으로 퀘스트를 만들고 있었던 것이다!

교단의 교황인 만큼, 교단의 이름으로 퀘스트를 내는 것도 태현의 자유였다. 정말 듣도 보도 못한, 퀘스트 강매!

-야, 이거 뭐냐?

-미친…… 뭔 퀘스트가…… 이거 실패하면 받는 〈아키서스의 저주〉는 무슨 저주냐? 아는 사람?

-몰라. 처음 들어봐. 아키서스 교단 자체가 김태현이 부활시킨 교단이잖아. 제대로 자료도 없다고.

-심지어 보상이 1골드야!! 뭐 저런 ××가 다 있냐?!

빠르게 오가는 파티원 전용 대화! 조용히 눈알만 굴리는 플레이어들을 쳐다보던 태현은 다시 입을 열었다.

"얘들아. 지금 파티 전용 대화로 이야기를 나누고 있는 것 같은데. 좋아. 쓸 만한 정보 말하는 놈 선착순으로 한 명만 이 퀘스트 빼준다."

"저놈이 태현 님 욕했어요!"

"야!!"

"훌륭해. 너는 퀘스트 안 받아도 된다."

"감, 감사합니다……!"

처음에 보였던 적대심은 사라진 지 오래! 플레이어는 이미 태현의 말 잘 듣는 노예가 된 지 오래였다.

"우리 친구. 내 욕을 했구나?"

"아, 아니. 욕을 한 게 아니라 그냥 가볍게 ××만……."

"그게 욕이지. 욕이 아니야? 응?"

"어, 어쩌다 보니 나온 건데……."

삐질삐질!

욕을 했다가 걸린 플레이어는 땀을 뻘뻘 흘렸다.

점점 다가오는 태현!

'죽, 죽는다……!'

툭-

"그럴 수도 있지. 원래 사람들 안 보는 곳에서는 무슨 소리든 쉽게 나오잖아?"

"그, 그렇지!"

"다 이해해."

"김태현……!"

플레이어는 눈물을 글썽거리며 태현을 쳐다보았다. 판온 1의 김태현에 대한 미움은 사라지고, 지금 느껴지는 감정은 고마움뿐!

'어떤 놈이 김태현이 판온 1의 대장장이라고 한 거냐! 이렇게 착한데!'

당근과 채찍! 밀었다가 물러나고, 조였다가 풀어주고, 태현은 능수능란하게 플레이어들의 마음을 갖고 놀고 있었다.

"그래서 널 위해 하나 더 만들었다."

〈사디크 교단을 토벌하라-아키서스 교단 퀘스트〉

사디크 교단은 사악하고 음흉한 음모를 꾸미며 아키서스 교단을 공격하려고 했다. 이에 자비로운 아키서스 교단의 교황은 용감무쌍하고 정의로운 당신들을 모아 사디크 교단을 응징하려고 한다. 아키서스 교단을 위해 사디크 교단을 토벌하라!

-퀘스트 실패 시 〈아키서스의 저주〉가 적용됩니다.

보상: 1골드.

싸늘해지다 못해 영하를 뚫고 내려가는 분위기! 누군가 얼음 마법을 대량으로 난사해도 이 정도 분위기는 나오지 않을 것이었다.

"저, 저는 이만 가도……."

아까 눈치 빠르게 가장 먼저 파티원을 고발한 플레이어가 손을 들고 슬며시 물었다.

"가도 돼."

"감, 감사합니다!"

"이 퀘스트만 받으면."

"아, 아까 퀘스트는 안 받아도 된다고 했잖습니까!"

"그래서 제카스 토벌 퀘스트는 안 받아도 된다고 했잖아. 사디크 교단 토벌 퀘스트는 '이 퀘스트'가 아니라 새로 나온 퀘스트야. 그건 받아야지."

이게 뭔 말장난이란 말인가. 플레이어는 입을 떡 벌리고 태현을 쳐다보았다.

"그런 말도 안 되는……!"

"말이 되나 안 되나 다른 친구들한테 물어볼까?"

태현은 아직 정신을 차리지 못하고 있는 다른 플레이어들에게 물었다.

"얘가 퀘스트를 받아야 할까, 말아야 할까?"

"……받아야죠!"

"물론 받아야지!"

"당연히 받아야 해!"

눈물겨운 물귀신 작전! 남은 플레이어들의 뜻이 하나로 일치했다. 그걸 본 플레이어는 분통을 터뜨렸다.

"이 ×××들이 진짜!"

분통을 터뜨려도 플레이어들의 뜻은 변하지 않았다.

-어딜 혼자서 튀려고 해!
-이 치사한 ××야. 우리가 가만히 있을 줄 알았냐?

파티 대화로 들려오는 동료들의 따뜻한 목소리!

"자. 빨리 퀘스트를 받고 빨리 이 영지를 떠나라고. 나도 너희들 떠나면 영지 수리해야 하니까. 어떤 사악한 놈들이 이렇게 영지를 부숴놨는지 모르겠어. 그렇지 않냐?"

"그러네요!"

화기애애한 태현과 이다비의 대화!

"그런데 이런 팝콘이 진짜로 팔릴까? 요리사들도 많은데 다른 요리도 많이 나올 거 아냐."

"괜찮아요. 원래 사람들은 앞에다가 '원조'나 '오리지널'을 붙인 걸 좋아하거든요! 태현 님이 앞으로 시간 날 때 계속 이걸 들고 있는 걸 보여주면 사람들이 솔깃할 게 분명해요!"

"그래? 진짜로?"

"나중에 좀 시들하다 싶으면 이제 맛을 바꿔서 또 내고! 그런 식으로 하는 거죠! 다 그런 식으로 장사하잖아요!"

플레이어들은 얄미운 두 사람을 노려보았다. 그들은 지금 이 사악한 퀘스트를 받느냐, 마느냐로 고민하고 있었다. 그런데 한다는 고민이 이 팝콘이 과연 팔릴까 안 팔릴까!

'죽이고 싶다!'

'진짜 죽이고 싶다!'

'저거 판온 1 김태현 맞는 거 같다! 저런 개××가 두 명 있을 리 없잖아!'

생각이 부풀어 오르자, 용감하게 반항하는 플레이어가 한 명 튀어나왔다.

"퀘스트를 받지 않겠다면?"

"응?"

"우리가 퀘스트를 받지 않고 모두 힘을 합쳐서 다 같이 빠져나가겠다면?"

"뭐, 그러든가."

태현은 말과 함께 손짓했다. 케인이 바로 스킬을 사용했다.

-노예의 쇠사슬!

"공격!"

-기사단의 문장!

콰콰콰쾅!

그리고 곧바로 이어지는 기사들의 집중 공격!

플레이어는 기겁해서 방어 스킬과 회복 스킬을 동시에 사용했지만, 순식간에 HP가 80% 이상 빠져나가서 너덜너덜해졌다. 혼자서는 절대 이길 수 없는 압도적인 차이!

그리고 태현이 앞에 서서 검을 치켜들었다.

"잘 가라. 앞으로 나랑 마주칠 생각하지 말고. 네가 누구든 간에 네 얼굴을 보면 내가 부서진 투기장 생각이 나서 널 죽이고 죽이고 또 죽일 거거든."

"잠, 잠깐!"

-행운의 일격, 행운의 일격, 행운의 일격, 치명타 폭발, 강격!

[레벨 업 하셨습니다.]

"레벨 업 할 때가 되기는 했지."

그렇게 굵직굵직한 퀘스트를 깨 왔는데도 아직도 레벨이 72라는 게 슬플 뿐!

'……100을 찍을 수 있을까?'

토끼를 쫓는 거북이 같은 기분이었다. 아키서스의 화신 직업의 특성상, 레벨이 오를 때마다 스탯들이 다른 직업과 비교할 수 없을 정도로 팍팍 올랐다. 그중 오른 행운이 다시 레벨업의 필요한 경험치 양을 올리고……. 무한 반복!

먼저 영지에 들어와서 공격을 한 덕분에, 이 플레이어들은 잡아도 아무런 페널티가 없었다. 태현은 알뜰하게 아이템까지 챙기고 다시 말했다.

"싸울 거면 아까 사디크 교단 있을 때 싸우지 그랬냐? 뭐, 그것도 나쁘지 않지. 다들 퀘스트 받기 싫다고 했지? 그러면 싸우자. 셋 세고 싸운다? 셋, 둘, 하나……."

"잠, 잠, 잠깐만!"

"받을게! 받으면 되잖아!"

결국 하나둘씩 굴복하기 시작했다. 아무리 계산을 해도, 지금 당장 죽는 것보다는 퀘스트를 받는 게 나았던 것이다.

'그래. 일단 퀘스트를 받자.'

'꼭 깨야 하는 건 아니니까…… 깨는 시늉만 해도 되니까.'

'아키서스의 저주는 나중에 풀어도 된다. 저렙도 아니고, 저주 하나 정도는 달고 다녀도 괜찮아. 끓어오르는 궁극의 역병 저주 같은 게 또 나오지는 않겠지.'

'시간제한 넉넉하면 여유 부려도 되겠지. 저 정도 퀘스트면

시간제한도 좀 될 테니까.'

다들 생각은 비슷비슷!

일단 퀘스트를 받고, 분위기를 봐서 시간을 끌 생각이었다. 퀘스트 제한 시간까지는 시간을 끌어도 됐고, 설사 시간이 다 되어서 페널티를 받더라도 저주 하나가 뭐 그리 대단하겠나 싶었다. 제카스를 공격하거나 사디크 교단을 토벌하거나, 둘 다 난이도가 만만찮은 퀘스트였던 것이다.

차례차례 퀘스트를 수락하는 플레이어들! 그들은 퀘스트를 수락하고 한 명씩 영지 밖으로 걸어 나갔다. 태현은 훈훈한 웃음으로 그들에게 손을 흔들었다.

"그래그래. 서로 증오의 연쇄를 끊자고. 얼마나 좋아?"

대답하는 사람은 아무도 없었다. 이제 모두가 느끼고 있었던 것이다. 친절함에 절대 속으면 안 된다는 것을!

생각해 보면 이상했다. 어지간한 호구가 아닌 이상, 영지에 쳐들어와서 난리를 치운 그들을 봐줄 리 없었던 것이다.

'젠장. 두고 보자.'

'오늘은 이렇게 물러나지만…….'

그러나 그들은 아직 모르고 있었다. 왜 그렇게 제카스가 태현을 싫어하는지! 판온 1의 플레이어 중 태현의 이름만 들으면 경련을 일으키는 플레이어가 왜 있는지!

한번 호구를 잡으면 정말 끝까지 잡아먹는 지독함 때문!

[퀘스트 완료 기한까지 5초 남았습니다. 제한 시간까지 퀘스트

를 완료하는 데 실패합니다. <아키서스의 저주>에 걸립니다.]

"????"

"야, 저주 싫으면 빨리 가서 퀘스트 완료해라."

퀘스트도 다 받았겠다, 본색을 드러내는 태현!

"뭔 시×?!"

"아니 시간을 이렇게 짧게 주는 게 어디 있어?!"

사람은 너무 어이가 없는 일을 당하면 화도 내지 못했다. 지금 그들이 바로 그랬다. 설마 퀘스트 시간까지 이렇게 사기를 칠 줄이야!

"원래 시간은 금이야. 뛰어. 시간은 기다려주지 않아."

"이, 이, 이…… 안 깨! 안 깰 거야! 내가 빡쳐서라도 안 깬다!"

"깨기 싫으면 말던가. 견디면서 살아봐."

"이깟 저주 따위에 내가 흔들릴 줄 알았냐? 이제 협박할 것도 없잖아!"

플레이어 중 한 명이 바락바락 소리를 질렀다. 이미 영지 밖으로 나온 이상, 쫓아온다고 하더라도 충분히 도망칠 수 있는 상황!

"퀘스트 깨게 될걸. 내가 캐릭을 키우면서 느끼는 건데 말야, 아키서스는 정말…… 사람을 짜증 나게 만드는데 특화된 신이라는 거야."

"아, 진짜…… 이것들이 관대한 마음으로 내버려 뒀더니 감히 이런 난동을 부려?"

"딱히 관대하게 내버려 두지는 않았……."

"시꺼. 펠마스. 지금 남은 아키서스의 권능을 찾는 건 어떻게 되어가고 있지?"

"흠, 흠흠……. 열심히 찾고 있습니다만……."

펠마스는 말끝을 흐렸다.

"못 찾고 있다는 거군."

"아니, 확신을 못 하는 것뿐, 각자 열심히 하고 있습니다! 아! 좋은 생각이 났습니다. 태현 님께서 가서 도와주신다면 더 쉽게 찾을 수 있을지도 모릅니다!"

〈아키서스의 권능 수색-아키서스의 화신 퀘스트〉
전직 근위기사 넥돈은 아키서스의 권능을 찾기 위해…….
전직 대도적 에드안은 아키서스의 권능을 찾기 위해…….
필사꾼 갈락파드는 아키서스의 권능을 찾기 위해…….

주르륵 뜨는 퀘스트창들! 아키서스를 부활시키기 위해 모인 NPC들 모두 열심히 노력하고 있었다. 펠마스만 빼고.

'그러고 보니 이 자식은 아까 영지에서 싸울 때도 기사단 뒤에 숨어 있지 않았나?'

예리해지는 태현의 눈빛! 눈치챈 펠마스가 고개를 푹 숙였다.

"아니, 아키서스의 권능을 찾는 건 일단 다른 놈들한테 맡겨둔다. 지금 먼저 해야 할 건 사디크 교단을 치는 거야."

"……!"

"사디크 교단을 치고, 이번 기회에 놈의 권능을 뺏는다!"

지금 다른 교단 중, 태현이 갖고 있는 〈권능 포식〉 스킬을 가장 쓰기 쉬운 상대는 바로 사디크 교단이었다. 악연도 인연이라고, 꽤나 오랫동안 상대해 온 덕분!

"태현 님! 아무리 그래도 아키서스의 화신께서 다른 교단의 권능을 쓰는 건……."

"응? 뭐라고?"

"……정말 좋습니다! 감히 따라가지도 못할 발상입니다!"

위험을 느낀 펠마스는 곧바로 고개를 숙였다. 다른 교단이었다면 무리여도, 아키서스 교단에서는 통하는 방식!

"그런데 태현 님, 사디크 교단은 어떻게 치실 겁니까?"

펠마스는 태현의 눈치를 보며 물었다. 사디크 교단이 많이 얻어맞고 이제 그늘 속에 숨어 있기는 했지만, 만만한 상대는 아니었다. 사실 전력만 따지고 보면 아키서스 교단보다 더 위인 게 사디크 교단!

사디크 교단은 오랜 시간 동안 대륙에 있었고, 그만큼 고위 사제나 성기사들도 많은 데다가 데리고 있는 마수 전력들도 많았다. 그에 비해 아키서스 교단은 새로 부활한 지 얼마 안 된 데다가, 일반 사제나 성기사들도 지금 뽑고 있었다.

사실상 전력이라고 할 게 거의 없는 상황!

그리고 그건 태현도 잘 알고 있었다.

"뭐 역시…… 사디크 교단의 높은 놈을 쳐야겠지."

아키서스 교단에는 없고 사디크 교단에는 있는 것. 그건 바로 고위 NPC였다.

'이렇게 생각하니까 갑자기 슬퍼지는데…….'

아탈리 국왕의 삼촌인 안토니오나, 성기사단장, 대주교 같은 인물 하나만 잡아도 사디크 교단에게는 큰 타격이 가게 되어 있었다. 태현은 전면전을 벌여서 아예 뿌리를 뽑겠다! 이런 생각은 하지도 않았다.

'내가 무슨 대형 세력을 갖고 있는 것도 아니고, 현실적으로 무리지.'

가장 현실적인 방법은 머리를 공격하는 것! 사디크 교단의 굵직굵직한 인물들을 날려 버리면 남은 교단은 알아서 숨어버리게 되어 있었다.

'거기에 덤으로 권능까지 취하고.'

현재 갖고 있는 사디크 교단의 권능은 두 개. 〈사디크의 화염〉과 〈마수 소환〉이었다. 태현은 고위 NPC들을 사냥하면 최소한 두 개는 더 얻을 수 있지 않을까 기대했다.

펠마스는 고개를 갸웃거리며 물었다.

"어떻게 말입니까?"

그랬다. '어떻게'가 가장 큰 문제! 사디크 교단을 쓰러뜨리는 게 그렇게 쉬웠다면 벌써 쓰러뜨리고도 남았을 것!

"다 생각이 있지."

"……?"

"일단 아까 보내준 놈들이 알아서 방법을 찾고 있을 거다. 거기에 추가로 좀 더 내가 손을 쓸 생각이지."

태현은 입맛을 다시며 교단 퀘스트창을 켰다. 교단의 최고 권력자로서 내릴 수 있는 퀘스트창! 분명 일반 플레이어로서는 생각지도 못한 권한이기는 했지만, 생각보다 그렇게 좋은 건 아니었다. 왜냐하면 퀘스트 보상은 다 태현에게서 나가는 것이기 때문! 그나마 아까 플레이어들 상대로는 1골드 보상, 그것도 달성하기 힘든 퀘스트라는 것으로 거의 손해가 없기는 했지만…….

'퀘스트를 내면 신성 스탯이 소모되니까 말이지.'

교단을 운영하면서 신성 스탯이 쌓이는 만큼, 마찬가지로 신성 스탯을 쓸 곳이 많았다. 그러나 이 권한 자체는 분명히 좋은 기능이었다. 이걸 잘 사용해야 했다.

"잘 봐라. 지금 아키서스 교를 믿는 사람들은 대부분이 제작 직업이야. 게다가 어딘가 하나씩 나사가 빠진. 그렇지?"

"그렇죠?"

태현의 말에 이다비와 케인이 고개를 끄덕였다.

확실히 아키서스 교단은 새로 생긴 교단치고 믿는 플레이어가 많기는 했다. 그러나 그건 어디까지나 태현의 유명세와 아키서스라는 신의 특이성 때문! 진지하게 캐릭터를 키우려는 전투 직업은 굳이 아키서스를 믿으려고 하지 않았다.

"지금 당장은 못 써먹겠지만, 앞일도 좀 생각을 해야 돼. 다른 교단은 막 고위 성기사 군단 데리고 오는데 우리는 기껏해야 방금 뽑은 성기사들밖에 없으니까."

"그래서 어쩌자고?"

"전투 직업 플레이어들도 아키서스 교단에 끌어들여야 해. 나중에 무슨 일이 생기면 교단 퀘스트 띄워서 전력으로 써먹을 수 있게."

그랬다. 태현이 원하는 건 바로 이것! 다른 교단처럼, 플레이어들을 바로 써먹을 수 있는 힘!

"보상을 할 수나 있나? 뭐로 하게?"

"그게 문제야. 이번처럼 때우는 건 무리니까. 일단 PVP로 좋아 보이는 장비들을 많이 뺏고 그걸로……."

이다비와 케인의 표정이 떨떠름하게 변했다. 보상 이야기가 나왔을 때 가장 먼저 생각하는 게 약탈이라니.

"야, 그렇게 쳐다보지 마. 그거 말고도 생각이 있다고."

아키서스의 아티팩트 제작. 태현이 기대하고 있는 아키서스의 권능 중 하나였다.

'지금 굴러다니는 아키서스의 권능이 담긴 아티팩트들을 봤을 때, 분명 그런 부류의 권능이 있을 거다.'

다른 교단도 교단 특성을 가진 아이템을 만들고, 값나가는 아티팩트를 갖고 있었다. 분명 아키서스 교단도 가능할 것!

경매장에 전혀 풀리지 않은 아키서스 교단의 아티팩트라면, 분명 사람들은 크게 관심을 가질 것이다.

"과연……."

"그러면 권능부터 얻어야 하나요?"

"일단 사디크 교단부터 공격하고. 그냥 내버려 뒀다가는 계속 내 영지를 태워 먹겠다. 이 자식들이 평화롭게 살고 싶어서 내버려 뒀더니……."

태현의 눈동자는 복수심으로 이글거렸다. 투기장의 원한!

'그게 평화인가?'

'그게 내버려 둔 거라고 할 수 있을까?'

태현이 사디크 교단에 입힌 피해랑 비교하면, 사디크 교단이 태현에게 입힌 피해는 정말 새끼발가락이 스친 수준!

"야, 그런데 보상을 내걸려고 해도 일단 플레이어들이 아키서스 교단에 가입해야 하는 거 아냐? 지금 전투 직업 플레이어들이 적어서 문제라며."

"그렇지."

"무슨 생각이라도 있는 거냐? 아. 설마 그런 건가?"

케인은 갑자기 생각이 나서 말했다.

"뭔데?"

"지금도 아키서스 교단에 가입한 플레이어들은 한국 플레이어들이 많잖아. 네 이름 보고 들어온 놈들. 이번 투기장 대회는 해외 사람들도 많이 볼 테니까, 거기서 활약해서 해외 사람들을 끌어들이겠다는 속셈인 거지!"

"그런 좋은 방법이! 대단해요!"

케인의 말에 이다비도 감탄했다. 둘은 동시에 태현을 쳐다보았다.

"……그런 생각은 하지도 않았는데."

태현도 이다비처럼 놀란 표정으로 케인을 쳐다보고 있었다. 정말 생각지도 못했다는 표정!

"그, 그런 거 아니었냐?"

"투기장에 대해서 생각하고 싶지도 않은데 그런 계획은 왜 세워."

"그러면 무슨 생각을 하고 있었는데?"

"후. 그래. 보여주지. 잘 봐라."

태현은 바닥에 표 하나를 그렸다.

브론즈-교단 가입.

실버-공적치 포인트 1,000점 이상 쌓을 시.

골드-공적치 포인트 2,000점 이상 쌓을 시.

다이아-공적치 포인트…….

어디서 많이 본 것 같은 등급표! 케인과 이다비는 서로 마주 보았다. 이거 분명, 그 다단…….

그러거나 말거나 태현은 당당하게 설명을 이어나갔다.

"높은 등급에 있는 플레이어에게는 더 높은 축복을 주는 거다. 실버는 하급 아키서스의 축복을 받지만, 골드는 중급 아키서스의 축복을 받는 거지. 이것뿐만 아니라 아이템도 높은 등급일수록 더 좋은 걸 팔아줄 생각이다."

태현의 말을 듣던 이다비가 손을 번쩍 들었다.

"뭐지?"

"혹시, 다른 플레이어를 교단에 소개해서 가입시켜 주면 공적치 포인트가 쌓이나요?"

"바로 맞췄다."

'다단계 맞잖아!!'

둘은 속으로 절규했다.

영지를 빠져나간 플레이어들은 단체로 모여서 태현을 욕하고 있었다.

"××-×××-×××××××-××× 자식 진짜!"

다양한 국가의 욕이 나오는, 그야말로 전 세계가 힘을 합쳐서 욕하는 태현!

"너 이 자식, 혼자 살겠다고 우리를 버려?"

"너희들은 그럼 발목 잡아놓고 당당하냐!"

서로 추한 싸움을 한바탕 벌이고, 그들은 한숨을 쉬었다.

"그만 싸우자고. 더 해봤자 저놈만 좋은 짓이니까."

"야, 나 좀 불안한데. 이 〈아키서스의 저주〉가 뭔 저주인지 아는 사람?"

아무도 없었다. 당연했다. 다른 교단과 달리, 아키서스 교단은 태현이 풀지 않으면 정보 자체가 퍼지질 않는 것!

갑자기 다들 불안해하기 시작했다.

"야, 쫄 거 없어. 나 상급 저주 해제 스크롤 갖고 있거든? 이거면 어지간해서 다 푼다. 지금 풀면 되지."

[갑작스러운 불운으로 스크롤이 오작동을 일으킵니다. 아키서스의 저주를 해제하는 데 실패합니다.]

"뭔 오작동?!"
그냥 '힘이 약해서 실패합니다'가 아닌, '오작동해서 실패합니다'는 처음 보는 메시지창이었다.
"뭐가 오작동했는데?"
"스크롤이 오작동했다고……."
"그게 말이 되냐?"
플레이어들은 아직 깨닫지 못하고 있었다.
이것이 시작이라는 것을!
"젠장, 일단 장비부터 수리를……."

[갑작스러운 불운으로 수리가 실패합니다. 내구도가 최대로 하락합니다.]

"싸우기 전에 버프 좀 받고 갈까?"

[갑작스러운 불운으로 살라만의 축복이 튕겨 나갑니다.]

시간이 지나자, 하나둘씩 깨닫게 되었다. 아키서스의 저주는 불행한 사건들을 일으키는 저주!

HP를 깎아 먹거나 방어력을 낮추는 저주는 아니었지만, 정말 사람 짜증 나게 만드는 저주였다.

"김태혀어어어어어어어언!"

"이야, 올라온다. 올라와."

"진짜 올라와요?"

"그래. 올라올 줄 알았지."

태현은 흐뭇한 표정으로 게시판을 쳐다보았다.

아까부터 하나둘씩 올라오고 있었다.

-사디크 교단 관련된 정보 어디서 볼 수 있나요?

-사디크 교단 고위 NPC 아시는 분? 알려주시면 사례함.

포기하고 사디크 교단의 정보를 얻으려는 플레이어들!

태현은 흐뭇하다는 표정을 지었다. 손바닥 위에서 놀아나는 걸 보는 것만큼 흐뭇한 것도 없었다.

"어, 마차 왔네요?"

절망과 슬픔의 골짜기 앞에 마차가 도착했다. 보통 마차는 저렙 플레이어들이 타고 다니는 경우가 많았다. 즉, 저 마차에서 내릴 플레이어들은 아키서스의 교단에 가입하려고 새로 온 플레이어들일 가능성이 높았다.

우르르-

이제까지와는 전혀 다른 모습이었다.

이유는 하나. 태현이 말한 다단…… 아니, 새로운 아키서스의 교단 제도 때문!

"이봐! 아키서스의 교단에 가입할 때 내 이름 불러줘!"

"저놈 말 듣지 마! 내 이름을 대고 가입해줘! 그러면 내가 포션 세트 준다!"

"대, 대장장이 없냐? 대장장이 있으면 나하고 같이 하자! 내가 도와줄게! 대신 내 이름을……!"

치열한 욕망의 자리!

태현은 다시 한번 흐뭇한 표정으로 고개를 끄덕였다.

"야, 이놈아!"

누군가 태현을 불렀다. 태현은 옆으로 고개를 돌렸다. 처음 보는 중년 엘프 남성이 태현을 손가락으로 가리키며 깜짝 놀란 표정을 짓고 있었다.

"누구신지?"

"이, 이놈…… 타이럼 시에서 시작하라고?"

그 말 한마디로 태현은 누군지 바로 깨달았다.

"아아…… 어르신이셨군요! 하하! 타이럼 좋지 않았나요?"

태현의 미소를 본 유 회장은 깨달았다. 수많은 사람들을 상대해 온 유 회장은 미소만으로도 그 사람의 속마음을 읽을 수 있었던 것이다. 저 미소는 절대로 선의가 아니었다! '너도 같이 당해야지'가 분명!

"야, 이 자식아!!"

휙휙!

낚싯대를 휘두르는 유 회장! 태현은 피하지도 않고 가만히 서 있었다. 그걸 본 이다비가 속삭였다.

"할아버지신가요?"

"정확히는 남의 집 할아버지지. 그런데 어르신, 여기는 무슨 일로 오셨습니까?"

"후욱, 후욱…… 전직을 했지."

"오, 뭘로요?"

"세월을 낚는 낚시꾼."

태현은 깜짝 놀란 목소리로 외쳤다. 그 모습에 유 회장이 솔 깃해져서 물었다.

"그렇게 좋은 직업이냐?"

"아뇨, 그냥 한 번 놀란 척 해봤습니다. 세월을 낚는 낚시 꾼…… 이름은 좋은데 그냥 백수 아닙니까?"

휙휙휙!

다시 휘둘러지는 유 회장의 낚싯대!

그러나 단 한 대도 제대로 들어가지 않았다. 유 회장은 이 게임을 하면서 처음으로 '강해지고 싶다'고 느꼈다. 토끼한테 얻어맞을 때도 느낀 적 없던 분함!

"세월을 낚는 낚시꾼이요?! 정말요?!"

반응은 다른 곳에서 찾아왔다. 옆에서 듣던 이다비가 깜짝 놀란 것이다. 그러나 이미 한 번 태현에게 상처를 입은 유 회장은 사람을 믿지 않게 된 상태!

　유 회장은 퉁명스럽게 말했다.

　"됐네. 그렇게 속일 필요 없어. 이미 다 알았으니까."

　"네? 아, 아니. 진짜 알아서 말한 건데⋯⋯."

　"알긴 뭘 알아! 또 놀리려고 그러는 거지! 누가 저놈하고 같이 다니는 사람 아니랄까 봐!"

　"그런 거 아니거든요? 저희 길드원 중에서 낚시에 미쳐 사는 플레이어들 몇 명 있는데, 물어보니까 〈세월을 낚는 낚시꾼〉은 자기들도 전직하려고 이것저것 찾아봤는데 못 찾아본 엄청나게 희귀한 직업이래요."

　"그, 그래?"

　사람인 이상, 자기가 갖고 있는 게 좋은 것이라는 말은 기분 좋을 수밖에 없었다. 살짝 좋아지는 유 회장의 기분!

　"자네는 저 놈팽이하고는 좀 다르군그래. 왜 저런 놈하고 같이 다니는지⋯⋯."

　"골드를 많이 주시거든요."

　"저, 저런 못된 놈⋯⋯ 사람을 돈으로 부려먹다니!"

　둘의 대화를 듣던 태현이 심드렁하게 대꾸했다.

　"어르신께서 하실 소리가 아닐 텐데요. 과징금 낸 게 누구?"

　"그, 그건 내가 아니라 내 아들놈이⋯⋯!"

　"그보다 다들 전직 못 했는데 이 어르신이 전직했다고? 그건 좀 신기한데."

"그러게요?"

태현과 이다비는 둘 다 궁금하다는 표정을 지었다. 보통 이런 식으로, 전직 조건이 잘 알려지지 않은 희귀, 영웅 직업 같은 건 초보자가 전직하기 힘들었다.

괜히 희귀, 영웅 직업이 아닌 것!

"어르신 뭐 하셨습니까?"

"그냥 한자리에서 계속 낚시만 한 것밖에 없는데……."

"엄청 오래 하셨나 본데? 그보다 타이럼 주변에서 낚시할 곳이 있었나?"

"야, 이놈아. 그걸 알면서……!"

유 회장은 다시 태현의 멱살을 잡으려 들었다.

"호수에서 했다. 토끼한테 맞아가면서!"

"아, 그 토끼. 추억 돋네요. 잡느라 고생 좀 했었는데."

"그렇지? 거기 있던 놈들은 전부 다 이상한 놈들밖에 없더라고. 무슨 토끼 씨를 말린 놈이 있다고……."

"아, 그거 전데요."

"……진짜로?"

"이 칭호 보시죠."

토끼 학살자.

유 회장은 다시 한번 놀랐다. 그 토끼를 그렇게까지 잡은 놈이 진짜로 있는 놈이었다니?!

그렇게 놀라는 도중, 이다비가 다시 한번 길드원들과 대화하고 말했다.

"어라? 이상하네요? 저희 길드원들도 한자리에서 계속 앉아서 낚시하는 건 충분히 해봤다는데요. 삼 일 넘게 한 사람도 있고……."

"나도 그거 말고는 딱히 한 게 없는데……."

유 회장도 더 이상 아는 게 없었다. 그러자 태현은 뭔가 깨달았다는 듯이 말했다.

"그러면 그거밖에 없네. 타이럼에서 낚시를 하는 게 전직 조건이었던 게 분명해. 이야, 어르신. 저 덕분에 레어한 직업 얻으신 거네요."

뻔뻔하게 잘도 말하는 태현의 모습에, 유 회장은 다시 한번 분노가 끓어오르는 것을 느꼈다. 유 회장은 김태산이 태현에 대해 말할 때 했던 말들을 뼈저리게 이해할 수 있었다.

아, 이래서였구나! 닳고 닳은, 노회하고 능수능란한 유 회장도 화나게 만들 수 있는 사람. 그게 바로 태현이었다.

유 회장은 심호흡을 몇 번 했다. 더 이상 화내봤자 의미가 없었다.

"후우, 후우…… 그래. 그렇지만 너도 이건 몰랐을 거다. 네놈의 사악한 속셈 때문에 나는 오히려 손녀하고 만나서 친해질 수 있었거든."

"아. 지수요? 하긴, 걔야 타이럼 레인저니까. 타이럼 시 주변에서 만날 수 있었겠네요."

유 회장은 들고 있던 낚싯대를 떨어뜨렸다. 그리고 세상에서 가장 충격받은 사람의 표정을 지었다.

"어, 어, 어, 어, 어……."

"어?"

"어떻게 네가 지수에 대해서 알고 있는 거야?!"

유 회장은 혼란 와중에도 어떻게 된 일인지 파악하려고 애썼다. 태현과 유지수가 어떻게 서로 알고 있는 것인가?

'그때 생일잔치에서 만난 건가? 아니, 아무리 그래도 거기서 만났는데 이렇게 빨리 친해질 수 있나? 그게 말이 되나? 판온 때문인가? 요즘 젊은 놈들은 다 그런 건가? 이 사악하고 음란한 판온을 폐지시켜 버려야…….'

"어르신? 어르신?"

태현은 유 회장의 앞에서 손을 흔들었다. 어딘가 다른 세계로 떠나버린 것 같은 표정!

"어떻게 지수에 대해서 알고 있냐고 물으셨잖습니까."

"그, 그랬지……?"

"게임에서 만났는데요. 타이렘 시에서 같이 시작했어요. 거기 아시죠? 초보자들은 파티할 수밖에 없잖습니까. 그래서 지수랑 같이 돌아다녔는데……."

"지수랑 같이 손잡고 돌아다녔다고?"

"……손의 ㅅ 자도 안 꺼냈는데요?"

"지수랑 미래를 약속했다고??"

"야, 누가 사제 좀 불러와 봐. 귀에 저주 걸렸나 봐."

"이놈! 이노옴!"

[완벽한 자세로 낚싯대를 다루는 데 성공했습니다. 낚시 스킬이 오릅니다.]

분노로 인한 완벽한 자세! 유 회장의 낚싯대는 고렙 창병의 창처럼 태현을 쭉쭉 찔러 들어갔다.

물론 전부 다 빗나갔지만.

CHAPTER 4

시간이 조금 지나고 나서야, 유 회장은 진정할 수 있었다.

태현의 이야기를 들어보니, 유지수와 어떤 사이인지 정확히 알 수 있었던 것이다.

그렇지만 유 회장은 확신했다. 직감이 말해주고 있었던 것이다. 손녀딸이 요즘 이상한 모습을 보이는 이유는 바로 저놈 때문이라고!

'게임을 시작한 시기를 따져보면 저놈이 맞아! 그러고 보니 저번에 내 생일이 끝나고 정말 기분이 좋아 보였었지. 저놈 때문이었구나! 아이고! 내가 눈이 어두워서 호랑이 새끼를 집으로 불러들였다니!'

유 회장은 순진하게도 유지수가 할아버지의 생신이라고 그렇게 좋아해 준 줄 알았다. 그러나 아무리 봐도 태현 때문이었다.

"어르신, 낚시 연습은 끝나셨습니까?"

태현은 하품을 하며 심드렁하게 물었다. 낚싯대를 휘두른 걸 '낚시 연습'이라고 부르는 태연한 모습에, 유 회장은 다시 한 번 울컥했다.

'저놈을 한 대 때리려면 어떻게 해야 하지?'

게임에 관심도 없던 유 회장에게 게임 의욕을 불러일으키는 태현! 유 회장 입장에서 더 화가 나는 건, 태현은 유지수를 딱히 마음에 두고 있는 것 같지 않다는 점이었다.

그냥 아는 동생 이야기하듯이 말하는 모습! 이건 또 다른 이유로 기분이 나빴다.

'참자. 참아야 하느니……'

유 회장은 스스로 인내했다. 괜히 유지수 관련으로 입방정을 떨었다가 손녀딸이 영원히 삐질 수 있었다.

"그래. 끝났다, 이놈아!"

"지수랑 만나서 잘됐네요. 지수한테 할아버지란 거 말 하셨습니까?"

"……."

"말 못 하셨군요."

태현은 한심하다는 눈빛을 보냈다. 그 눈빛에 유 회장은 울컥했다.

"말, 말하면 분명 피했을 거라고!"

"뭐 그거야 그렇지만 그건 평소에 친하게 지내지 못한 어르신 잘못이죠."

"끙……."

"근데 지수한테 할아버지인 거 말 안 했으면 왜 갈라진 겁니까? 계속 같이 다녀도 됐을 텐데. 지수 개가 착해서 저렙이어도 같이 다녀줄걸요."

"자기 길드원들이랑 프리카 대륙으로 간다고 해서 그러라고 했지. 거기를 또 어떻게 따라가나."

"왜요, 따라가면 되지."

"레벨도 안 되고, 눈치도 보일 것 같아서 그냥 나왔네."

"확실히 어르신은 사냥을 안 하니 레벨 쪽에서는 불리하기는 하겠죠. 그렇지만 어차피 낚시꾼 계열 직업은 전투 포기해도 충분히 성장할 수 있잖아요? 게다가 어르신은 한 가지 방법이 더 있고."

"뭔 방법?"

태현은 손가락으로 동그라미를 그렸다.

"현질이요."

"게, 게임에 돈을 쓰라고?"

"캡슐은 뭐 공짜로 사셨습니까?"

"아니…… 그거야 그렇지만…… 아무리 그래도 게임에 돈을 쓰는 건 좀 아니지 않나? 자네 아버지가 알면 비웃을 것 같아서 겁나는군."

추천할 때는 심드렁하게 반응했다가, 이제 와서 현질하면 김태산이 비웃을 것 같아서 두려웠다. 그러나 그건 김태산을 모르고 하는 이야기였다.

"네? 아버지가요? 현질했다고 비웃는다고요?"

"왜, 왜 그러지?"

"제가 아는 사람 중에서 가장 현질 많이 한 사람이 저희 아버지인데……. 어르신은 모르고 계셨구나. 하긴, 아버지가 은근히 체면을 신경 쓰니까 그랬겠죠."

기회를 잡은 태현은 신이 나서 이야기를 시작했다. 언제나 제일 재밌는 게 김태산이 숨기고 싶은 과거를 퍼뜨리는 것!

"예전에 리×지부터 시작해서, 다른 게임도 몇 번 하셨거든요? 명절 때마다 게임 회사 직원들이 따로 인사를 오더라고요. 우리 게임 이용해 줘서 고맙다고."

게임 하나를 거의 혼자서 먹여 살릴 정도의 현질 액수!

돈 많고 시간 많은 사람이 게임에 빠지면 얼마까지 투자할 수 있는지 뼈저리게 느껴지는 일화였다.

"언제 한번 게임 몇 주일 동안 안 들어가니까 직원들이 직접 선물 들고 찾아오더라고요. 자기네들 게임에 불만 있으면 고치겠다고……."

"……그 양반 겉모습하고는 아주 다르군그래."

"원래 밖에서는 폼을 좀 잡으시는 분이죠. 어쨌든 어르신, 쉽고 빠르게 강해지고 싶으시면 현질하세요. 현질. 현실에서도 낚시꾼들은 좋은 장비만 보이면 팍팍 사지 않나요?"

"그렇기는 하지……."

유 회장은 솔깃한 걸 느꼈다. 지금 입고 있는 장비도 초보자 때 입고 있던 장비에 비하면 나름 멋이 느껴지는 장비였다. 제법 판타지 세계의 낚시꾼 같은 모습!

현질을 한다면 얼마나 더 좋은 장비를 구할 수 있을까?

"어르신이 지금 장비만 좋은 걸로 갖춰 입으면 프리카 대륙 가서도 나름 잘 버틸 수 있을걸요."

"……그 현질 방법 좀 알려주게."

결국 유혹에 넘어간 유 회장이었다.

방법을 다 설명해 주고 나서, 태현은 문득 생각이 난 게 있어 물었다.

"지수랑 헤어진 건 헤어진 건데, 왜 여기로 오셨습니까?"

"응? 아, 낚시꾼 NPC 한 놈이 아키서스를 추천해 주더군. 여기에서 아키서스를 믿을 수 있다고 하던데. 맞나?"

탁-

태현은 유 회장의 어깨에 손을 올리며 따뜻한 미소를 지었다.

"잘 오셨습니다, 어르신. 아키서스야말로 요즘 가장 잘 나가는 교단이죠. 낚시꾼한테 이렇게 좋은 교단이 없어요."

"역시 그런가?"

게임에 관해서, 유 회장은 어린 아이나 마찬가지였다.

"자, 그러면 바로 아키서스 교단에 가입시켜 드리겠습니다. 메시지창 뜰 테니까 수락 누르세요."

"음? 사제 같은 NPC 만나야 하는 줄 알았는데."

"아키서스 교단은 그런 거 필요 없습니다."

"그런가?"

유 회장은 순진무구하게 가입을 수락하자 아키서스 교단 관련된 설명 창들이 주르륵 나왔다.

[다른 플레이어들을 가입시킬 경우 추가 공적치 포인트를 받을 수 있습니다. 현재 가능한 교단 퀘스트는 다음과 같습니다. 신전 주변에서 기도를 올릴 경우 다양한 버프를 받을 수 있습니다.]

하나하나 읽어나가던 유 회장은 태현을 보며 물었다.

"그런데 자네도 아키서스를 믿는 건가? 이렇게 잘 아는 거 보니……."

"정확히 말하자면 믿는 건 아닙니다."

"무슨 소리를 하는 거야?"

"제 캐릭터 직업이 아키서스입니다."

"……뭐라고?"

"이 교단이 제 교단이라고요."

유 회장은 잠시 멈칫하더니, 허공에 뜬 메시지창을 향해 다급하게 손을 휘두르기 시작했다.

"뭐 찾으십니까, 어르신?"

"교단 탈퇴는 어디서 할 수 있지?"

물론 기회를 잡은 태현이 유 회장 같은 호구, 아니, 플레이어를 순순히 내버려 둘 리 없었다.

"하하, 어르신. 아키서스 교단이 얼마나 좋은데요."

"흥. 좋건 나쁘건 네가 하는 곳에는 있기 싫다."

유 회장은 태현과 만난 지 얼마 되지 않았지만, 태현을 어떻게 상대해야 하는지 벌써 깨닫고 있었다. 상대를 안 하는 게 가장 좋은 방법!

"여기 기도하면 오는 버프들을 받고, 저희 같이 프리카 대륙 가죠. 프리카 대륙."

"프리카 대륙……?"

"네. 저도 지금 곧 프리카 대륙으로 떠날 생각이었거든요. 퀘스트 때문에."

완강하게 거절하던 유 회장은 프리카 대륙이란 말을 듣고 멈칫했다. 지금 같이 프리카 대륙으로 가면 유지수를 만날 수 있을지도 몰랐기 때문!

게다가 태현과 같이 다닌다면, 가장 효과적인 감시 방법이 되었다. 눈에 넣어도 아프지 않을 손녀딸이 정말 이 사악한 놈을 좋아하는 건지 직접 두 눈으로 확인할 기회!

"좋다! 타이럼 같은 사기는 더 이상 치지 마라. 알겠냐?"

"하하. 어르신. 타이럼 시는 지수 만나라고 배려해 드린 건데."

"이놈이 뚫린 입이라고……!"

둘의 대화를 듣던 이다비가 태현에게 속삭였다.

"그런데 저렇게 해서까지 교단에 넣을 이유가 있나요?"

"돈이 많으시거든."

태현은 간단한 동작으로 계획을 설명했다.

유 회장을 교단에 가입시킨다→유 회장이 게임에 흥미를 가지게 만든다→더 많은 현질을 한다→대성공!

"……그냥 태현 님이 현질하면 되지 않아요?"

"난 게임에 현질 안 하잖아."

"돈도 많으시면서……."

"쉿. 어쨌든 잘 달래서 제2의 케인 같은 플레이어로 만드는 거야."

"야, 나 옆에 있거든?"

케인이 항의했지만 태현은 무시했다.

"원래 저런 사람이 한 번 꽂히면 무섭게 현질하거든."

"지금 경매장을 보고 있는데, 좀 도와주겠나? 뭐가 좋은지 모르겠군."

유 회장은 경매장에 올라온 아이템 목록들을 훑어보며 눈살을 찌푸렸다. 그가 파악하기에는 너무 많은 아이템!

"제가 도와드릴게요."

선뜻 나서는 이다비. 그런 이다비가 유 회장의 눈에는 좋게 보일 수밖에 없었다. 태현과 같이 다니는 게 이해가 가지 않을 정도로!

"오늘 있었던 습격에 맞서 용감히 싸워준 플레이어 여러분들에게 다시 한번 감사의 인사를……."

"축복 주세요!"

"제 상자 대신 까주세요!"

"강화 좀 해줘! 네가 해주면 왠지 될 거 같아!"

말 한마디 하자 쏟아져 나오는 플레이어들의 아우성! 그러거나 말거나 태현은 냉정하게 무시하고 자기 할 말만 했다.

"보상은 저기 신전에 있는 사제나 펠마스한테 가서 달라고 하면 나올 거고, 지금 영지에 부서진 건물들 수리 특별 퀘스트 나왔으니 그것도 하면 좋겠네. 그리고 다른 플레이어들도 많이 많이 소개해서 아키서스 교단으로 데리고 와라. 그럴수록 공적치 포인트 쌓이니까!"

본색을 드러내는 태현! 그러나 이미 늪에 빠진 플레이어들은 환호성을 지를 뿐이었다.

"축복! 축복! 축복!"

"행운! 행운! 행운!"

"강화! 강화! 강화!"

'내가 유도하기는 했지만 좀 많이 무섭다.'

태현은 그런 생각을 하며 시선을 돌렸다. 뒤에는 가브리엘과 대장장이 플레이어들이 있었다. 똘망똘망한 눈빛으로 태현을 쳐다보는 그들.

그러나 태현은 이들이 영지에서 가장 위험한 플레이어들이라고 생각하고 있었다. 실수로 영지 한구석을 날려 버려도 이상하지 않을 플레이어들!

"너희들은……."

태현이 입을 열자, 대장장이들은 열렬하게 반응했다.

"무엇이든지 시켜만 주십시오!"

"뭐부터 하면 되겠습니까!"

"……그냥 다른 곳으로 떠나면 안 되냐?"

"하하하! 농담도!"

"으핫핫핫! 아이고 배꼽이야! 태현 님 유머 감각 좀 봐!"

스르릉-

태현이 칼을 뽑으려고 하자 케인이 재빨리 팔을 붙잡고 말렸다.

"참아, 인마! 참아! 정신줄 붙잡으라고!"

지금 보는 플레이어들이 수없이 많은데 대놓고 PK 했다가는 대소동이 일어날 게 분명!

"후…… 그래. 영지에서 사루온하고 같이 기계공학 스킬이나 익혀라. 되도록 위험한 스킬은 밖에서 사용하고. 영지 주변에 함정 잔뜩 깔아놓는 거 잊지 말고."

결국 억지로 할 일을 주는 태현! 마음 같아서는 다른 도시로 가라고 하고 싶었지만, 대장장이들은 귀에 말뚝을 박아 넣었는지 끈질기게 이 도시에서 하겠다고 물고 늘어졌다.

'그래…… 기계공학 대장장이는 쓸 만하기는 하지…….'

부작용이 많아서 그렇지, 성능만 놓고 보면 기계공학 대장장이는 쓸 곳이 많았다. 특히 도시를 방어하는 부분에서는 더더욱!

"후후, 걱정하지 마라. 이 대장장이들을 잘 가르쳐서 한 사람 몫을 하게 만들어줄 테니까."

음산하게 웃으면서 말하는 사루온!

그 모습에 태현은 가슴 한구석이 싸늘해지는 것을 느꼈다.

'……설마 프리카 대륙 갔다 왔는데 영지가 다 불타고 있다거나…… 그러지는 않겠지?'

이제 하다못해 악마한테까지 영지를 맡기고 있었다.

"저희를 믿고 다녀오십시오!"

"태현 님의 영지는 우리가 지킨다! 자폭을 해서라도!"

"제발 자폭은 밖에서 해라. 안에서 하지 말고."

"저기, 김태현 백작님……."

"아이고! 사악한 사디크 교단을 무찌르러 가야 하는데 내 영지를 지켜줄 사람이 아무도 없단 말인가!"

[설득이 한계에 도달합니다. 더 이상 아농 백작을 설득할 수 없습니다.]

'쳇.'

태현은 입맛을 다셨다. 강력한 귀족의 기사단을 공짜로 써먹고 있었으니, 다른 플레이어들은 골드가 많아도 누리지 못하는 호사였다. 당연히 이런 사기를 계속 칠 수는 없는 법!

"김태현 백작님, 저도 제 영지에 돌아가야 하니, 한 번만 더 싸우고서 영지에 돌아가겠습니다."

태현은 고개를 번쩍 들었다. 바로 돌아갈 줄 알았는데, 한 번만 더 싸우고 돌아가 준다고?

"아농 호ㄱ…… 아니, 아농 백작! 정말로 고맙군!"

"방금 호ㄱ라고 하지 않으셨습니까?"

"잘못 들었겠지. 내가 반드시 사악한 사디크 교단 놈들을 무찌르고 정의의 깃발을 휘날리며 돌아오지!"

한 번 더 싸울 수 있다면 그건 그것대로 방법이 있었다. 태현은 아농 백작의 손을 잡고 위아래로 세게 흔들었다.

아농 백작과의 대화가 끝나고, 태현은 발 빠르게 움직였다.

영주의 권한이 필요한 곳에 승락 버튼을 누르고, 가능한 건물들을 전부 다 지어 올리고, 부서진 건물들에 자원한 플레이어들을 배치하고…… 또다시 있을 수 있는 습격 대비까지! 얼추 끝나자 간신히 한숨을 돌릴 수 있었다.

이제 드디어 프리카 대륙으로 떠날 시간!

"저, 김태현……."

저번 습격 때 와서 퀘스트와 저주를 받았던 플레이어 둘이 영지 입구에서 태현을 부르고 있었다.

"뭐냐?"

털썩!

"우리가 잘못했다! 제발 저주 좀 풀어줘!"

"사디크 교단도, 제카스도 우리 수준에서는 무리라고!"

그랬다. 아키서스의 저주는 풀어야 하는데, 사디크 교단도,

제카스도 상대할 자신이 없는 플레이어들! 그들은 태현한테 찾아와서 빌고 있었다.

"아니, 그렇게 쉬운 퀘스트도 못 깨서 이 험한 판온을 어떻게 하려고? 난 레벨 낮을 때 사디크 음모도 깨고 사디크네 신수도 잡고 그랬다."

태현의 자랑에도 두 플레이어는 꾹 입을 닫고 참았다.

더럽고 치사해도 참아야 한다!

"뭐, 그렇게 자신이 없다면 다른 퀘스트로 바꿔주지. 어차피 프리카 대륙에 끝까지 안 가면 의미가 없으니까."

"무, 무슨 퀘스트인데?"

"내 영지 수비 퀘스트. 자. 기분이다. 열심히 지키라고 보상 10골드로 올려줄게. 무려 10배나 올랐다고. 좋지?"

태현은 놓치지 않고 영지의 노예, 아니, 전력을 더 올렸다. 이제 정말로 프리카 대륙으로 떠날 시간!

"승자, 최진혁 팀!"

"우와아아아아아!"

최진혁과 친구들은 정수혁을 끌어안고 기쁨의 환호성을 내질렀다.

절망적인 상황에서의 역전승! 이런 일발 역전을 노리고 정수혁을 데리고 오기는 했지만, 정말 해낼 줄은 몰랐다.

"해냈다, 해냈어! 수혁이가 해냈어!"

"이, 이런 말도 안 되는……."

상대 팀은 아직도 멍한 얼굴로 주저앉아 있었다. 99% 승리를 확신한 상황이었는데, 갑자기 저 정수혁이라는 플레이어가 미친 듯이 마법을 난사하기 시작한 것이다.

그러자 뒤바뀐 상황!

"지금 레벨 100으로 고정됐는데 어떻게 저런 마법들을 계속 쓸 수 있지?"

"MP가 다 고갈됐을 텐데?"

"무슨 사기라도 친 거 아냐?"

항의에도 운영진 측 사람들은 냉정하게 대답했다.

"시작할 때, 끝날 때, 전부 다 아이템을 확인합니다. 다른 장비나 아이템을 갖고 들어갔다면 분명 발각됐을 겁니다. 부정은 없었습니다."

"제기랄!"

"이게 말이 되냐!"

정수혁은 살짝 미안한 마음으로 상대 팀 플레이어들을 쳐다보았다. 다 이긴 상황에서 운빨 스킬로 역전을 당했으니, 억울한 마음도 이해가 갔다.

'응?'

〈아키서스의 이름을 프리카 대륙에 알려라-프리카 대륙 투기장 퀘스트〉

프리카 대륙은 강자가 존중받는 땅이다. 당신은 프리카 대륙의 투기장에서 승리함으로써 아키서스의 이름을 알리는데 한 발짝 기여했다.

그러나 아직 부족하다. 계속해서 승리함으로써 아키서스의 이름을 널리 알려라!

-투기장에서 승리할수록 보상이 커집니다.

보상: ?, ??, 프리카 대륙에서 아키서스 교단의 세력 성장.

"이게 누구야? 어?"

"……?"

퀘스트창을 보고 있던 정수혁을 뒤에서 누군가가 불렀다. 정수혁은 고개를 돌렸다.

"누구세요?"

"누구냐니. 우리가 누군지도 몰라?"

눈앞에 나타난 플레이어들은 성기사 같아 보였다. 모두 다 같은 세트 아이템을 입고 있었던 것이다.

"성기사 이즈 킹 길드. 이래도 모르겠냐?"

"아아! 성기사이즈킹 길드!!"

"띄어쓰기해라! 죽기 싫으면!"

예민하게 반응하는 〈성기사 이즈 킹〉 길마였다.

"너, 김태현하고 같이 다니던 놈이었지? 김태현 그놈하고 따로 다니는 모양이군."

"김태현 선배님은 초대팀으로 들어가시는데……."

"흥! 초대팀은 무슨. 인기빨이지."

성기사 길마는 태현한테 쌓인 게 많았다. 태현한테 쌓인 게 많은 사람을 한두 번 본 것도 아니었기에, 정수혁은 별로 놀라지도 않았다.

"어쨌든 잘 됐군. 그놈 따까리를 밟아 놓으면 분이 좀 풀리겠지."

"……?"

"뭐야, 아직도 모르고 있었나? 너희 다음 상대가 누군지 보라고."

그제야 정수혁은 이 성기사들이 왜 여기 와서 시비를 거는지 알 수 있었다. 예선 다음 상대가 바로 이 팀!

"어떻게 운이 좋아서 여기까지 온 것 같지만, 그냥 항복하는 게 좋을 거다. 나는 너를 아주 갖고 놀 생각이거든. 전 세계로 나가는 방송에서 그런 꼴 당하고 싶지는 않겠지?"

물론 이런 예선 방송이 그렇게까지 관심을 받지는 않았다. 전 세계로 나가기만 하지, 예선은 볼 사람들만 보는 것!

그러나 성기사 길마는 의욕이 아주 철철 흘러넘쳤다. 태현에게 맞은 뺨을 정수혁에게 풀겠다는 의지!

그러던 도중, 최진혁이 정수혁에게 다가갔다.

"수혁아, 이 사람들 누구야?"

"어? 어. 성기사이즈킹 길드……."

"뭐, 뭐? 그런 길드 이름이 허가가 돼?"

최진혁은 깜짝 놀라서 외쳤다. 그 모습에 성기사 길마는 이를 갈며 외쳤다.

"성기사! 이즈! 킹! 개××들아!"

"아, 전 또…… 하하하. 이상한 뜻인 줄 알았잖아요. 그런데 어디서 들어본 것 같은데?"

"그, 저번에 말한, 김태현 선배님한테 깨진 길드 있잖아."

정수혁은 나름 그들을 배려해서 작게 말해줬지만, 충분히 귓가에 들어갈 만한 목소리였다. 오히려 더 굴욕적!

"아아아! 그 사람들!"

그러거나 말거나, 최진혁은 눈치 없게 감탄하고 있었다. 마침 그 싸움이 일어났던 곳도 투기장 도시 아니었던가!

"거기도 투기장이었지! 김태현 선배님 정말 멋있었는데!"

부들부들 떨리는 성기사 길마의 손!

"가자!"

"어, 어? 저기, 저 자기소개도 안 했는데…… 저기요?"

최진혁은 길마의 등을 향해 불렀지만, 이미 단단히 화가 난 길마는 듣지도 않고 떠나 버렸다.

"왜 저러시는 거야?"

"선배님한테 당한 거 때문에 나한테 원한이 있나 봐."

"아. 그런 거야? 와. 쪼잔하게. 괜찮아. 예선 참가 팀 많으니까 다른 놈들한테 떨어져 나가겠지."

"……우리 다음 상대인데."

순식간에 질리는 최진혁의 얼굴!

"성기사 길드라고 하지 않았어?"

"응…….."

"안 돼! 성기사는 안 돼!"

최진혁이 싫어하는 이유가 있었다. 예로부터 성기사는 PVP 기피 직업 중 하나! 튼튼한 방어력, 높은 HP, 다양한 버프기와 회복기. 오죽하면 바퀴벌레란 별명이 붙었겠는가.

다섯 명이 싸우는 프리카 투기장에서 전원이 다 성기사라면, 숨이 턱턱 막힐 수밖에 없었다.

"와…… 어쩌냐……."

"선배님한테 물어보면 안 돼?"

"뭘 물어보라고?"

"성기사를 상대하는 방법을 아실 수도 있잖아."

"그래. 수혁아. 물어봐 주면 안 돼?"

"아니, 내가 옆에서 봤는데 그건 별로 참고 안 될 거 같은데……."

정수혁은 태현의 싸움 방식을 떠올려보았다.

맞기 전에 피한다! 죽기 전에 죽인다!

정수혁은 거의 '발컨' 수준의 컨트롤 실력을 갖고 있었기에, 태현에게 몇 번 물어본 적이 있었다.

─저런 식의 광역기가 들어오면 어떻게 피하나요? 이런 식으로 전사가 돌진해서 들어오면 어떻게 대응해야 하나요?

돌아오는 대답은 어이가 없는 대답뿐.

─광역기가 써지기 전에 눈치채고 그 범위에서 벗어나. 들어오

기 직전까지 버티다가 옆으로 몸 빼고 뒤에 카운터 날려.

-그, 그걸 어떻게 하냐니까요.

-잘?

아무리 들어도 참고가 안 되는 조언! 그 대답을 들었을 때, 정수혁은 태현이 천재라는 걸 다시 한번 직감했다.

'그리고 천재의 조언은 별로 도움이 안 된다고!'

정수혁은 친구들의 기대가 산산조각이 날까 봐 두려웠다.

"그래도 한 번만!"

"맞아! 물어봐서 손해 볼 건 없잖아!"

궁지에 몰린 친구들은 썩은 밧줄이라도 잡으려고 하고 있었다. 결국 정수혁은 포기하고 태현에게 귓속말을 보냈다.

-선배님. 선배님.

-이것들이 배가 불러 가지고…… 10골드가 땅 파면 나오는 돈이냐? 사디크 교단도 치기 싫다, 제카스도 치기 싫다, 이래서 기껏 내가 새 퀘스트 내줬는데 '감사합니다' 하고 넙죽 받지는 못하고, 어?

-……선배님?

-아. 수혁이냐? 미안. 다른 놈들이랑 이야기하고 있어서.

뭔가 무시무시한 대화가 오간 느낌!

정수혁은 침착하게 있었던 일들을 설명했다.

-어? 성기사들?

-누군지 기억나세요?

-아니, 하도 상대한 놈들이 많아서…….

-……성기사 이즈 킹이란 길드인데요.

-아아! 그 음란한 길드명 달고 다니던 놈들!

원래 사람 잘 기억 안 하고 다니던 태현이 기억하다니, 어찌 보면 대단한 일이었다. 사자들이 듣는다면 화를 내겠지만…….

-저희 다음 상대가 그 사람들이거든요.

-너희 아직도 탈락 안 했어??

진심으로 놀란 것 같은 태현의 목소리!

정수혁은 살짝 울컥했다.

-저, 저희도 지금 나름 선전하고 있거든요?

-아니, 너 말고 다른 친구들이 그렇게 잘하는 친구들이 아니었잖아. 그래서 금방 탈락할 줄 알았지.

-어? 제 친구들 하는 거 보셨어요?

-아니. 판온 1때부터 했고, 잘하는 친구들이었으면 보통 내가 쓰러뜨린 적이 있는 친구들이거든.

간단하고 명쾌한 태현의 논리! 판온 1부터 했고, 실력이 있는 랭커 출신 플레이어였다면 태현이 한 번쯤은 밟고 넘어간 적이 있다! 그리고 그런 플레이어들은 태현의 이름만 들어도 발작하듯이 태현을 싫어했다.

정수혁의 친구들은 태현의 이름을 듣고 태현을 만나고 싶어 할 정도로 좋아했으니, 그런 출신이 아닌 게 분명했다.

-뭐, 그런 출신이 아니더라도 잘할 수는 있지만 그러기는 힘들지 않을까 싶었지. 게다가 너도 실력이 좋은 편은 아니잖아. 아직도 손 떨리지 않나?

-그래도 많이 고쳐진 편입니다. 복잡한 거 안 하고 하나만 하려고 해서 그런지…….

-성기사…… 다섯 명이 다 성기사면 좀 힘들 텐데. 프리카 투기장은 어떤 방식이냐?

-네? 설마 아직까지 투기장 방식도 안 보셨어요?

-투기장의 '투'자도 듣기 싫어서 피하고 있었지. 어차피 시작하면 알게 될 텐데.

정수혁의 입이 떡 벌어졌다. 그 수많은 관중 앞에서 본선 게임을 치르게 될 사람이 방식도 모르고 있다니!

프리카 투기장은 점령 방식의 투기장이었다. 거대한 맵 좌우에서 각 팀이 입장하면 맵의 위, 가운데, 아래 각각 한 개씩 진지가 있었다.

총 세 개의 진지. 이 진지를 하나씩 점령할 때마다 점령 팀에는 강력한 버프 효과가 들어갔다. 버프가 하나 이상 차이 날 경우, 아무리 실력이 뛰어나도 따라붙지 못할 정도기 때문에 각 팀은 진지를 점령하기 위해 치열하게 싸워야 했다.

맵이 보통보다 더 넓었기에, 머리싸움도 치열했다. 위, 가운 데, 아래 진지에 어떻게 사람을 나눠서 보낼 것인가! 참가 직업 들도 다양했기에 온갖 기상천외한 전략들이 다 나오고 있었 다. 5명 올인 메타 같은 건 흔하게 볼 수 있을 정도로.

설명을 들은 태현은 고개를 끄덕였다.

-아, 그런 식의 투기장이었군. 그러면 방법은 하나네.

-??

-잘 들어봐. 게임 시작하기 전에, 그 성기사이즈킹 놈한테 가서 이렇 게 말해. 정정당당하게 한 번 붙자고.

-네……?

-같잖은 수작 부리지 말고, 정정당당하게 가운데 진지에서 5:5로 한 판 승부 벌여보자고 해. 그놈이면 분명 받아들일 거야. 만약 머리가 좀 돌아가는 놈이면 당연히 위나 아래로 인원을 좀 빼겠지만, 그놈은 그럴 놈이 아니거든. 너희 상대로 그런 짓 하면 체면 깎일까 봐 못 할 거야.

-일, 일단 그렇다고 치고. 그다음에는요?

-그러면 가운데 진지에서 5명끼리 만나겠지. 그다음에는 아키서스 의 혀를 써.

아키서스의 혀. 외친 스킬명과 다른 스킬을 사용할 수 있는 스킬. 정말 특이한, 아키서스 교단다운 스킬이었다.

-그걸 쓰라고요?
-그래. 그걸로 유명하고 빠른 저주 몇 개 이름 외워 가지고 외쳐. 그러면 성기사 놈들은 보통 방어에 들어갈 거야.

성기사 같은 직업이 마법사를 상대할 때의 전략은 기본적으로 거리를 좁히는 것이었다. 마법사가 먼저 마법을 쓰고, 성기사는 버프와 방어로 그걸 견디면서 거리를 좁힌다.
거리가 좁혀지는 순간 거의 성기사의 승리나 마찬가지!
강한 마법이면 성기사들이 먼저 달려 나와서 마법을 차단하려고 할지도 모르지만, 약하고 빠른 저주 같은 건 그냥 방어 스킬로 막고 움직일 가능성이 컸다.

-그러면 그다음은요?
-그다음에는 네 패시브 스킬 믿고 폭딜 퍼부어야지. MP 아끼지 말고 가능한 마법 모두 퍼부어라. 최대한 MP 적게 쓰고 빠르게 쓸 수 있는 마법 위주로 퍼부어. 그래야 랜덤 효과 많이 나오지.

한마디로 태현의 전략은, 상대 플레이어들을 잘 꼬셔서 한곳에 몰아넣은 다음 아키서스의 마법 효과에 올인하라는 것!

-만, 만약 실패하면요?

-실패하면 지는 거지 뭐. 야, 양심이 있어봐라. 너희보다 잘하는 상대로 100% 이길 수 있는 전략을 원하냐? 보통 너희보다 잘하는 상대를 만나면 지는 거야.

반박할 수 없는 맞는 말!

-내가 잘못 봤거나, 놈들이 머리 좀 굴리면 실패할 가능성이 크기는 한데, 한 번 정도는 통할 것 같아. 어차피 다른 전략은 떠오르지도 않으니까 한번 이걸로 해봐. 싫으면 말던가.
-……해보겠습니다!

정수혁은 즉답했다. 태현의 말을 들으니까 알 수 있었다. 다른 방법보다 그나마 승산이 있는 게 이 방법이라는 것을!

-선배님. 퀘스트를 위해서라도 최선을 다해보겠습니다.
-그래. 열심히 해라…… 어? 퀘스트? 뭔 퀘스트?
-아키서스 교단 퀘스트입니다. 프리카 투기장에서 연승할 때마다 교단 보상이 들어오는 퀘스트요.
-그걸 먼저 말했어야지! 수혁아!

듣자마자 달라지는 태현의 태도!

-그런 이판사판 전략 말고 더 좋은 전략이 있을 거야!

-선, 선배님이 방금 이것밖에 없다고…….

-그거야 고민하는 데 5초밖에 안 썼으니까 그렇지. 더 고민하면 더 좋은 방법이 나올 거야. 음, 으음…… 내가 지금 거기로 가서 성기사 놈들을 전부 PK해 버리면 페널티 때문에 참가 못 할 거야.

-좀 있으면 시작인데요.

-젠장! 수혁아! 포기하지 마라! 최선을 다해!

이렇게 태현이 열렬하게 응원해 준 건 처음인 것 같았다.
정수혁은 고마움과 떨떠름함을 동시에 느꼈다.

-파이팅이다! 수혁!

-아, 네……. 선배님…….

귓속말을 끊자, 친구들이 초롱초롱한 눈빛으로 기다리고 있었다.

"뭐라서?"

"음…… 방법을 조언받기는 했어."

"진짜?"

"아니, 이 자식은 왜 미리미리 말을 안 해가지고!"

"미리 말했어도 방법이 없지 않나요?"

"왜 없어! 내가 몰래 참가하면 되지."

"……."

이다비는 태현을 빤히 쳐다보았다. 케인은 쳐다보는 것에서 멈추지 않았다.

"뭔 소리를 하는 거야! 그러다가 들키면 어쩌려고!"

"들키면 들키는 거지. 왜 그래?"

"본선 참가권 날아가면 어쩌려고!"

"날아가면 좋…… 그보다 날아가는 거 규정에 없던데."

"뭐?"

"규정 보니까 초대팀에 초청받은 선수가 예선에 따로 참가할 경우 어떻게 되는지는 딱히 안 나와 있더라."

"그건 그럴 사람이 없으니까 안 넣은 거 아닌가요?"

"그래! 저게 맞는 말이지!"

"아. 시끄러. 안 들키면 그만이야. 수혁이 이 자식은 왜 미리 말 안 해가지고. 내가 얼마든 도와줄 수 있었는데."

태현이 투덜대는 걸 본 유 회장은 이다비에게 물었다.

"저런 모습은 처음 보네. 그렇게 아끼는 후배인가?"

"아뇨, 그냥 태현 님 관련 퀘스트도 걸려 있어서 저런 거 같은데요."

"어허. 어디서 사람의 선의를."

태현은 이다비의 입을 막고 유 회장의 위아래를 훑어보았다. 겉모습만 보면 '아, 이 사람 레벨 좀 높겠구나!' 싶은 겉모습이었다. 절망과 슬픔의 골짜기에서 에스파 왕국 항구까지 움직이는 사이에 이미 현질을 다 마친 유 회장!

"어르신 잘 어울리십니다?"

"크흠, 크흐흠."

태현의 시선을 느낀 유 회장은 민망한 듯 고개를 돌렸다.

솔직히 현질은 매우 만족스러웠지만, 그걸 입으로 말하기는 부끄러웠던 것이다.

'이 옷도 참 좋군. 매끈매끈한 게…….'

〈왕국 낚시꾼의 조끼〉를 매만지며, 유 회장은 흐뭇한 미소를 지었다.

"지금 웃으신 거 같은데?"

"누, 누가? 나는 낚시 하러 갈 테니 방해하지 말게."

"그럼 저도 옆에서 뭐 하나 낚아보죠."

"흥, 낚시가 그렇게 쉬워 보이나?"

유 회장은 자부심 섞인 표정으로 태현을 쳐다보았다. 게임이면 모를까, 낚시에서는 그가 태현보다 위다!

"아. 낚였다."

무슨 넣자마자 건져 올리는 태현을 본 유 회장의 눈이 휘둥그레졌다.

'대, 대체 어떻게……?'

어떻게 한 거냐고 묻고 싶었지만, 차마 체면 때문에 떨어지지 않는 입!

콰콰콰콰쾅!

그 순간, 멀리서 거대한 폭음이 들렸다.

-해적! 해적이다!

시끄럽게 고함을 지르는 선원 NPC들! 그러나 다른 플레이어들은 별로 놀라지 않았다.

"뭐야, 해적이야?"

"잘됐네. 가는 길에 경험치나 먹자."

"난 선실에서 쉴래. 그거 잡는다고 얼마 주지도 않는데."

"야, 이런 걸 다 모아야 레벨 업을 하는 거야. 게다가 해적들 전리품은 좋은 거 나올 때가 있다고."

"그거 될 놈만 되는 거야. 우리는 안 돼."

에스파 왕국의 항구에서, 프리카 대륙까지 가는 항로에는 그다지 강한 해적들이 없었다. 즉, 지금 나타난 해적들은 가끔 나타나 주는 약한 해적들에 불과했다. 경험치와 전리품을 공짜로 챙겨주는 고마운 돌발 이벤트!

"해, 해적이라고?"

"별거 아닌 놈들이겠죠. 여기 강한 해적들이 나왔으면 그렇게 많은 플레이어가 프리카 대륙 갈 수도 없었을 거고."

"내가 해적에 좀 안 좋은 추억이 있어서 말이야. 예전에 계약한 배가 소말리아 해적 놈들한테 납치당한 적이 있지."

태현은 어이가 없다는 듯이 유 회장을 쳐다보았다.

"어르신, 여기는 게임이거든요?"

"해적 놈들을 얕보지 말라니까! 도망칠 방법을 찾아보게."

"아니, 도망칠 필요가 없다니까요. 겁먹을 이유가 없어요. 여기 배 위에 있는 플레이어들은 대부분 고렙이라고요."

프리카 대륙으로 가는 플레이어들은 보통 어느 정도 실력이 있는 플레이어들이었다. 투기장에 참가하거나, 아니면 프리카 대륙의 퀘스트를 노리거나. 둘 다 고렙이 아니면 하기 힘든 일들이었다.

물론 유 회장처럼 저렙 플레이어들도 있기는 했다. 이번에 열릴 투기장 대회를 직접 구경하려는 목적으로 오는!

그러나 그걸 제외하더라도 이 배의 전력은 충분히 강했다. 어설픈 해적 정도는 그대로 갈아버릴 수 있을 정도로.

"그래? 그게 정말인가?"

"네. 네. 보시면 알겠지만 경험치나 골드 좀 벌어보려는 플레이어들이 알아서 싸울 겁니다."

케인이 물었다.

"우리는 어떻게 할까?"

"그냥 가만히 있자. 괜히 눈에 뜨이기 싫으니까."

영지에서의 습격 이후로 태현은 조금 더 조심스러워졌다.

'일단 판온에서 만나는 사람은 적이라고 생각하고 보자!'

처음 보는 사람이 태현에게 '판온 1의 원한을 갚겠다!'라고 덤벼들어도 태현은 놀라지 않을 것 같았다.

-해적이다! 모험가분 중 같이 싸워주실 분들 있으십니까!

"나 싸운다!"

"나도."

플레이어 중 돌발 퀘스트를 깨려는 사람들이 손을 들기 시작했다. 태현과 케인, 이다비는 그걸 보며 조용히 선실로 들어가려고 했다.

스르륵-

"배가…… 늘어났다?"

저 멀리 나타난 해적선의 숫자가 늘어나기 시작했다.

한 척이었던 해적선이 두 척이 되고, 네 척이 되더니…….

이윽고 나타나는 대규모 해적 함대!

그걸 본 모두의 얼굴이 창백하게 변했다.

"이게 뭐야?!"

"아, 아니. 말이 안 되는데. 진짜 말도 안 돼! 왜 여기에 저런 해적들이 나타나지?"

"저 깃발, 갈르두의 깃발이다!"

플레이어 중 에스파 왕국의 바다에서 오래 돌아다닌 플레이어가 해적 깃발을 알아보았다.

대해적 갈르두의 깃발! 그 말을 들은 태현이 움찔했다.

갈르두라면 분명……. 태현이 <해적왕의 저주받은 보물 지도>를 가져다 바치겠다고 해놓고서 튀어버린 상대!

당연히 태현을 향해 이를 갈고 있을 것이다. 두 번이나 사기를 당했으니까.

태현은 냉정하게 판단을 내렸다.

'망했군.'

하도 요즘 다양하게 일들이 터지다 보니 갈르두를 잊고 있었다. 에스파 왕국 앞바다에서, 별생각 없이 배를 타다니. 이건 그냥 죽여 달라고 하는 것이나 마찬가지!

'가짜 지도를 만들기는 했는데…… 이게 지금 통할까?'

태현은 머리를 굴렸다. 저번에 언젠가 써먹기 위해서 가짜 지도를 여러 장 만들긴 했었다. 그러나 이런 상황에서 쓰려고 만든 건 아니었다. 어디까지나 조금 더 안전하게, 조금 더 통할 것 같은 상황에서 만들려고 쓴 것!

지금 갈르두한테 잡힌 다음에 지도를 내밀어봤자 통하지 않을 가능성이 높았다.

'화술 스킬이 고급이기는 한데…… 통할까? 아니, 아무래도 그건 너무 도박 같다.'

태현은 일단 도망치기로 마음먹었다. 사기를 치기 위해서는 태현이 상황을 주도해야 했다. 지금 같은 상황에서는 오히려 역효과였다. 지금은 일단 도망!

-싸워주실 모험가분들은 앞으로 나와주세요!

"미쳤냐?! 저걸 어떻게 싸워!"

"싸울 생각 하지 말고 밟아! 밟으라고!"

"재수가 없어도 어떻게 이렇게 없냐? 갈르두를 왜 여기서 만나는 거지?"

플레이어들은 선원들에게 속력을 내라고 화를 냈다.

그들은 전혀 모르고 있었다. 태현 때문이라는 것을!

"그래도 지금 거리가 좀 있어! 멀어지면 안 쫓아올 수도!"

"맞, 맞아! 갈르두랑 원한을 진 것도 아닌데 계속 쫓아오겠어? 보통 거리 멀어지면 그냥 포기하고 갈 거야!"

행복회로를 돌리는 플레이어들!

그러나 진실을 알고 있는 태현은 거기에 낄 수가 없었다.

도주를 위한 두뇌 풀가동!

"용용이를 타고 도망치는 건 어떨까요?"

이다비가 속삭였다. 태현은 그 말을 듣고 하늘을 쳐다보았다. 예전이면 힘들었겠지만, 용용이는 마계를 다녀오고 나서 급성장한 상태였다. 여기서 프리카 대륙까지 태현 일행을 태우고 날아갈 수준은 되는 것!

그러나 태현은 쉽게 결정을 내리지 못했다.

'갈르두 정도 되는 보스 몬스터면 날아서 튀기도 힘들 것 같은데……'

괜히 혼자 날아올랐다가 집중 공격만 받을 것 같은 느낌이 물씬 들었다. 지금 이 배에 있는 장점 중 하나가, 다른 플레이어들이 잔뜩 있다는 것!

인간 방패…… 아니, 도움을 줄 수 있는 플레이어들을 버리고 날아오르는 건 위험할 수 있었다.

-신의 예지!

이럴 때 쓰는 사기 스킬이 바로 신의 예지!

그리고 태현은 고개를 푹 숙였다. 슬프게도 스킬이 말해주고 있었다. 하늘로 날아오르면 죽는다!

"아오……."

"무리예요?"

"무리일 거 같은데."

남은 건 이 배가 갈르두를 잘 따돌리기를 바랄 수밖에 없었다. 상황을 모르는 유 회장은 어리둥절해서 물었다.

"별거 아닌 놈들이라며?"

"하하, 원래 인생이 그런 거 아니겠습니까. '저런 해적한테 설마 당하겠어?' 하다가 당하는 거고. '설마 과징금 물겠어?' 하다가 무는 거고."

"과징금은 내 잘못 아니라고 했잖으냐! 이놈이 정말!"

아주 시도 때도 없이 기회만 나오면 과징금을 꺼내는 태현! 유 회장은 주먹을 부들부들 떨면서 태현을 쳐다보았다.

"그런데 뭔가 이상하군. 다른 사람들하고 너희들의 반응이 좀……."

유 회장은 역시 보는 눈이 있었다. 게임은 잘 몰라도, 다른 플레이어들이 보여주는 반응과 태현이 보여주는 반응이 좀 다르다는 걸 알아차린 것이다.

"혹시 너희 때문에 저 놈들이 쫓아오는 건 아니겠지?"

날카롭고 예리한 추측!

"하하하하, 설마요. 그럴 리가 있겠습니까."

"……그런가?"

유 회장은 고개를 갸웃거리더니 다시 시선을 돌렸다. 멀리서 속력을 내며 해적선들이 다가오고 있었다.

그걸 본 태현은 이다비에게 속삭였다.

"이야, 저 어르신 날카로운 거 봐라. 케인하고는 다르네. 2케인은 되겠다."

"3케인 정도는 되지 않을까요?"

"너희들…… 사람이 옆에 있는데 사람을 지능 단위로 쓰지 마……!"

케인이 울컥해서 따지는 동안, 해적 함대는 점점 속력을 올리고 있었다.

-이, 이런…… 해적선들이 쫓아온다!

-바람을 타! 바람을 타라고!

-해적 마법사들이 마법을 쓰고 있습니다! 너무 빨라요!

절망 섞인 선원들의 목소리. 간단히 들어도 지금 상황이 어떤지 알 수 있었다. 따라잡힐지도 모른다!

그러자 플레이어들의 반응도 달라지기 시작했다.

"야, 잡힐 거 같은데?"

"차라리 싸우는 것보다 협상하는 게 나을 거 같은데"

판온에서 문제를 꼭 전투로만 해결해야 하는 건 아니었다. 호랑이에게 물려 가도 정신만 차리면 산다고, 아무리 강한 보스 몬스터하고 마주치더라도 꼭 죽으리라는 법만 있는 건 아니었다. 여기 있는 플레이어들은 딱히 갈르두와 원한이 없었다. 굽신거리면서 원하는 걸 바치고 풀려나는 것도 방법!

그러나 태현은 아니었다. 갈르두와 협상으로 들어가면 무조건, 100% 망한다! 여기 플레이어들을 어떻게든 끌어들여야 했다.

태현은 재빨리 도약해서 돛대 위로 올라갔다. 그리고 〈매우 불안정한 원시 드워프의 머스킷〉을 꺼냈다. 거기에 〈행운 부여〉까지 사용!

철컥!

'누가 너를 싫어한다면, 너를 더 확실하게 싫어하도록 만들어 줘라!'

혼란스러운 상황이었다. 밑에 있는 이들은 태현이 위에 올라가서 미친 짓을 하고 있는 것을 전혀 모르고 있었다.

타아앙!

갑자기 위에서 들리는 소리에 모두 깜짝 놀라서 고개를 들었다.

"야!! 뭐 하냐!!"

"먼저 공격을 하면 어떡해!"

그러나 태현은 당당하고 뻔뻔하게 말했다.

"해적 놈들이 오는데 싸워야지!"

어떻게든 너희들을 방패로 써먹고 말겠다는 굳은 의지!

"싸우긴 뭘 싸워!"

"저거랑 싸워서 이길 수 있을 거 같냐!"

"빌어도 모자랄 상황에 선공을 날리면 어쩌자는 거야?!"

"야, 야. 괜찮아! 어차피 멀어서 안 맞을……."

맞는 말이었다. 태현은 사격 스킬도 낮고, 갖고 있는 무기도 저번 던전에서 급조한 무기였으니까.

그러나 태현에게는 다른 무기가 있었다. 바로 무지막지한 행운 스탯!

쉬이이이익- 팍!

날아가던 탄환이 그대로 해적선의 깃발을 뚫고 갈르두의 얼굴을 향해 날아갔다.

챙!

물론 갈르두에게는 흠집도 내지 못했지만, 도발로는 넘치고도 충분했다.

[<행운 부여> 스킬로 장비에 무작위 버프가 부여됩니다. <매우 불안정한 원시 드워프의 머스킷>에 <이중사격> 스킬이 부여됩니다. 원거리에서 맞출 수 없는 표적을 맞히는 데 성공합니다. 사격 스킬이 크게 오릅니다.]

그리고 자리에 있던 전원에게 메시지창이 떴다.

[대해적 갈르두의 해적 깃발을 공격했습니다. 갈르두가 매우 분노합니다. 갈르두가 총공격 명령을 내립니다!]

-모두 바다 밑으로 묻어버려라!

그걸 본 모두가 한마음으로 외쳤다.

"야!!"

"하하. 싸우자! 해적들한테 항복할 수는 없지! 모두 다 같이 싸우자고!"

"저런 미친놈! 너 뭐 하는 놈이야? 너 해적 스파이지!"

"저놈부터 잡아!"

그러나 태현은 이미 잽싸게 내려온 다음 은신 스킬로 숨어든 상태였다. 정말 귀신 같은 물귀신 작전!

유 회장은 그 모습을 보며 속으로 감탄했다.

'다른 사람을 괴롭히는 데에는 정말 재주가 하늘에 달한 놈이구나!'

"이렇게 된 이상 나라도 튄다!"

"작은 배 어디 있어?"

"거북이 펫 타고 도망치실 분 구합니다! 골드 선 제시!"

풍덩! 풍덩!

순식간에 갑판은 혼란의 도가니가 되었다. 어떻게 해야 할지 혼란스러워하는 사람부터 시작해서, 도망치려고 바다에 빠지는 사람들까지. 태현이 바라는 게 바로 이 분위기였다.

'좋아. 이렇게 가면 나는 튈 수 있겠지!'

이렇게 흩어지는 플레이어들을 방패로 써서 혼자 빠져나가겠다는 속셈!

쾅! 쾅쾅!

갈르두가 이끄는 해적 함대에서 마법 대포가 굉음을 내며 불을 내뿜었다. 바다에 빠져서 헤엄을 치는 플레이어들은 기겁하며 발버둥 쳤다.

"어쩔 수 없군."

"……? 저, 저 사람은…… 크로포드다!"

"크로포드! 크로포드!"

상황을 엿보고 있던 태현은 갑자기 들리는 환호성에 고개를 갸웃거렸다.

"걔가 누군데?"

"크로포드요? 마법사 랭커잖아요."

"그래? 어디서 들어본 거 같기는 한데……."

케인은 태현을 한심하다는 듯이 쳐다보았다.

"사디크 마수 토벌 퀘스트 때 있었던 랭커잖아."

"아. 그랬었나? 모를 수도 있지. 인마. 내가 랭커들 방송 다 챙겨봐야 해? 어?"

"맞아요. 모를 수도 있지!"

태현과 이다비의 협공에 케인은 떨떠름하게 대답했다.

"……너희 둘 뭔가 더 친해진 거 아니냐?"

"그래요?"

"짜증이 두 배로 늘어난 거 같다."

"에이, 아직 3케인 정도밖에 안 되는데요."

"4케인 정도는 되지 않을까?"

이제는 짜증에도 쓰이는 단위! 케인은 반박을 포기하고 입을 다물었다. 말하면 저 둘에게 말려 들어간다!

그러는 사이 크로포드는 무언가 주섬주섬 아이템을 꺼내고 있었다.

"앗!"

"저, 저건……!"

"스크롤이다!"

크로포드가 뭔가 하나 할 때마다 반응을 보여주는 플레이어들. 그걸 본 태현은 중얼거렸다.

"저거 크로포드가 고용한 거 아니지?"

"네 팬들도 네가 말할 때 비슷한 반응이거든?"

"시끄러워. 팬 없는 놈."

"나, 나도 팬 있어!"

"그보다 저거 무슨 스크롤이지?"

크로포드는 아깝다는 듯이 스크롤을 쳐다보았다. 원래 이 스크롤은 이럴 때 쓰려고 챙겨둔 게 아니었다.

단체 순간이동 스크롤!

판온에서 순간이동, 공간이동 관련 마법은 비싸고 희귀한 마법이었다. 거기에 단체가 붙고, 스크롤이 붙으면 가격은 몇 배로 뛰게 마련! 부르는 게 값이나 마찬가지였다.

크로포드는 고개를 저었다.

'여기 배에 타고 있는 플레이어들이 너무 많아. 역시 이럴 때 써줘야지.'

착한 일도 하고, 인기도 얻고. 크로포드는 배에 타고 있는 플레이어들을 위해 스크롤을 쓸 생각을 했다.

"모두들 걱정 마라! 이 스크롤로 단체 순간이동을 할 테니까. 바로 프리카 대륙 항구로 순간이동한다!"

"오오! 크로포드! 오오!"

"크로포드 만세!"

크로포드의 말을 들은 태현은 낮은 목소리로 말했다.

"세상에 저런 착한 사람도 있나?"

"저러는 플레이어들이 얼마나 많은데요. 아마 인기 때문에 그런 걸걸요."

"뭐? 인기 때문에 저런 스크롤을 그냥 쓴다고? 대체 왜?"

"인기가 곧 돈이잖아요."

"돈이 필요하면 그냥 다른 플레이어들을 잡아서 돈을 얻는 게 낫지 않나?"

"그러다 보면 지금 태현 님처럼 원수가 수십 명 넘게 쌓이는 거죠."

"너 은근히 웃으면서 나 찌른다?"

이다비의 날카로운 지적에 태현은 반박할 수가 없었다.

쾅! 콰앙!

-저 배를 가라앉혀라! 바다에 빠진 놈들을 전부 잡아내서 내 앞에 무릎 꿇려라!

"지금 사용해야 할 것 같군! 바로 사용하겠다!"

점점 거리가 좁혀지고, 묵직한 마법이 배 주변에 팍팍 꽂히자, 크로포드는 재빨리 스크롤을 붙잡았다.

그걸 본 유 회장이 물었다.

"그런데 궁금한 게 있는데."

"지금 상황에서도 궁금한 게 있으십니까?"

"아니, 그런 게 아니라…… 아까 하늘로 날아가는 방법도 무리라고 했지? 그러면 마법으로 도망치는 것도 위험하지 않나? 막혔을 거 같은데."

"그렇긴 하죠."

순순히 인정하는 태현의 모습에 유 회장은 당황했다.

"안 말리나?"

"뭐 제 스크롤 아니잖습니까. 성공하면 좋고, 실패해도 제 스크롤 아닌데."

저기서 다른 플레이어들을 위해 스크롤을 꺼내는 크로포드와 너무 반대되는 모습!

'이놈이 대체 왜 인기가 있는 거지?'

유 회장은 진지하게 고민했다. 아무리 생각해도 인기가 없을 것 같은데 인기가 있단다.

대체 왜??

'요즘 유행이 바뀐 건가? 세상 어디에도 없는 착한 남자가 아니라 세상 어디에도 없는 못된 남자가 유행인가?'

파지직!

그러는 사이, 크로포드가 스크롤을 찢었다. 태현은 기대되는 눈빛으로 크로포드를 지켜보았다.

믿는다! 크로포드!

만난 지 얼마 되지도 않았지만 너를 믿는다!

태현도 알고 있었다. 갈르두가 해적 마법사 군단을 데리고 다니는 것을.

에스파 왕국 바다의 보스 몬스터, 대해적 갈르두에 관한 정보는 많이 퍼지지 않았지만 태현은 직접 만나봤던 것이다. 그렇기에 순간이동 마법도 재수 없으면 막힐 수 있다고 생각했다. 그러나 크로포드도 랭커 마법사 플레이어. 운이 좋으면 방해를 뚫고 성공시킬 수도 있었다.

태현 생각에 확률은 반반!

그럼에도 불구하고 크로포드에게 직접 말하거나 조언을 하지 않는 이유는…….

'내 스크롤 아니니까!'

[중급 단체 순간이동 스크롤을 사용합니다. 주변에 순간이동 방해 마법이 깔려 있습니다. 마법이 충돌합니다. 순간이동이 오작동을 일으킵니다.]

파지직, 파지지직!

크로포드는 깜짝 놀라서 허공을 쳐다봤다.

'맞다, 해적들도 마법사가 있었지!'

해적 이미지 때문에 놓치고 있었던 것!

[목적지와 다르게 랜덤으로 순간이동합니다.]

"모여!"

태현은 메시지창을 보자마자 빠르게 대응했다. 당황하고 있는 다른 플레이어들과는 차원이 다른 반응 속도!

실패할 수도 있다는 걸 알고 있었기 때문이었다.

"손잡고 있어! 재수 없으면 다른 데로 날아간다."

"어, 어디로 가는 거야?"

"그건 날아가 봐야 알겠지."

"설마 마계로 가는 건 아니겠…… 읍읍!"

"재수 없는 소리 하지 마."

태현은 이다비의 입을 다물게 하고 순간이동을 대비했다. 스크롤에서 나온 거대한 빛이 함선을 감싸고, 점점 밝아지더니 사라지기 시작했다. 그리고 희미하게, 멀리서 갈르두의 목소리가 들려왔다.

-저놈들이 도망을 치고 있다! 잡아라! 김ㅌ…….

"김ㅌ?"

유 회장은 순간 고개를 돌려 태현을 쳐다보았다. 그러나 태현은 표정 하나 변하지 않고 대답했다.

"잘못 들으신 것 같은데요?"

촤아악-

모래의 감촉을 느끼며, 태현은 해변가의 땅바닥 위에 멋지게 착지했다. 이다비도, 유 회장도, 나름 추하지 않게 착지하는 데 성공했다.

"푸푸풉!"

케인만 혼자 바닥에 엎어져서 해변가에 얼굴을 박았을 뿐!

"풉, 푸웁…… 여기 어디야?"

"프리카 대륙 같기는 한데……."

태현은 주변을 둘러보았다. 에스파 왕국 같지는 않았다.

'아마 프리카 대륙이겠지.'

태현은 스스로의 행운 스탯을 믿었다. 판온 1에서는 재수가 없었지만, 판온 2에서의 태현은 억세게 재수 좋은 남자! 당연히 이런 랜덤 순간이동도 최악의 경우는 안 나왔을 가능성이 컸다.

'그러면 여기가 어디냐가 중요한데…….'

태현도 그렇고, 다른 사람들도 별로 걱정하지는 않았다. 일단 갈르두를 피했으니까!

이 주변도 딱히 위험해 보이지는 않았다. 천천히 확인하고, 사디크 교단의 흔적을 찾아서 이동하면 될 일이었다.

"어? 저기 마을이다."

"잘됐네. 마을 가서 위치 확인하고 움직이자."

마을을 발견한 이상 일은 더 쉬워졌다. 지도를 구입하면 이 주변 지리도 자동으로 맵에 추가될 테니까!

가벼운 마음으로 산뜻하게 마을을 향해 걸어갔다.

활활-

마을 가운데에는 거대한 화염이 활활 타오르고 있었다.

"뭔 불이야?"

"추운 날씨가 아닌데?"

지금 주변은 따뜻한, 아니 오히려 더운 축에 속하는 날씨였다. 그런 곳인데 저런 불꽃이라니!

"마을에서 이벤트 하는 거 아닌가?"

"그런가 본데?"

"저기 마을 사람들 나온다. 무슨 이벤트 하나 물어보자."

슥슥-

-어서 옮기자!

-그래, ×××님을 위하여!

마을 사람들은 어깨에 거대한 나무 조각상을 짊어지고 나왔다. 그리고 중앙의 화염을 향해 걸어가기 시작했다.

"방금 누구를 위하여 라고 하지 않았나?"

"목소리가 작아서 잘 안 들리는데."

"저기 조각상 갖고 나오네요."

쿵-

묵직한 소리를 내며, 마을 사람들은 조각상을 땅 위에 올려놓았다.

"저 조각상 무슨 조각상이지? 이다비?"

"후, 또 제가 활약할 순간이네요!"

이다비는 재빨리 스킬을 사용했다. 상인 직업은 이런 아이템 확인에 커다란 장점을 갖고 있었다.

이다비가 스킬을 사용하는 동안, 태현도 조각상을 쳐다봤다. 그런데 어디서 많이 본 것 같은 얼굴이었다.

"야, 저거 뭔가……."

케인도 뭔가 이상하다는 걸 눈치챘는지 소곤거렸다.

"……네 얼굴 같지 않냐?"

"아, 아니. 착각이겠지."

아무리 봐도 저 조각상의 얼굴은 태현을 매우 많이 닮아 있었던 것!

"확인했어요! <조잡하게 만든 김태현 백작의 조각상>이라는데요?"

"너 맞잖아!"

태현은 어이가 없어서 입을 벌렸다. 저게 뭔?

"왜 여기 네 조각상이 있어?"

"뭐지?"

"혹시 아키서스 교단이 여기까지 퍼져서 그런 거 아닐까요? 사람들이 믿으려고 조각상을 깎은 거죠."

"아니…… 말이 안 되는데. 벌써 퍼졌을 리가 없잖아."

"했던 업적들이 있으니까…… 앗."

말하던 이다비는 입을 다물었다. 마을 사람들이 태현의 조각상을 들고 가더니, 마을 중앙의 화염에 집어 던진 것이다.

셋 다 동시에 입을 다물었다.

아무리 봐도 저건 태현을 모시는 태도가 아니었던 것. 마을 사람들은 태현의 조각상을 화염 안에 던지더니, 크게 울부짖기 시작했다.

-위대한 사디크 님이시여! 스스로가 화염이 되신 님이여!

-저 사악한 김태현 백작을 제물로 바치니 우리를 돌봐주십시오!

"아키서스 교단이 아니라⋯⋯."

"⋯⋯사디크 교단이잖아!!"

정확히 말하자면, 사디크 교단이 아닌 사디크 교단을 믿는 마을이었다.

뭐 별 차이는 없었지만!

태현은 갑자기 다시 골치가 아파 오는 것을 느꼈다.

'행운 스탯 기껏 올려놨더니 순간이동을 이딴 마을로 하나?'

하필 떠밀려서 온 곳이 프리카 대륙에서도 사디크 교단을 믿는 마을이라니.

태현이 고민하는 동안, 케인과 이다비는 옆에서 수군거리고 있었다.

"와, 사디크 교단이 진짜 많이 싫어하나 봐요. 다른 대륙에 있는 사디크 교도들이 태현 님 조각상을 태우다니."

"그럴 만하지. 나는 저 마음 완벽하게 이해한다."

"태현 님을 불태우고 싶다고요? 어떻게 그런 생각을?!"

"아, 아니. 그런 게 아니라⋯⋯ 너 진짜 김태현한테 뭐 받았지!"

태현도 살짝 반성하게 됐다. 처음 보는 사디크 교도들이 태현의 조각상을 태우며 기도할 줄이야. 이쯤 되면 교단의 원수,

교단의 최대 적 수준!

"가자."

"응? 싸우자고?"

케인은 무기를 잡으려고 들었다. 보아하니 저 마을 사람들의 레벨은 그렇게 높지 않아 보였다. 충분히 싸워서 이길 수 있는 수준!

"뭘 싸워, 인마. 여기 주변에 사디크 놈들이 얼마나 있는 줄 알고 싸우자고 그래? 머리를 써야지. 머리는 폼이냐? 투구 걸이냐?"

"그, 그러면 어쩌려고?"

"날 잘 보면서 따라 해라."

태현은 자신 있게 말하더니 언덕 위로 올라갔다. 그리고 마을 사람들에게 손을 흔들었다.

"누구냐!"

태현을 발견한 마을 사람들은 빠르게 달려오기 시작했다. 그걸 보며 태현은 말했다.

"사디크 만세! 위대한 사디크 님을 찬양하라!"

뒤에서 엎드려 있던 케인과 이다비, 유 회장은 입을 벌리고 태현을 쳐다보았다.

"야, 아무리 그래도……! 바로 들킬 거짓말을 하냐!"

"화술 스킬로는 커버가 불가능해요! 신성 스킬은 바로 들통이 나잖아요!"

아무리 변장을 하고, 고급 화술 스킬을 갖고 있어도 사디크 교단 관련 스킬을 사용하라고 하면 들통이 날 수밖에 없었다.
이래서 종교 집단 상대로 사기 치는 게 어려운 것!

[사디크 교단의 신도들은 외부인을 극히 경계합니다. 설득에
실패합니다.]

역시 마을 사람들은 태현의 말 한마디에 넘어가지 않고 경
계를 굳혔다.
"누구냐! 정체를 밝혀라!"
"이런 멍청한 놈들. 봐라! 이 불꽃을!"
화르륵!
〈권능 포식〉으로 얻은, 〈사디크의 화염〉이었다.
"나는 사디크 님을 모시는 성기사다! 무릎을 꿇어라! 이놈들!"
"오오!"
"의심해서 죄송했습니다!"

[사디크 교단을 믿는 마을 사람들을 완전히 속여 넘기는 데 성
공했습니다. 명성이 오릅니다.]

곧바로 무릎을 꿇는 마을 사람들! 〈사디크의 화염〉을 보여
준 이상, 그들은 태현을 믿을 수밖에 없었다.
"야, 다 나와."
뒤에 있던 셋은 떨떠름한 표정으로 걸어 나왔다.

"저분들도 성기사입니까?!"

"나를 모시는 사람들이지. 물론 다들 사디크 님을 믿는 사람들이고."

태현은 눈으로 신호를 보냈다. 그러자 차례대로 외쳤다.

"사, 사디크 만세……."

"사디크 님 최고! 사디크 님 만세!"

"사디크를 위하여!"

[다른 신을 믿는다고 말했습니다. 신성 스탯이 감소합니다.]

"왜 나만?!"

눈앞에 뜨는 메시지창에 케인은 울컥했다. 저기 저 태현 놈은 아예 사디크 성기사라고 사기를 치고 있는데!

"마을로 안내해라!"

"예, 옛!"

태현은 신이 나서 명령을 내렸다.

이 마을은 손에 넣은 것이나 마찬가지!

CHAPTER 5

작은 마을이라 의외로 건질 건 없었다.

사디크 신도를 위한 낡고 저주받은 검.
사디크 신도를 위한 하급 포션.

창고에서 아이템을 쓸어가려고 해도 딱히 쓸어갈 만한 아이템이 없는 것!
이다비는 그 모습에 울상을 지었다.
"기껏…… 멀쩡한 마을을 처음으로 손에 넣었는데……."
"……절망과 슬픔의 골짜기는 안 멀쩡하다는 거지?"
"앗!"
본심을 말해 버린 이다비는 태현의 시선을 피했다. 사실 절망과 슬픔의 골짜기는 얻었을 때 뜯어낼 게 전혀 없기는 했다. 사디크 교단과 싸우느라 완전히 폐허가 되어버린 상태였으니까!

영지 주변 골짜기에는 남은 마수들이 출몰하고, 그나마 남았던 건물들은 폐허가 되어버려서 이 작은 마을보다 건질 게 더 없었었다.

"헤, 헤헤. 그런 뜻이 아니라……."

"됐고, 빠르게 챙기기나 하자. 좋은 거 있으면 말해."

마을 창고를 뒤지는 태현과 이다비를 보며, 유 회장은 어이 없다는 듯이 물었다.

"이렇게 막 훔쳐도 되는 건가?"

"어허, 어르신. 아, 다르고 어, 다른 법인데 훔친다니. 사디크 교단의 성기사로서 지원 좀 받는 겁니다."

"네놈은 사디크 교단도 아니잖아!"

"아니, 무슨 말씀을."

태현은 말과 동시에 손짓했다. 그러자 케인과 이다비가 옆으로 다가가 유 회장의 입을 막았다.

"읍읍! 읍읍읍!"

"어르신, 남 사기 치는 데 방해하지 마시고 얌전히 계세요, 좀. 저기 화염에 같이 넣어버릴까 보다."

유 회장의 입을 막던 케인이 물었다.

"방금 사기라고 말했지?"

"시끄러. 아이템이나 확인해."

-신의 예지.

별로 기대는 되지 않았지만, 태현은 여기서 제일 좋은 것을 찾기 위해 움직였다. 이다비에게는 황금상인의 스킬이 있다면, 태현에게는 아키서스의 스킬이 있다!

신의 예지가 가리키는 길을 따라가자, 창고 구석에 먼지 쌓인 책꽂이가 나타났다.

"책?"

책꽂이에서 좋은 게 나오려면 책이나 스크롤 정도밖에 없었다. 태현은 갑자기 설레기 시작했다.

충분히 대박이 가능한 상황. 과연 뭐가 있을까?

사디크 교단의 세력을 늘리기 위해서는 어떻게 해야 하는가?, 반발이 심한 지역에서 세력을 늘리는 법, 교단의 세금은 어떻게 뜯는가…….

태현의 표정이 썩어들어 갔다. 뭐 이딴 쓰레기 책들만 모아 놓았단 말인가!

그래도 태현은 〈교단의 세금은 어떻게 뜯는가〉 책은 몰래 품속에 챙겨놓았다. 사디크 교단이라고 하더라도 배울 점이 있다면 배워야 하니까!

새내기 광신도를 위한 초보 화염 마법:
〈사디크의 초급 화염 화살〉
〈사디크의 초급 화염 부여〉

"으음……."

[악명이 오릅니다. 신성이 오릅니다.]

태현은 일단 바로 사용했다. <새내기 광신도를 위한 초보 화염 마법>은 괜찮은 마법서였다. 엄청나게 레어하거나 희귀하지는 않았지만, 직업이 마법과는 거리가 멀어서 마법 하나하나가 귀한 태현에게는 꽤 요긴했다.

게다가 신성 스탯과 악명 스탯에 영향을 받는다는 게 아주 큰 장점이었다. 정통 마법사 플레이어들과 마법으로 승부를 하면 태현은 당연히 밀릴 수밖에 없었다. 이런 식으로 변칙 마법을 익히는 게 차라리 나았다.

'그런데 이거 하나 나오고 끝인가?'

태현은 뭔가 김이 새는 기분이었다. 물론 이런 마을 창고에서 많은 걸 기대하는 게 도둑놈 심보기는 했지만…….

덜컥-

[숨겨진 기계장치를 건드렸습니다. 기계공학 스킬이 오릅니다. 중급 기계공학 스킬을 갖고 있습니다. <책꽂이 비밀 문> 제작 방법을 완벽하게 익히는 데 성공합니다.]

"어?"

묵직한 소리를 내면서 열리는 책꽂이! 뒤에는 숨겨진 비밀 공간이 있었다.

"뭐야. 뭐야?"

"비밀 공간인 거 같은데…… 왜 이런 게 있지?"

태현은 고개를 갸웃거렸다. 아까 '사디크 성기사님 만세! 김태현 백작의 목을 따는 그 날까지 파이팅!' 하면서 기뻐하던 마을 사람들이었다. 그들이 이런 공간을 숨겼을 것 같지는 않았다.

'쟤네들도 몰랐나?'

안으로 들어가자, 쌓아놓은 상자가 보였다. 오랫동안 아무도 안 들어왔는지 먼지가 잔뜩 날렸다.

훅훅-

먼지를 털어내자 상자 위에 새겨진 선명한 사디크의 표식이 눈에 들어왔다.

'뭘 넣어놨길래 이렇게…….'

사디크의 축복을 받은 화혈초:

화혈초의 꽃가루를 모아 사디크의 축복을 받아 정제한 재료다. 사디크 교단의 대마법에 사용된다.

[중급 기계공학 스킬을 갖고 있습니다. <사디크의 축복을 받은 화혈초>의 추가 옵션을 알 수 있습니다.]

(추가 옵션)폭탄 재료로 사용 가능.

씨익-

참으려고 해도 자연스럽게 올라가는 입꼬리! 비밀 공간에는 〈사디크의 축복을 받은 화혈초〉만 있는 게 아니었다.

사디크의 축복을 받은 리크난 광석:
(추가 옵션)폭탄 재료로 사용 가능.

판온에서 강력하고 거대한 마법에는 여러 가지 준비가 필요했다. 시간, 공간, 재료…….

이 비밀 공간은 사디크 교단의 강력한 대마법을 위해 준비한 재료들을 보관하는 공간이 분명했다. 어쩌다 잊혀졌는지는 모르겠지만! 이 재료들이 기계공학 스킬과 폭탄에도 궁합이 잘 맞는다는 점이었다.

사디크의 상징은 화염! 폭발과 빼놓을 수 없는 찰떡궁합!

"케인, 사디크 교단은 나하고 참 잘 맞는 것 같다."

"그쪽에서는 그렇게 생각하지 않을 것 같은데……."

프리카 대륙에서 태현을 욕하고 저주하는 곳이 사디크 교단만 있는 건 아니었다.

"김태현 개××!"

"김태현 죽어라!"

사디크 교단 NPC들이 들었다면 '자네 혹시 김태현을 싫어하는 사디크 교단에 관심 없나?'라고 입단 제안을 했을 정도의 증오! 그러나 그들은 사디크 교단에 들어갈 수 없었다. 사디크 교단을 공격해야 퀘스트를 깰 수 있었으니까!

플레이어들의 생각은 모두 똑같았다.

'어쩌다 내가 이런 저주에 걸려 가지고!'

나름 판온을 오래 했다고 자부하지만, 이런 구질구질하고 기분 더러운 저주는 또 처음이었다. 궁극의 역병 저주와는 방향이 다른 강력한 저주!

뭘 하려고 할 때마다 '아키서스의 저주 때문에 실패했습니다'가 뜨니, 사람 성질이 매우 더러워졌다.

"아. 그냥 제카스 잡으러 가는 게 낫지 않았을까? 사디크 교단 더럽게 흔적 찾기 힘드네."

"지금 제카스 잡으러 간 놈들도 헤매고 있다더라."

멋모르고 태현의 영지에 쳐들어갔던 플레이어들은 둘로 나뉘어졌다.

제카스를 잡자 VS 사디크 교단 공략을 하자!

결국 의견은 맞춰지지 않고 나뉘었지만, 그래도 그들의 사이는 나름 괜찮은 편이었다. 영지에서 그렇게 서로 배신과 뒤통수 때리기를 했는데도 불구하고, 그들이 같이 움직이는 데에는 이유가 있었다. 태현 덕분이었다.

언제나 사람은 같은 걸 싫어할 때 빨리 친해지게 마련!

태현에게 당했다는 이유 하나만으로 그들은 서로 헐뜯었던 과거를 잊고 같이 움직이고 있었다.

"제카스 그자식이 우리 이용한 거 아니야? 진짜 속 좁아가지고 음해한 걸 수도 있잖아."

"제카스가 그럴 놈 같지는 않던데."

"야, 사람 마음을 네가 어떻게 알아? 원래 그렇게 점잔 떠는 놈이 뒤로는 더 음흉한 법이라고."

"그보다 김태현이 진짜 판온 1 김태현 같지 않냐? 내가 한두 번 보기는 했는데 성격 더러운 게 비슷하던데."

"성격 더러운 게 한두 놈이냐."

"아냐, 김태현은 좀 차원이 달랐다고."

여기 있는 플레이어 중 의외로 판온 1의 태현과 말을 섞어본 플레이어는 많지 않았다. 보통 덤벼들었다가 말 한마디 못 하고 엉망진창으로 당했던 경험 한 번 정도가 전부!

태현과 말이라도 섞으려면 판온 1의 상위권 랭커 정도는 됐어야 했다.

"사디크 교단은 또 어디에 숨어가지고…… 그놈들은 바퀴벌레도 아니고 왜 자꾸 숨어서 늘어나는 거야?"

"원래 성기사 놈들이 끈질기잖아."

"여기에서 또 어떻게 찾나……."

"그래도 우리가 지금 제일 빠를걸? 중앙 대륙이면 모를까, 프리카 대륙에서 우리만큼 진도 빠른 플레이어들도 드물 거야. 빠르게 사디크 교단 찾아서 공적 포인트 딴 다음 보상 얻고 갈라지자고."

모인 플레이어 중 나름 리더 격인 플레이어가 그렇게 다른 사람들을 설득했다.

맞는 말이긴 했다. 태현 때문에 억지로 참가하기는 했지만, 사디크 교단은 토벌할 경우 다른 보상들도 많이 나왔으니까. 게다가 중앙 대륙으로 돌아가 왕국이나 다른 교단에 보고할 경우, 추가로 보상이 들어왔다.

태현이 약속한 1골드와는 차원이 다른 보상!

"그래. 우리가 지금 제일 빠를 거야."

"맞아. 긍정적으로 생각하자!"

에스파 왕국에서 배를 타고 도착할 수 있는 프리카 대륙의 북서쪽에는 왕국이 없었다. 부족들이 도시나 마을을 하나씩 갖고 있을 뿐!

덕분에 퀘스트를 진행할 때 난이도가 몇 배로 뛰었다. 보통 왕국에서 명성을 올리거나, 친밀도를 올리면 왕국 내 NPC들은 대체로 친절해졌다. 그러나 여기는 도시 하나, 마을 하나 새로 새로 퀘스트를 깨고 친밀도를 올려야 하는 것!

시간이 몇 배로 걸릴 수밖에 없었다. 그래도 사디크 교단을 찾아야 하니, 눈물을 머금고 하나씩 깨줄 수밖에 없었다.

〈사디크 교단의 흔적을 찾아서-사디크 교단 토벌 퀘스트〉
중앙 대륙에서 커다란 피해를 입은 사디크 교단은 프리카 대륙으로 도주했다. 몇백 년 동안 그림자 속에서 움직였던 그들에게 정체를 숨기는 것은 숨 쉬는 것처럼 자연스러운 일이다. 그런 그들의 흔적을 찾기 위해서는 이 주변의 부족 사람들의 협조가 절대적으로 필요하다.

-차나 마을의 퀘스트 해결(4/10)

-가풀 마을의 퀘스트 해결(7/10)

보상: ?

그나마 마음의 위안이 되는 건, 지금 그들이 사디크 교단 퀘스트 진도를 가장 많이 나갔다는 생각뿐!

그러나 언제나 현실은 잔혹한 법이었다. 모든 사람이 한 단계씩 차근차근 퀘스트를 깨는 건 아니었다. 어떤 사람은 그냥 모든 단계를 뛰어넘고 바로 찾아버리기도 하는 것!

"그러고 보니 사디크 교단은 어디에 있지? 내가 이 주변 지리를 잘 몰라서……."

"아이고, 제가 안내해 드리겠습니다!"

말 한마디에 고개를 굽신거리는 마을 촌장!

사디크 교단의 성기사라는 걸 믿게 되어버린 이상, 태현이 '사디크 교단 건물에 불 지르기 좋은 곳이 어디 있을까? 아니, 내가 불을 지르겠다는 건 아니고 그냥 궁금해서 그래'라고 물어봐도 순순히 대답해 줄 것 같았다.

"사디크 교단까지 가는데 설마 걸어가야 하나?"

"아이고, 아닙니다! 성기사님이 걸어가실 수야 없지요! 마차를 준비해 드리겠습니다!"

"사디크 교단까지 가는데 설마 우리끼리만 가야 하나? 주변에 몬스터들이 나타날 수도 있는데?"

"아이고, 아닙니다! 저희 마을 사람 중 뛰어난 전사들을 모아 호위해 드리겠습니다!"

태현이 창고를 뒤지고 사기를 치는 동안 해변가에서 낚시를 하던 유 회장은 황당한 눈빛으로 대화를 지켜보았다.

'판온이 이런 게임인가?'

분명, 김태산이나 다른 사람들이 말한 판온은 조금 더 꿈과 희망이 넘치는 모험 가득한 세계였다. 그런데 지금 태현이 보여주는 건 뭔가 좀 많이 더럽고 치사한 세계!

유 회장이 황당해하는 동안, 태현은 마을을 씹고 뜯고 맛보고 즐기고 있었다.

"이야, 좋네요! 이게 권력의 맛인가요?"

이다비는 신이 난 상태였다. 그녀의 상인 전용 가방은 잔뜩 부풀려져 있었다. 얼마나 한계까지 꾹꾹 눌러 담았는지 딱 보였다. 잡템이란 잡템은 모두 다 챙긴 게 분명했다.

"빨리 튀죠! 빨리!"

"야, 아직 안 돼. 여기 대장간 빌려서 폭탄 좀 만들고 가야 한다고."

이다비야 언제 거짓말이 들통날지 모르니 챙긴 걸 빠르게 갖고 도망치고 싶어 했지만, 태현은 서두르지 않았다. 운 좋게 사디크 교단을 믿는 마을로 순간이동 되어서 많은 퀘스트 단계를 건너뛰기는 했다. 그러나 여전히 사디크 교단은 강력한 적! 수많은 성기사들과 사제들, 마수들이 있으며 아직 핵심 NPC 성기사단장이나 대주교도 멀쩡히 살아 있었다.

원래라면 부딪힐 상대가 아니었지만…… 태현은 물러설 생각이 조금도 없었다. 스스로의 힘이 부족하다면, 다른 힘을 빌려와서 쓰면 되는 것!

'누구를 데리고 와서 싸움을 붙여야 잘 붙였다고 소문이 날까?'

정말 사악한 고민이었다.

"이놈아, 그렇게 살다가는 벌 받는다."

"어르신이 물은 과징금처럼요?"

빠드득!

약점 하나를 끝까지 우려먹으려 하고 있었다.

유 회장은 간신히 표정을 유지하며 말했다.

"그게 다른 사람을…… 자꾸 속이면서 살면…… 원한을 사게 되고 원한을 사게 되면 다 돌아오게 되어 있……."

말 사이에 들리는 빠득빠득 이 가는 소리!

"하도 많이 사서 좀 추가해도 티도 안 날 텐데요 뭘."

그 순간, 태현에게 귓속말이 왔다.

-안녕?

어딘가 많이 들어본 것 같은 목소리! 태현은 소름이 돋는 걸 느꼈다. 이렇게 친근하게 부르는 건, 분명…….

-사람 잘못 보셨습니다?
-저번부터 느낀 건데, 그게 정말 통할 거라고 생각하는 건 아니지?

이세연이었다.
태현은 눈을 감았다. 그리고 깊게 한숨을 쉬고서 유 회장을 쳐다보았다.
"지금부터라도 착하게 살면 될까요?"
생각지도 못한 태현의 자기반성!
유 회장은 '이놈이 뭘 잘못 먹었나' 싶어 깜짝 놀랐다.

-없는 척하지 마. ……자는 척도 하지 마.
-앗! 저기 드래곤이!
-갑작스럽게 보스 몬스터 나타난 척하지 마.
-진짜거든? 정말 위험하니까 이만 끊어야겠다! 나중에 연락…… 할 필요는 없고! 어쨌든 안녕!
-내가 지금 어디에 있게?
-……어딘데?
-프리카 투기장.

태현에게 귓속말을 보내며, 다른 사람들에게 손을 흔들었다. 투기장에서 이세연을 알아본 사람들이 환호성을 지르고 있었다. 여기서 말 한마디 잘못 하면 태현의 정체는 그대로 확정!

-아니, 너 스토커냐? 응? 왜 자꾸 싫다는 사람을 쫓아다니면서 괴롭히는 거야? 게다가 내 아이디는 어떻게 알아낸 거고?
-배장욱 씨한테 물어보니까 알려주시더라구.

배장욱!
태현은 이를 갈았다. 사실 배장욱에게는 억울한 일이었다. 왜냐하면 이세연과 태현은 팀이었으니까. 팀에게 서로 연락처도 안 알려줄 수는 없잖은가!
태현은 짜증을 내며 이세연에게 말했다.

-그래서 용건이 뭔데? 어? 인사하려고 연락한 거냐? 그러면 난 끊어도 되지?

정말 듣는 사람이 정 떨어지게 만드는 날카로운 말투!
그러나 이세연은 저런 말투에 조금도 흔들리지 않았다. 오히려 의욕을 불태울 뿐!
'나한테 이렇게 대한 건 네가 처음이야!' 같은 느낌!
태현은 결사코 부정하지만, 태현은 이세연과 상당히 많이 닮아 있었다. 그가 귓속말로 대화를 나누는 동안, 유 회장은 심각한 표정으로 이다비와 대화를 나눴다.

"저놈 갑자기 왜 저러는 거냐?"

"지금 누군가하고 귓속말하는 거 같아요."

"저놈이 갑자기 회개하고 자기반성을 할 정도의 상대라니……
대체 누구지?"

"표정으로 맞춰볼까요?"

이다비는 태현의 표정을 손가락으로 가리켰다.

오만상으로 찡그려진 얼굴! 파르르 떨리는 눈썹!

마치 숙명의 원수라도 만난 것 같은 표정이었다.

"일단 상대와 사이가 엄청나게 안 좋은 게 분명해요."

"그렇지. 저렇게 대놓고 싫어하니까."

둘의 대화를 듣던 케인도 끼어들었다.

"상대도 엄청 성격이 꼬여 있고 얄미운 놈이 분명해."

"그건 왜 그렇지?"

"그게 아니라면 저 자식이 저렇게 끙끙댈 리가 없잖아."

"그렇군요!"

이다비는 손뼉을 치며 감탄했다.

"그렇다면 상대는……."

"김태현과 사이가 안 좋은, 성격 꼬여 있고 얄미운 놈이니까……."

셋은 상대의 모습을 상상했다. 뭔가 많이 험상궂고 사악해
보이는 모습!

"태현 님, 지금 누구랑 이야기하고 있는 거예요?"

"어? 이다비."

"……."

태현의 매도에도 불구하고 이세연은 흔들리지 않았다.

이세연이 이렇게 연락을 한 이유는 하나. 혹시나 모를, 태현의 도주 때문이었다.

보통 사람들이라면 이렇게 생각할 것이다. '에이, 설마 방송국에 찾아가서 계약하고 약속했는데 파토를 내겠어?'라고.

그러나 이세연은 알았다. 태현은 보통 사람들의 기준으로 판단하면 안 된다는 것을! 수틀리면 태현은 그냥 위약금 내고 잠적할 것 같았다.

이세연이 태현의 정체가 판온 1의 김태현이라는 걸 밝히든 말든, 방송국과의 관계가 안 좋아지든 말든, 그런 건 상관없었다. 일정 한계를 넘으면 손익과 상관없이 자기가 하고 싶은 대로 하는 게 바로 태현이었으니까!

'혹시나 도망치지 않도록 잘 다독여 놔야지.'

이세연은 채찍과 당근을 사용해 태현을 설득할 생각이었다. 이제까지 채찍만 썼으니, 이제 당근을 사용해 태현을 잘 달래줄 차례! 그러지 않으면 정말 탈주할지도 몰랐다.

-아니, 잘 지내나 해서.

-누군가가 연락만 안 했으면 잘 지냈겠지.

-이야. 그게 누굴까? 나는 아니지?

이세연의 얼굴 두께는 태현의 얼굴 두께만큼이나 두꺼웠다. 어지간한 매도로는 공격이 통하지 않는다!

태현은 공격을 포기하고 입맛을 다셨다. 이렇게 된 이상 본론으로 들어간다!

-됐고, 할 말만 말해. 지금 바쁘니까.

-뭐 하느라 바쁜데?

-사디크 교단 믿는 마을 들어가서 사디크 성기사인 척하면서 사디크 교단 재료로 사디크 교단 날려 버릴 폭탄 만드는 중이다.

-그냥 말 안 해주면 되지, 꼭 그렇게 비꼴 필요는 없잖아…….

아무리 그래도 이것까지 진심으로 들을 수는 없었다. 이세연은 태현이 비꼬는 것이라고 생각했다.

'비꼬는 거 아닌데.'

태현은 떨떠름했다. 진실을 말해도 믿지 않는 이 시대!

-알겠어. 바쁜 거 같으니까 바로 말할게. 프리카 투기장으로 와서 팀으로서 합 좀 맞춰보자고 하려고 했어.

-뭐? 진짜? 그런 거 신경 쓰고 있었어?

투기장 대회를 '그런 거'라니. 이세연은 어이가 없어졌다. 그녀니까 이해해주는 말이지, 다른 사람이 들었다면 어이가 하늘을 뚫고 올라갔을 것!

-신경 안 쓰는 게 이상한 사람이지.
-뭘 합을 맞춰. 그냥 즉석에서 만나서 싸워.
-그러다 지면 망신이잖아.
-난 망신 아닌데? 난 신경 안 쓰는데? 아. 그냥 트롤해서 져버릴까?

다시 살아나는 태현의 얄미움! 그러나 이세연은 흔들리지
않았다. 여기서 흔들리면 태현에게 넘어가 주는 셈!

-다른 팀은 몇 달이고 연습해서 오는데, 우리 팀은 아직 인원도 다 안
정해졌잖아. 합 정도는 맞춰봐야지. 그리고 더 솔직히 말하면, 네가 도
망칠까 봐 확인하는 목적도 있어.
-…….
-보통 이런 말을 하면 '나는 안 도망친다'고 대답해 주지 않아?
-하하. 원래 세상일은 모르는 법이잖아.
-……꼭 투기장으로 붙잡고 와야겠네.
-어떻게 붙잡고 올 건데? 응? 어떻게 붙잡고 올 건데? 에베베~

상상을 초월하는 유치함! 이세연은 당황스럽다 못해 당혹스
러울 정도였다. 정말 상대를 도발하기 위해서는 전력을 다하
는 태현이었다.
신나서 이세연을 괴롭히던 태현은 문득 생각이 들었다.

'잠깐, 이세연도 투기장에 있으면 여기에서 나름 가깝지 않나?'

이세연은 서버 최고의 네크로맨서 중 하나였다. 그리고 네크로맨서는 혼자 다녀도 그 자체가 군대!

태현의 잔머리가 빠르게 굴러가기 시작했다.

-좋아. 농담은 적당히 하고. 합을 맞춰보자고?

태현이 순순히 말을 들을 것 같자, 이세연은 안도했다.

아무리 그래도 역시 대회를 조금은 신경 쓰고 있었구나!

-그래. 올 거야?

-그런데 내가 지금 퀘스트를 깨고 있어서. 그 퀘스트를 먼저 깨고 가야 할 것 같거든.

-무슨 퀘스트?

-사디크 교단 퀘스트. 도와주면 순순히 투기장 가주지. 참고로 나도 프리카 대륙이야.

이세연은 고개를 갸웃거렸다. 사디크 교단이라니. 프리카 대륙에서 가끔씩 나타난다는 소문은 들었었다.

'김태현은 얼마 전까지 역병 저주 퀘스트 때문에 대륙의 자기 영지에 있었다고 들었는데. 벌써 프리카 대륙에서 사디크 교단 퀘스트를 깰 수가 있나?'

-오래 걸리는 거면 사양이야. 교단 위치 찾다가 대회 시작하겠다.

이세연도 교단을 상대하는 게 어느 정도의 퀘스트인지는 잘 알고 있었다. 보통은 장대한 연계 퀘스트!

-위치는 찾았어.

이세연은 다시 한번 놀랐다. 아무리 봐도 시간상 사디크 교단 위치를 찾기 힘들어 보였다.
그런데 찾았다고?
'어떻게 찾은 거야?!'
스파이라도 심어놓은 게 아니면 불가능한 속도!

-그래서 위치 부르면 올 건가?
-……그 퀘스트 끝나면 같이 손잡고 투기장 간다고 약속해주면.
-손잡는 건 빼고.
-믿어도 되지?
-하하. 날 못 믿는 거야? 거기 투기장이니까 주변 사람들에게 물어봐봐. 내가 거짓말을 하는 사람이냐고.

다른 사람들이야 태현의 이미지에 속아 넘어가지만, 이세연은 아니었다.
'김태현을 도망치게 못 하려면…….'

이세연은 주변을 둘러보았다. 마침 괜찮은 방법이 떠올랐다.

"여러분?"

말 한마디에, 주변에 있던 수많은 플레이어가 우뚝 멈춰 서서 이세연을 쳐다보았다. 한국뿐만 아니라 해외에서도 많이 아는 이세연! 판온 1에서부터 이어져 오는 인기였다.

"좋은 이야기가 있는데, 들어보실래요?"

이세연의 노림수는 간단했다. 여기 투기장 주변에 있는 수많은 플레이어를 데리고 가서, 증인으로 삼을 셈이었다.

아무리 막 나가는 태현이지만 이렇게 사람들을 많이 데리고 가서 확답을 듣는다면, 어기지 않을 테니까!

'이렇게까지 해야 하나? 아니, 이렇게까지 해야 해!'

서로를 향한 뿌리 깊은 불신! 다행히 투기장 주변에는 할 일 없고 재밌는 걸 기대하는 플레이어들이 많았다.

이세연은 손쉽게 그들을 섭외할 수 있었다. 그렇게 사디크 교단 토벌대가 순식간에 완성되어 버렸다.

이세연을 설득한 태현도 예상치 못한 상황!

"정정당당하게 싸웁시다."

이세연이 투기장 건물 밖에서 피리 부는 사나이처럼 플레이어들을 우르르 몰고 다니는 동안, 투기장 건물 안에서는 또 하나의 불꽃 튀기는 싸움이 일어나고 있었다.

그것은 바로 〈성기사 이즈 킹〉 길드와 정수혁 팀의 싸움!

"정…… 정당당?"

"네! 정정당당!"

"……지금 너희들이 정정당당이라고 할 자격이 되냐? 이 ××들아!"

〈성기사 이즈 킹〉 길마는 분노해서 소리쳤다. 태현 한 명의 헛바닥에 넘어가서 나름 잘나가는 길드들이 처참하게 무너졌던 그 날! 그날만 생각하면 아직도 이불을 차고 주먹을 쥐었다. 그런 놈의 패거리가 '정정당당하게 싸우자'고 말하다니. 마치 쫓기는 도둑놈이 경찰에게 '정정당당하게 싸우자!'라고 말하는 것과 비슷한 기분!

성기사 길마가 방방 뛰자 최진혁이 나섰다.

"정정당당하게 싸우자는 말도 못 합니까? 별다른 꼼수 부리지 말고 싸우자는 건데?"

"너희들은 못 해! 이 사기꾼 놈들아!"

"쳇. 쫄았나 봐. 됐다. 수혁아. 돌아가자."

간단하지만 효과적인 도발!

정수혁은 속으로 감탄했다. 이런 말발에 자신이 없는 그와 달리, 최진혁은 나름 재치가 있었다. 실제로 성기사 길마는 그 말을 듣고 이마에 혈관이 불끈 돋아나 있었던 것이다.

"누…… 가 쫄아? 어?"

"귀찮게 잔수작 부리지 말고 중앙에서, 정면에서 한판 붙자는데 뭔 이것저것 말이 그렇게 많아요? 됐어요. 저러니까 김태현한테 지지."

연속 도발!

당한 게 많은 길마는 넘어갈 수밖에 없는 도발이었다.

"오냐, 상대해 주마!"

"길마님! 안 돼요!"

길마의 반응에 기겁하는 성기사 길드원들!

"저것들이 저렇게 나오는데 안 받아줄 거냐? 어?"

"저번에도 저렇게 속으셨잖아요!"

치사하게 묵직한 사실로 때리는 길드원들. 명치를 세게 얻어맞은 길마는 대답을 하지 못했다. 그 모습에 정수혁은 얼른 끼어들었다. 상대방이 그들을 믿지 않으리라는 건 당연히 예상하고 있었다. 어떻게든 믿음을 줘야 했다.

"우리가 먼저 중앙 진지로 올라가죠. 그쪽은 그거 보고 움직이시면 됩니다."

위, 중앙, 아래에 각각 하나씩 있는 세 개의 진지는 들어간다고 해서 바로 점령이 되는 건 아니었다. 일정 시간을 거기에서 버텨야 점령이 되는 것! 상대 팀원들이 들어오면 점령이 진행되지 않았다.

즉 이 투기장에서 먼저 진지에 들어가는 건 그렇게까지 큰 이득이 아니었다. 물론 먼저 들어가면, 나중에 오는 적을 상대로 수비할 수 있다는 장점이 있기는 했다. 그러나 그런 장점은 상대방의 스킬과 직업에 순식간에 사라지는 게 판온!

특히 성기사들을 상대로 먼저 진지에 들어가는 건 큰 의미가 없었다. 방어를 믿고 순식간에 밀고 들어올 테니까.

그런데 먼저 중앙 진지로 올라간다고?

"너희 다섯이 먼저 중앙 진지로 올라간다고? 그걸 어떻게 믿어?"

"아예 다섯 명이 있는 걸 밑에 보여 드리죠."

투기장 맵이 워낙 크고 넓다 보니, 숨을 만한 지형이 꽤 있었다. 중앙 진지도 언덕 위에 있었으니, 그 언덕 쪽의 수풀이나 바위 뒤에 숨어 있으면 밑에서는 보기 힘들었던 것이다. 그걸 없애기 위해 아예 다섯 명이 아래에서 잘 보이는 곳에 서 있어주겠다는 것!

정수혁의 이 말에는 성기사 길드원들도 놀랐다. 아예 전략을 다 보여주고 싸워주겠다는 것 아닌가.

"함, 함정 아니야? 중앙 진지에서 점령할 동안 버틸 방법이 있다든가……."

"그럴 방법이 있으면 말 안 하고 그냥 써먹지 않나?"

"그, 그러네."

생각해 보니 맞는 말!

"아니야. 우리를 밑에서 올라오지 못하게 하고 뭔가 함정을……."

"아, 의심 더럽게 많네."

최진혁이 다시 정수혁과 교대했다.

"우리는 중앙 진지에 올라가서 다섯 명 있는 거 말해줄 테니까, 그쪽 알아서 해. 믿기 싫으면 믿지 말고, 올라오기 싫으면 올라오지 마."

그렇게 말하고 최진혁은 돌아섰다. 원래 도발은 이 정도에서 끊어줘야 하는 것! 상대방이 '어라? 쟤네 진짜 진심인가 본데?'라고 생각하게 해주는 정도가 딱 좋았다.

돌아선 최진혁은 친구들과 수군거렸다.

"저것들 동영상 찍어서 올려 버리자."

"그래. 진짜 겁 많다니까. 다섯 명이 다 성기사면서 정면 승부 하자는 거 무서워서 못 하는 거 봐라."

아주 대놓고 들으라고 하는 말이었지만, 길마에게는 매우 효과적이었다.

뭔가 굳게 결심한 것 같은 성기사 길마!

"야, 저기 좀 봐."

"와…… 진짜 예쁘다."

"예쁘긴 뭐가 예뻐? 저거 판온 빨이야. 현실에서는 별로일 거라고."

"너 죽고 싶냐? 어디서 주가연 님을 까?"

"맞아, 주가연 님은 현실에서도 여신일 거라고!"

프리카 투기장에 있는 플레이어들은 유명 플레이어를 구경하는 걸 좋아했다. 애초에 절반은 그 목적으로 온 사람들!

그리고 지금 그들의 앞에서 걸어가는 주가연은 인기 많은 궁수 플레이어 중 하나였다. 딱히 적극적으로 홍보를 하거나, 방송을 하지 않는데도 알음알음 소문이 퍼진 플레이어!

실력과 그 외모 덕분이었다.

"언니, 사람들이 다 쳐다보는데요."

"앞으로 대회 참가하면 더 쳐다볼 거야. 익숙해져."

주가연과 같이 다니는 것 때문에 유지수에게도 시선이 쏟아졌다. 언제나 사람 적은 곳을 주로 돌아다녔던 유지수에게는 불편한 관심!

그랬다. 주가연은 유지수가 들어간 〈파이드〉 길드 길마였던 것이다. 소수정에 길드, 파이드에서도 이번 투기장 대회에 참가해보기로 결정!

그리고 놀랍게도 유지수가 참가하는 데 성공했다. 영웅 직업인 〈타이럼 레인저〉와, 본인의 노력으로 따낸 자리! 길드에서 유지수의 실력을 의심하는 사람은 아무도 없었다.

"그런데 그 김태현이라는 사람은 여기에 없어?"

"네. 태현이 형, 아니, 오빠는 평소에는 퀘스트 하느라 바쁘니까……."

"저번에 오해 풀었다면서? 왜 아직도 형이야?"

"그, 그게 입에 붙어서…… 많이 이상한가요?"

"이상하지는 않은데 다른 사람들이 보면 오해할 수도 있겠다~ 싶은 정도?"

"괜찮아요. 그 정도는!"

"그러면 그 김태현이라는 사람은 본선 전까지는 못 보는 건가. 한번 보고 싶었는데. 상윤이도 그렇고 너도 그렇고 하도 칭찬을 해대서……."

유지수는 안도한 표정이었다. 그 모습에 주가연은 고개를 갸웃거렸다.

'왜 안도하는 표정이지? 보통 여기서 못 만나서 아쉬워해야 하지 않나?'

"아쉽지 않아?"

"네?"

"여기서 못 만나서 아쉬워할 줄 알았는데."

"아…… 어차피 밖에서 만날 수 있고, 무엇보다……. 자꾸 사람들 많은 곳에 태현이 형 나타나면 다른 사람들이 달라붙을 수도 있으니까……."

주가연은 황당함과 한심함이 동시에 섞인 눈빛으로 유지수를 쳐다보았다. '그걸 말이라고 하냐'라고 말하지 않는 건, 주가연이 상냥하고, 유지수보다 언니였기 때문이었다.

그래, 사랑에 빠진 사람은 얼마든지 멍청해질 수 있지!

그런 면에서 주가연은 그릇이 넓었다.

"그, 그러지는 않지 않을까?"

"아니에요! 얼마나 잘생겼는데!"

주가연이 보기에, 태현의 외모는 아무리 봐도 험상궂은 양아치를 연상시키는 외모였다. 그러나 유지수는 태현의 외모를 말할 때 한사코 '잘생겼다', '선이 굵고 강렬하다' 등 소수 의견을 고집했다. 눈에 단단히 쓰인 콩깍지!

"안 그래도 지금 같이 다니는 사람들이 신경 쓰여 죽겠는데……."

"그, 그래? 나는 전혀 그렇게 안 보였는데."

주가연이 보기에, 현재 태현 파티는 딱히 연애와는 연이 없어 보였다. 파티 내에서 연애하는 커플이 있다면 생기는, 연애하는 커플이 만들어내는 특유의 분위기!

그런 분위기가 태현 파티에는 전혀 없었던 것이다. 그런 것에 예민한 주가연은 확신할 수 있었다.

"하긴, 그 이다비라는 플레이어는 좀 신경이 쓰일 수도 있겠다. 예쁘게 생겼으니까."

〈파워 워리어〉라는 길드의 이미지가 워낙 강렬해서 그렇지, 이다비도 나름 인기가 있었다. 원래 인기는 외모와 비례하게 마련! 〈파워 워리어〉라는 악성 길드 때문에 보통 비난과 야유를 받지만, 오히려 그것 때문에 더 좋아하는 팬들도 있었던 것이다.

"네? 그 사람보다 케인이 더 신경 쓰이는데요."

"그쪽?"

생각지도 못한 일격에 주가연은 깜짝 놀랐다.

"아, 아니. 아무리 양보해 줘도 그 케인이라는 사람은 아니지 않아? 이다비까지 아닐까?"

"언니는 몰라서 그래요! 분명 저하고 같이 다닐 때만 해도 적A, 노예A 취급이었는데 요즘 보면 이상하게 상냥하다고요! 이번 투기장 대회에 참가한 것도 그렇고! 예전부터 생각해 보면 오빠는 이상하게 남자들한테 친절해!"

"주변에 남자들밖에 없으니까 그런 거 아니야……?"

주가연의 의견은 매우 상식적이었지만, 유지수의 귓가에는 닿지 않았다.

"그 최상윤 씨도 그렇고!"

"둘이 좀 많이 친하긴 하지."

"그 대학 후배도 그렇고!"

주가연은 살짝 질린 눈으로 유지수를 쳐다보았다. 연애 관련으로 질투를 하는 게 아니라, 그냥 태현이 관심을 쏟아주는 걸로 질투를 하고 있었던 것이다. 안 그러면 케인이나 태현의 대학 후배한테 적대심을 보일 이유가 없지 않은가!

"야, 경기 시작한다. 빨리 가자."

"예선인데 놓쳐도 되지 않아?"

대화하던 둘의 귓가에 다른 사람들의 목소리가 들어왔다.

"아냐. 이번 건 좀 볼만해. 성기사이즈킹 길드하고……."

"뭐? 그런 음란한 놈들이 있어? 홀딱 벗고 싸우는 건가?"

"들어보니까 그렇다던데? 길드명 봐. 그래 가지고 붙은 길드명인가 봐. 안 그러면 어떤 미친놈들이 그런 길드명을 짓겠어?"

어딘가에서 이상하게 섞여서 퍼진 소문!

"상대도 들어봐. 무려 그 김태현하고 같이 다녔던 마법사가 낀 파티라던데. 요상한 마법을 쓰나 봐."

"요상한 마법?"

수군거리던 플레이어들은 구경을 위해 움직였다. 마법사 관련 직업은 언제나 관심을 많이 사게 마련! 특이하고 변칙적인 마법사일 경우 더더욱 관심을 많이 사게 되어 있었다.

그리고 정수혁은 랜덤 마법사 그 자체!

사라진 플레이어들의 뒷모습을 힐끗 쳐다보고서, 주가연은 물었다.

"아까 말한 대학 후배도 참가하나 본데? 구경 갈래?"

"물론이죠!"

유지수는 굳은 표정으로 고개를 끄덕였다. 정수혁이 어느 정도의 실력인지 보고 싶었다.

'내가 더 강할 거야!'

이상한 곳에서 발동되는 경쟁심!

"예선치고는……."

"이상하게 사람이 많은데?"

평소와는 다르다는 걸 깨달은 성기사 길드원들이 웅성거렸다. 명백히 평소보다 많은 관중!

원래 이 정도로 많지 않았다.

당황하던 그들의 귓가에, 관중들의 목소리가 들려왔다.

"뭐야? 왜 안 벗고 있어?"

"갑옷 벗고 싸우는 성기사들이라고 해서 구경 왔는데."

"벗어라! 벗어라! 벗어라! 벗어라!"

경기장 위로 쏟아지는 함성! 대회 진행을 위해 대기하고 있던 직원들이 당황해서 사람들을 말렸다.

"여, 여러분. 그러시면 안 됩니다. 이거 방송에 나가는 거예요!"

그러나 한 번 기세를 탄 사람들은 무서웠다. 정말 별거 아니었지만, 다른 사람들이 '벗어라!'를 계속 외치자 별 관심 없던 사람들도 참가하기 시작했다. 재미있어 보이니까 하자!

"갑옷 벗어도 속옷 나오잖아! 그거 가지고 뭘 그래!"

"맞아! 아무 문제도 없다!"

"속옷으로 싸워라! 속옷으로 싸워라!"

"길드명을 지켜라! 이 비겁한 성기사 놈들!"

생각지도 못한 사람들의 반응에 성기사들은 당황했다. 판 온에는 멀쩡한 사람들만 있는 게 아니었다. 가끔 아무 이유 없이 불을 질러보고 싶어 하는 사람들도 많은 것!

정작 갑옷을 벗으면 추하고 징그럽다고 야유를 하겠지만, 안 벗을 걸 알기에 쏟아지는 함성들!

"무시해! 이것들아! 경기 시작하면 들리지도 않아!"

"네……."

길마의 단호한 외침에 길드원들은 마음을 다잡을 수 있었다. 그러나 그들의 마음속 의문은 떠나지 않았다.

그것은 바로…….

'제발 길드 이름 좀 바꾸면 안 되나?'

"길드명이 이상하기는 하지만 실력은 있는 거 같네."

주가연은 아래, 경기장을 내려다보며 그렇게 말했다.

"그런가요?"

"손발이 딱딱 맞잖아. 보통 저런 건 한 번에 안 나와. 그에 비해 저기는 좀…… 조잡하다?"

주가연은 정수혁 팀을 가리켰다. 뭔가 엉성하고 조잡한 분위기였던 것. 초조, 당황, 긴장 그 자체!

"긴, 긴장하지 마. 저번처럼 하면 돼."

"우리 저번에 다 졌다가 수혁이 때문에 역전했잖아……."

"그러니까 저번처럼 하면 된다는 거지!"

"그거 너무 막장 같은데……."

긴장한 친구들을 위해, 정수혁이 입을 열었다.

"애들아. 그래도 한 가지 다행인 게 있어."

"……?"

"보는 사람들이 많아서, 상대 팀이 우리 계획을 따라줄 가능성이 높아."

그랬다. 관중들이 늘어날수록, 성기사 길드는 다른 사람들의 시선을 신경 쓸 수밖에 없었다. 승리하는 것만으로도 벅찬 정수혁 팀과 달리 성기사들은 원하는 게 많았으니까!

둥둥둥-

준비를 알리는 북소리가 들렸다. 이제 10초 후면 대기실의 문이 열리고, 각 팀은 투기장 안으로 들어가게 되어 있었다. 그 이후는 외부와 완전히 차단된, 그들만의 공간!

"……시작!"

촤아악!

정수혁과 친구들은 거침없이 나아갔다. 그들은 아쉬울 게
없었다. 그렇기에 할 수 있는 올인 전략!

"가자! 중앙으로!"

그러는 동안 성기사들은 자기네들 진지 앞에서 고민하고 있
었다.

"길마님, 어떻게 하실 겁니까?"

"일단 중앙 진지 앞까지 간다. 놈들이 다섯 명 다 나오면 우
리도…… 약속대로 한 번 붙어주지. 아닐 경우 바로 나뉘어서
다른 진지로 가자."

원래 상대가 올인하는 곳을 안다면 굳이 그걸 받아줄 필요
는 없었다. 진지는 3개였고, 다른 진지 2개를 점령하고 버프를
받은 다음 합류하면 훨씬 이득이었던 것이다.

태현이 봤다면 '그러니까 나한테 당하는 거지 호구들아'라고
혀를 찼을 모습!

승리를 위한 절호의 기회를 날려 버리고 있었다.

정정당당한 승부의 모습 때문에!

화아악!

기다리던 성기사들의 눈에, 중앙 진지 언덕 위에 도착한 다
섯 명의 플레이어가 들어왔다.

"우리는 말한 대로 왔다! 어디 한번 싸워보고 싶으면 와라!"

"안 오면 쫄 거 인정? 어? 인정?"

"저 ××들이……!"

때때로는 복잡한 말보다 단순한 말이 더 효과적으로 사람을 짜증 나게 만들었다.

"길마님, 그래도 놈들한테 너무 끌려가는 것 같은데……."

길드원 중 한 명이 주저하며 말했다. 이 길드원은 아까부터 '그냥 나눠져서 진지를 점령하면 안 되나요'라고 말했던 길드원이었다. 물론 체면을 신경 쓰는 길마는 그걸 받아들일 수 없었다.

"……그래. 그러면 너는 여기에 있어라."

"네?"

"저 중앙 진지에 다섯 명이 있는 게 거짓말 같지는 않지만, 그래도 만약 올라갔는데 아무도 없고 우리가 속은 거라면, 너는 즉시 바로 다른 진지로 가라. 빈 진지든, 아니면 다른 놈들이 있든, 네 실력이면 버틸 수 있을 테니까."

"그렇게 하겠습니다!"

성기사 길마도 바보는 아니었다. 예전이었다면 그냥 다섯 명 다 싸우자고 올라갔겠지만, 태현과의 싸움으로 그도 나름 성장한 것이다. 나름 만약을 대비하는 전략!

"가자! 우리도!"

쿵쿵쿵쿵-

네 명의 성기사들이 묵직한 소리를 내며 언덕을 올라가기 시작했다.

"온다!"

"준비해!"

쉬익- 팍!

정수혁의 팀원 중 궁수가 있었다. 언덕에서 올라오는, 비교적 느린 성기사들은 좋은 타깃! 그러나 성기사들은 눈 하나 깜박이지 않고 방패로 막아냈다.

"레벨 맞춰졌다고 이길 수 있을 거 같냐!"

"니들이랑 우리는 기본 실력이 달라!"

성기사들은 그렇게 외치며 달려들었다. 분하지만 정수혁 팀원들은 인정할 수밖에 없었다.

그들은 저렇게 달리면서 날아오는 화살을 방패로 바로 막아내는 건 자신이 없었던 것이다.

저런 건 정말 실전에서 구르고 굴러야 익혀지는 컨트롤!

-발목을 느리게 하는…….

"저주 온다. 팅겨낼 준비 해!"

-저주를 반사하는 작은 은빛 방패! 신실함의 가호!

성기사들의 반응 속도는 놀라웠다. 언덕 위에 있는 정수혁이 마법을 시전하는 낌새를 보이자마자 바로 카운터 스킬을 사용한 것이다. 만약 정말 저주를 사용했다면, 정수혁 팀은 기껏 쓴 저주가 되돌아오는 상황에 당황했을 것이다.

그러나…….

[아키서스의 혀 스킬로 스킬명과 다른 스킬을 사용합니다. 무작위 마법이 시전됩니다.]

-카흘라단의 번개! 카흘라단의 번개! 카흘라단의 번개! 카흘라단의 번개!

이어지는 것은, 정수혁의 장기 마법 중 하나인 〈카흘라단의 번개〉! 다양한 마법을 빠르게 판단하고 유연하게 사용하지는 못하지만, 마법 하나만 우직하게 파온 정수혁의 시전 속도는 장난이 아니었다. MP가 떨어질 때까지 퍼붓는 마법 세례!

"번개? 저주가 아니잖아!"

성기사들은 당황했지만 그래도 멈추지 않았다. 여기서 멈추는 건 하책이었다. 어떻게든 버티고 들어가서 마법사를 공격해 마법을 끊어야 했다.

파직! 파지직!

[감전 상태에 빠집니다. 움직임이 느려집니다.]

"내가 탱킹한다! 너희들이 뚫어!"

-화려한 문장의 방패! 퍼지는 문장의 가호!

성기사 길마의 방패가 눈부시게 빛나더니 크기가 커졌다. 앞에서 날아오는 공격을 막아내는 방어형 스킬! 거기에 빠르게 HP가 차오르는 회복형 스킬까지 걸었다.

지금 벌써 쓰는 게 아쉬웠지만, 길마는 망설이지 않았다. 레벨이 맞춰진 덕분에 저런 놈이 쓰는 마법도 얕볼 수 없었던 것이다. 제대로 몇 방 맞았다가는 훅 간다!

"우오오…… 어?"

갑자기 위에서 그림자가 생겼다. 앞에서 날아오던 카흘라단의 번개만 신경 쓰던 성기사들은, 갑자기 나타난 그림자에 당황했다. 왜 지금 그림자가 생기지?

슈우욱- 쾅!

[대지 정령의 암석 낙하에 맞았습니다! 치명타를 당했습니다. 스턴 상태에 빠집니다.]

"커허어억!"

한순간에 HP가 쭉쭉 깎이는 강력한 일격! 위에서 떨어지는 거대한 바위에, 성기사들은 생각지도 못하고 당해 버렸다.

"뭐야?!"

"이게 무슨……."

그러나 공격은 이제 막 시작되었을 뿐이었다. 정수혁이 사용한 마법 횟수만큼 발동되는 무작위 마법 세례!

-사방에 울려 퍼지는 죽음의 노래! 맹독성 수면 안개!
-쏟아지는 화염 화살비!

"으아아악! 으아아악!"
성기사들은 비명을 질렀다.
"으아아악! 수혁아!"
그리고 정수혁의 친구들도 비명을 질렀다. 사방팔방으로 공
평하게 쏟아지는 무작위 마법!

이걸 지켜보던 관중들은 입을 벌리고 지켜보고 있었다.
이게 무슨……
"죽여 버리겠다! 김태현!"
성기사 길마는 울부짖으며 달려 나갔다. 있지도 않은 태현
을 찾으며. 대체 어떻게 이런 강력한 마법을 연사하는 건지는
알 수 없었지만, 이렇게 발목이 묶여서 마법을 맞고 있어서는
승산이 없었다. 붙어서 싸워야 했다.
성기사 길마의 몸이 눈부시게 빛났다. 달리면서 가능한 버
프는 모조리 쓰고 있었던 것이다. 마법 몇 방을 맞고서도 버티
는 그 생존력은 바퀴벌레 그 자체!
"수혁아! 조심해!"
정수혁의 다른 팀원들이 그를 견제해야 했지만, 친구들은

하늘에서 쏟아지는 화염 화살을 피하느라 정신이 없었다.

"어, 어, 어?"

정수혁은 당황해서 손이 미끄러졌다. 그 마법 세례를 뚫고 접근할 거라고는 정말 생각지도 못했던 것이다.

-카흘라단의 번개!

길마를 노려야 할 번개가 손이 미끄러져서 스스로를 겨냥하고 발사됐다.

"으아아앗!"

길마는 순간 함정인가 싶었다. 대체 왜 자기 몸에다 마법을 박는단 말인가. 그러나 이미 고민하기에는 늦었다.

'복잡하게 생각하지 말자! 상대방이 실수한 거다! 함정이더라도 실력으로 뚫겠다!'

"크아아앗!"

외침과 함께 길마는 검을 들고 정수혁에게 접근했다. 몇 걸음만 내디디면 닿는 거리. 남은 건 이제까지 당한 걸 그대로 퍼부어주는 것뿐이었다.

-마법 증폭 반사!

순간 정수혁의 몸에서 튕겨 나가 성기사 길마를 향해 제대로 꽂히는 카흘라단의 번개! 이미 마법을 뚫고 나오느라 너덜

너덜해진 길마는 그 일격에 그대로 나뒹굴었다.

"저런 방법이!"

"대단해!"

관중석에서 탄성이 튀어나왔다. 그들이 본 방금 싸움은 정말 수준 높은 싸움이었던 것이다.

"저 마법사 이름이 정수혁이라고?"

"진짜 대단한데? 이름이 더 안 알려진 게 신기할 정도야."

"방금 봤냐? 생각지도 못했다. 저런 식으로 할 줄이야."

그냥 달려오는 적을 공격했다면, 상대방은 다시 한번 막았을 것이다. 직업이 성기사인 데다가 아직 버프가 걸린 상태니, 정면에서 날아오는 마법 정도는 어떻게든 버틸 수 있었으리라. 그러나 저 정수혁이라는 마법사는 일부러 마법을 자기 자신에게 박았다. 상대방의 방심을 유도하기 위해서!

마법을 자기 자신에게 박으면, 상대방은 전력을 다해 공격할 것이다. 그러면 자연스럽게 방어는 약해졌다.

'소름이 돋는다!'

'어떻게 그 상황에서 저런 짓을 할 수가 있지?'

자기 자신한테 마법을 박아서 반사시킨 거 자체는 그렇게 어렵지 않았다. 관중들이 경악한 건 저렇게 다급하고 긴박한 상황에서 침착하게 자기 자신에게 마법을 박는 배짱, 소름 끼칠 정도로 냉정한 배짱이었다.

짝짝짝짝짝-

누군가 한 명이 시작하자, 다른 사람들도 손뼉을 치기 시작했다. 멋진 장면을 보여준 정수혁에 대한 존경!

정작 정수혁은 밖에서 이런 일이 일어나고 있는지도 모르고 자책하고 있었다.

'왜 거기서 또 실수를…… 나는 이러니까 안 되는 거야!'

"커, 커헉……."

쓰러진 길마가 정수혁을 쳐다보았다. 그리고 말했다.

"대단한 놈……. 내가 졌다."

"……?"

"어떻게 그런 짓을…… 내가 널 너무 얕봤군. 네 실력을 인정한다!"

갑자기 혼자서 북 치고 장구 치는 성기사 길마. 정수혁은 당혹스러울 뿐이었다.

방금 한 실수를 보고 저런 반응을 보여주다니?

"아니…… 방금 건……."

대답도 듣기 전에, 성기사 길마는 HP가 0이 되어 투기장에서 탈락해 버렸다.

언덕을 오르던 성기사 셋도 마법 폭풍에 탈락한 상황. 남은 건 밑에서 상황을 보려고 대기하던 성기사 한 명!

어, 어, 하던 사이에 남은 팀원들이 전멸해 버린 것이다.

"저거 잡아!"

쏟아지는 화염 화살의 세례를 피하던 정수혁의 친구들. 그들은 밑에 한 명의 성기사만이 남았다는 걸 깨닫고 눈에 불을 켰다.

"죽여!"

"잡아!"

방금까지 마법 폭풍 밑에서 살아남기 위해 구르고 엎드렸던 모습과는 전혀 다른 모습! 위풍당당 그 자체였다.

"으, 으아앗! 으아아아!"

혼자 남은 성기사는 당황해서 뒤로 물러났다. 일단 거리를 벌리려는 생각이었다. 물론 그걸 그냥 두고 볼 사람은 아무도 없었지만!

-회전하는 도끼!

견제를 위해 스킬을 사용했다. 성기사에게는 드문 원거리 공격용 스킬! 그렇지만 그렇게 강한 스킬은 아니었다.

애초에 성기사의 약점 중 하나가 쓸 만한 원거리 공격이 없다는 것이었다.

성기사도 큰 기대를 하고 쓴 건 아니었다. 거리를 벌릴 동안 시간을 벌기 위해 쓴 견제 스킬!

휙휙휙휙-

허공에서 빛나는 도끼날이 나타나더니 정수혁의 친구들을 향해 날아갔다.

퍽-

도끼에 맞은 친구가 그냥 그대로 쓰러졌다. HP가 0이 되어 바로 탈락!

스킬을 쓴 성기사도, 도끼를 맞은 친구도, 맞은 친구 옆에 있던 플레이어들도 모두 놀랐다.

저거 한 방에 그냥 죽는다고?

정수혁의 마법 폭풍을 맞는 동안, 정수혁의 팀원들도 HP가 만만치 않게 깎여 있었던 것이다.

그것도 모르고 다 같이 내려와서 잡겠다고 덤벼든 것!

"뭐…… 냐?"

밑에서, 싸움에 참가하지 않은 성기사는 쌩쌩했다. 지금 당장 달려들면 3:1로도 이길 수 있을지도 몰랐지만, 성기사는 아직 정확히 상황을 파악 못 한 상태였다.

천금 같은 기회!

아직 언덕 위에 남아 있던 정수혁은 다급하게 외쳤다.

"야! 성급하기 굴지 말고 차근차근! 포위해서 공격 넣어! 무리하지 말고!"

성급하게 덤벼들지 말란 뜻이었지만, 친구들은 반대로 이해했다.

"알겠어, 수혁아! 걱정하지 마! 크억!"

"우리도 밥값은 해야지! 억!"

포위망을 만들기 위해 성기사 뒤로 움직이다가 성기사한테 공격받아 사망! 그 친구를 도와주려다가 성기사의 스킬에 휘말려서 사망!

5:1이라는 압도적인 유리함이 순식간에 2:1로 변했다.

이긴 성기사도 어이없어할 정도!

"우우! 이게 뭐냐!"

"장난하냐! 이게 뭐 하는 거야! 이 쓰레기들아!"

관중석에서 쏟아지는 야유!

다행히 투기장 안에까지 들리지 않았지만, 관중들의 반응은 뜨거웠다.

방금 정수혁이라는 마법사 플레이어가 명장면을 만들어냈는데, 그다음에 이런 부끄러운 장면이 나온 것이다.

어이가 없을 수밖에 없었다.

"······죽어라!"

상대 성기사도 이제 정신을 좀 차린 것 같았다.

공포→당황→깨달음의 단계를 거쳐, 이제 자기가 유리하다는 걸 알아차린 성기사!

"으아악! 수혁아! 수혁아! 마법! 마법 써!"

"너 거기에 있는데?!"

"그냥 상관없어! 같이 날려 버려!"

"그, 그래······!"

콰콰콰쾅!

정수혁은 남은 MP를 사용해 마법 세례를 날렸다.

잠시 침묵이 일더니······.

-승자, 정수혁!

"눈 버리는 경기였어. 그게 뭐냐?"

"아니, 그래도 마법사는 좋았잖아. 봤냐? 성기사 달려드는데 자기한테 마법 박아서 반사시키는 거. 나 그거 보고 소름돋았잖아."

"그래도 그렇지, 마지막은 좀 심했어. 진짜 추하더라."

"그렇긴 했지."

경기가 끝나자, 관중들은 웅성거리며 떠들었다.

대체적으로 의견은 비슷했다. 정수혁은 대단했고, 다른 팀원들은 부끄러운 수준의 경기였다고!

그 말을 듣는 정수혁은 죽을 맛이었다.

'그거…… 실수였다고……!'

실수와 아키서스의 마법 스킬이 겹친 기묘한 우연이었지만, 다른 사람들의 눈에는 전혀 다르게 보였다. 실력 그 자체!

벌써 사이트에는 이번 경기의 그 부분 영상만 올라가고 있었다. 하도 많은 사람이 예선에 참가해서, 대부분의 경기가 사람들의 관심을 못 받고 묻힌다는 걸 생각해 본다면 정말 대단한 것!

[미쳐 버린 마법사 플레이어의 근접 싸움 실력.gif]

[혼자서 캐리하는…… 빛수혁…….]

정수혁이 알게 된다면 이불을 뻥뻥 찰 제목을 가진 영상들이 올라오고 있었다. 그만큼 강렬했던 임팩트!

"애들아……!"

친구들이 터덜터덜 걸어 나오고 있었다. 정수혁은 반가운 얼굴로 그들을 불렀다.

"애들아……!"

그가 한 실수를 사람들이 이렇게 찬양해 주고 있었다. 그래도 친구들이라면 이 상황을 알고 이해해 주겠지, 위로해 주겠지!

"수혁아, 미안해! 네가 그렇게 혼자서 활약하는데 우리는 발목만 잡고……!"

"싸우느라 정신이 없어서 못 봤는데, 사이트에서 영상 지금 봤어. 네가 얼마나 활약했는지도!"

"뭔 영상?"

"널 볼 면목이 없다!"

"지금부터 시작해도 늦겠지만, 너한테 부끄럽지 않게 최선을 다할게!"

"맞아! 이럴 때가 아니야! 연습하자! 연습!"

의욕으로 불타오르는 친구들!

정수혁은 말리려다가 멈칫했다. 생각해 보니까 그냥 내버려두는 게 낫지 않을까? 갑자기 태현의 말이 떠올랐다.

-수혁아, 사람들이 알아서 좋게 오해해 주면 그냥 내버려 둬라. 굳이 바로잡을 필요 없잖아.

'선배님…… 이런 날이 올 줄 아신 겁니까……!'
물론 아니었다.

CHAPTER 6

"……잘, 잘하네. 뭔가 이상하긴 하지만."

주가연은 고개를 끄덕이며 말했다. 그녀도 정수혁의 실력에는 감탄하고 있었다. 자기 자신한테 마법을 박아서 상대방을 방심시키는 배짱! 덕분에 유지수는 침울해져 있었다.

"괜, 괜찮아. 지수야. 네가 더 잘 할 테니까."

"진짜요?"

"보니까 저 마법사가 잘하긴 하는데 너무 무작위성이 짙더라. 아마 페널티겠지. 그게 아니라면 저렇게 계속 마법을 쓸 수 없을 테니까."

주가연은 바로 〈아키서스의 마법〉을 꿰뚫어 보았다. 그녀뿐만 아니라, 영상을 본 실력 있는 플레이어라면 다 짐작을 했을 것이다.

"게다가 저기는 마법사 원맨팀이잖아. 오래 못 갈 거야. 한

두 번은 운이 좋아서 올라왔다지만."

"그건 싫은데…… 직접 맞서서 제가 더 강하다는 걸 보여주고 싶어요."

"……그게 의미가 있니?"

주가연은 말하다가 문득 떠오르는 생각이 있었다. 그녀의 팀, 파이드 팀은 당연히 본선 진출을 목적으로 참가한 팀이었다. 힘이 들겠지만 불가능하다고 생각하지는 않았다. 그만큼 실력 좋은 플레이어들로 구성되어 있었으니까.

그런데 본선에 가면…….

'김태현 팀하고 부딪히게 되지 않나?'

그렇게 되면 유지수가 어떤 반응을 보여줄지 궁금했다. 아니, 애초에 거기에 대해 생각하고 있는지도 의문이었다.

"우와아아! 이세연이다!"

"이세연! 이세연!"

주가연은 고개를 돌렸다. 정말 이세연이 나타났다면 사람들이 저렇게 우르르 몰려가는 것도 이해가 갔다.

"지수야, 이세연이 왔나 본데?"

주가연은 별생각 없이, 유명인을 본 감각으로 말한 것이었다. 그러나 유지수는 더욱 침울해졌다.

'아차.'

주가연은 실수를 깨달았다. 이세연은 지금 유일하게 태현과 같은 팀이 확정된 플레이어 중 하나!

"어차피 저는 이세연 씨에 비하면…… 별거 아니니까……

실력도 밀리고 레벨도 밀리고…… 이세연 씨는 게임도 잘 하고 외모도 예쁘시고 성격도 좋으시고…… 흑흑……."

본인이 듣는다면 '그게 무슨 개소리냐'라고 정색하고 반박할 소리였다. 그러나 여기에 태현이 없었다. 주가연만 있을 뿐!

'귀찮아……!'

귀찮았지만 주가연은 입 밖으로 꺼내지 않았다. 정말 그릇이 큰, 참된 길마!

"아니야. 지수야. 너도 매력이 있……."

"이세연이 퀘스트 뿌린다!!"

주가연의 고개가 다시 돌아갔다. 이세연이 퀘스트를 뿌린다니. 받고 안 받고를 떠나서 뭘 뿌리는 건지 정말 궁금할 수밖에 없는 떡밥!

이세연은 개인 방송을 하지만, 그렇다고 다른 사람들과 파티를 하지는 않았다. 솔플을 하거나 그녀의 길드원들 몇 명만 데리고 퀘스트를 깨는 것 정도가 전부! 그런데 퀘스트를 뿌린다니!

"지수야."

주가연의 박력 넘치는 목소리에 유지수는 고개를 들었다.

"퀘스트 보러 가자! 네 말은 나중에 들어줄게!"

이세연은 역시 고수였다. 말 한마디 한마디에 여유가 엿보였다.

천천히, 성급하지 않게. 그러나 지루하지 않게.

사람들을 말로 끌어들이고 있었다. 듣던 사람들은 벌써 홀린 표정이었다. 그들은 벌써 이 퀘스트가 대박 퀘스트라고 생각하고 있었다.

이세연의 교묘한 설득에 넘어가 홀린 사람들. 꼭 퀘스트만이 아니더라도, 이세연이 하는 걸 따라가서 구경하고 싶은 사람들. 벌써 사디크 교단 토벌 퀘스트에 참가할 사람들은 구름처럼 몰린 상태였다.

그러나 모두가 그런 건 아니었다. 주가연처럼 고개를 갸웃거리는 플레이어도 있었다.

'이세연이 왜 저런 짓을 할까'라고 의문을 갖는 플레이어!

"사디크 교단 토벌? 왜 이세연이? 사디크 교단에 뭐가 있는 걸까?"

"그러고 보니 형…… 아니, 오빠도 사디크 교단하고 원한이 많은데. 어? 설마 이세연 씨가…… 오빠 도우려고 저러는 건 아닐까요?"

소름 돋게 냉정한 추측! 물론 그 이유는 따지고 보면 좀 많이 달랐지만…….

"이세연이? 그래? 그 정도로 친한…… 아차."

주가연은 급히 말끝을 흐렸다. 여기서 '이세연이 김태현을 도와줄 정도로 그렇게 친한가?'라는 말은 할 필요 없었다.

"둘이…… 잘…… 어울리네요……."

벌써 땅을 파고 지하 깊숙한 곳으로 들어갈 것 같은 유지수의 분위기! 진실을 알 길 없는 둘에게는 이세연과 태현의 움직임이 전혀 다르게 보일 수밖에 없었다.

두 선남선녀가 서로를 위해 배려해 주는 훈훈한 모습!

"아니야, 지수야. 아닐 수도 있잖아? 확인도 하기 전에 확정을 해버리면……."

주가연이 말을 끝내기도 전에, 저 멀리서 연설하던 이세연이 말을 덧붙였다.

"참고로 이번 퀘스트에는 김태현도 참가하니까, 관심 있는 사람은 한번 찾아가 보세요."

"김태현도요?!"

"네. 네. 참고로 김태현은 사람들이 관심 보여주는 걸 정말 좋아하더라고요. 사인도 해달라고 하면 더 좋아하니까 너무 부담 갖지 말고 보면 친근하게 말 걸어보세요."

"우와아아아아아아!"

애써 부정하기도 전에 못을 박아버리는 이세연!

주가연은 이대로는 안 되겠다고 생각했다.

"가자. 지수야."

"네?"

"너도 저기 참가하면 되지. 어차피 우리 예선 시작하려면 한참 남았잖아."

"그렇지만 그건 좀…… 다른 분들한테 죄송해서 안 돼요."

"아냐. 다른 애들도 들으면 하고 싶어 할걸."

사실이었다. 이세연이 주도해서 이렇게 대규모로 판이 벌어진 이상, 어떻게 되든 간에 참가해서 손해 볼 건 없었다.

현장에 직접 참가해서 두 눈으로 보는 것만으로도 이득!

"……그래요!"

유지수는 자리에서 벌떡 일어섰다. 여기에서 이러고 있어봤자 달라지는 건 없었다. 중요한 건 행동하는 것!

"어? 이세연이 사디크 교단 토벌 퀘스트로 사람을 모은다고?"

"김태현 선배님도 있다는데? 수혁아, 어떻게 할래? 가까운 거 같은데."

"가자. 조금이라도 도와드려야지. 어차피 다음 경기까지는 시간 여유 있잖아."

"역시 그렇지?"

최진혁과 다른 친구들은 매우 솔깃한 표정이었다.

태현이 깨는 퀘스트에 참가할 수 있다니!

직접 보는 것도 기대됐지만…….

'수혁이가 선배님과 친하니까……!'

혹시 태현과 같이 파티로 깰 수도 있다는 생각이 들자, 다른 건 보이지 않았다. 반드시 참가하고 말겠다!

"좋아! 가자!"

"만나면 뭐라고 말하지? 응? 뭐라고 말해야 하지?"

"그건 만나고 나서 생각하자…… 벌써 생각하지 말고."

이번 투기장 경기에서도 신세를 진 것이다. 정수혁은 어떻게 든 태현에게 도움이 되고 싶었다.

특히 그의 직업인 〈아키서스 교단 마법사〉는 원래 1:1보다 는 대규모 전투에서 더 큰 힘을 발휘하는 직업이었다. 물론 아 군에게도 더 크게 힘을 발휘할 수도 있었지만······.

그렇게 정수혁과 친구들이 사디크 교단 토벌 퀘스트에 참가 하기로 결정하는 동안, 투기장의 다른 곳에서도 비슷한 일이 일어나고 있었다.

"김태현이? 사디크 교단 퀘스트를 깬다고?"

"너 사디크 교단하고 많이 싸웠잖아. 아직도 관심 있어?"

"이제 더 싸울 필요가 없기는 한데······ 빚진 게 있기는 하 지. 본선까지 시간도 많이 남았는데 가서 도와줄까?"

선선하게 말하는 에반젤린의 모습에, 팀원들은 수군거렸다.

"어라? 원래 김태현한테 되게 불만 많지 않았나? 김태현 이 름만 나오면 투덜거렸던 것 같은데."

"사디크 교단 덕분에 행운 마이너스 페널티 해결했잖아. 그 러니까 불만도 사라진 거지. 고마움 반 얄미움 반 같은 거 아 닐까?"

"그런데 고마움이야 알겠는데 얄미움은 왜? 이야기 들어보 니까 딱히 김태현이 잘못한 거는 없던 것 같은데. 너무 쪼잔하 지 않나?"

"사실 그것도 그래. 에반젤린이 겉으로 보면 되게 성격 좋아

보이지만 사실 은근히 쪼잔하다?"

"거기! 조용히 해!"

에반젤린은 수군거리는 팀원들의 입을 다물게 만들었다.

그들은 바로 MBS에게 초대를 받은 캐나다 대표팀! 본선 경기를 대비해 미리 투기장 모여서 손발을 맞춰보고 있었던 것이었다. 사실 수많은 플레이어 중 대표로 뽑히는 것이었으니, 언제나 실력 논란은 빠지질 않았다.

A가 잘한다! 아니다, B가 잘한다! 다 틀렸다, C가 잘한다! 너희들은 모두 눈을 폼으로 달고 다닌다!

그러나 에반젤린은 그런 실력 논란이 거의 일어나지 않았다.

사디크 교단을 혼자 쫓아다니면서 도륙을 내버린 실적!

캐나다 대표팀에서도 압도적인 PVP 실력!

자타공인 모두가 인정해 주는 실력자였던 것이다. 캐나다 대표팀에 선발된 플레이어들은 처음에 에반젤린을 보고 감탄했다.

-와, 방송에서만 봤는데 정말 실제로 보게 될 줄은 몰랐어.

-솔플만 하던데, 되게 고고하고 멋있지 않아? 나 사실 팬이었거든.

-에반젤린 씨. 반갑습니다! 팬이었어요!

반가운 마음에 에반젤린을 환영하는 캐나다 대표들!

그들은 두근거리는 마음으로 에반젤린을 쳐다보았다.

과연 어떤 반응을 보여줄까?

개인 방송에서 보여준 것처럼 시크하고 차가운 모습?

아니면 그래도 공적인 자리니까 예의를 지키는 사회인의 모습? 무엇이든 간에 평소에는 볼 수 없는 모습일 것이다.

-어, 어? 저, 저도 반…… 쿨럭! 쿨럭! 커헉! 죄, 죄송합니다. 말을 좀 더듬었…….

모두가 생각했던 것과는 전혀 다른 이미지!

허둥지둥하며 손을 흔드는 에반젤린을 본 모두는 즉시 깨달았다. 그녀가 어떤 사람인지!

개인 방송에서 나온 고고하고 말 없는 이미지는 사실…… 그냥 대화 능력이 부족한 아싸여서 그랬던 것!

그래도 캐나다 대표팀은 빠르게 친해졌다. 서로 따로 선발된 것치고는 보기 드물게 화기애애한 팀!

한국 팀을 생각해 본다면 정말 대단한 것이었다. 어쨌든 캐나다 플레이어들은 에반젤린과 이야기하면서 많은 것을 알게되었다. 그녀가 어쩌다가 저런 저주받은 직업을 갖게 되었고, 그걸 어떤 기발한 방식으로 해결했는지.

그렇게 되니 왜 저런 안쓰러운 아싸가 됐는지도 이해가 갔다. 그리고 이야기를 다 들은 플레이어들은 문득 한 가지 생각이 들었다.

'그런데 이건 딱히 김태현한테 투덜거릴 게 아니지 않나?'

상대해 본 게 아니기에 할 수 있는 안일한 생각들!

"에휴, 그래도 뭐…… 이게 어디냐"

태현은 좋게 생각하기로 했다. 이세연은 강력한 전력이 되어줄 것이다.

일인군단 네크로맨서. 중에서도 손꼽히는 플레이어 아닌가. 물론 그 사람이 이세연이지만!

'아니, 아니. 자꾸 부정적으로 생각하지 말자…… 이 정도면 엄청 좋게 끝난 편이지.'

단순히 고렙 네크로맨서여서가 아니라, 이세연은 퀘스트를 깨는 센스 자체가 대단했다. 온다면 퀘스트 진행에 엄청난 도움이 될 것이다. 물론 이세연이지만!

'젠장. 아무리 생각해도 긍정적으로 생각할 수가 없잖아!'

이세연이란 단어가 들어가자 어떻게 생각해도 긍정적으로 생각할 수가 없었다.

"그런데…… 너희는 뭐 하냐?"

이세연과의 치열한 귓속말을 끝낸 태현은 옆으로 시선을 돌렸다. 뭔가 풀이 죽은 이다비와 어처구니없다는 듯이 태현을 쳐다보는 케인과 유 회장!

"넌 왜 이다비를 괴롭히고 그러냐?"

"맞아. 이놈아. 저렇게 착한 애를 괴롭히면 안 되는 거야!"

태현은 고개를 갸웃거렸다.

"내가 뭘 했다고?"

"어……."

"그러니까……."

그들은 당황했다. 생각해 보니 태현은 딱히 한 게 없었다.

셋이서 '귓속말하는 상대가 누구일까' 하고 잔뜩 험담하다가 질문한 것에 대답해 줬을 뿐!

당황한 케인은 급히 말을 돌렸다.

"그, 그러니까…… 네가 우리 질문에 대답 안 해줘서 이러고 있었던 거잖아!"

"대답? 해줬잖아."

누구랑 이야기하고 있냐고 물어서 이다비라고 대답해 줬다. 말이야 맞는 말!

"그게 그 뜻이냐!"

"아, 다르고 어, 다른데 정확하게 물어봤어야지. 내가 국문학과 출신이거든?"

케인과 유 회장은 동시에 놀란 표정으로 태현을 쳐다보았다.

'저놈이 국문학과 출신이라고?'

'국문학과가 저런 과였나?'

"뭐냐. 그 표정은? 뭔가 기분이 나쁜데."

"아, 아무것도 아니야."

또 속마음을 들킬 뻔한 케인은 급히 말을 돌렸다.

"쯧. 알겠어. 말해주지. 별로 말해주고 싶지 않아서 그런 거였는데……."

태현은 말끝을 흐렸다. 그 모습에 셋은 생각했다.

정말 어지간히 싫은 상대인가 보구나!

"이세연이야."

"……이세연이 누구지?"

케인과 이다비와 달리, 유 회장은 이세연의 이름이 낯설었다. 그러자 케인이 설명에 나섰다.

"이세연이 누구냐면……."

외모도 좋고, 성격도 좋고, 게임도 잘하고, 집안도 좋고(아마 케인의 추측이었지만), 하여튼 모든 면에서 저 김태현과는 반대되는 이 시대의 참 인성!

"그, 그런 사람이 있다고? 누구 집안 딸인지는 모르지만 정말 대단하군그래."

픽!

태현은 케인을 걷어찼다.

"이 자식이 어디서 헛소문을 퍼뜨려. 넌 예전부터 보면 이세연한테 이상하게 환상을 갖고 있단 말야. 좋아하냐? 응? 좋아하냐?"

"얼레리 꼴레리~ 케인은 이세연 좋아한대요~"

"아오, 진짜 너네 둘 좀 떨어져! 짜증이 몇 배야!"

숨 쉴 틈도 없이 바로 놀리고 들어오는 이다비와 태현! 케인은 혈압이 오르는 것을 느끼며 둘을 떼어놓으려 들었다.

"그냥 팬일 뿐이라고! 판온 1 때부터!"

"하긴, 이세연 씨는 판온 1 때부터 유명하기는 했죠. 팬 아닌 사람이 더 적을 정도로."

이다비는 고개를 끄덕이며 케인의 말에 동의했다.

1위를 찍은 랭커에, 수많은 랭커들이 인성 논란이 생기는 와중에도 문제 하나 생기지 않던 빛나는 인성. 게다가 판온 1 말기에 수많은 랭커들을 썰어버리며 올라온 김태현과의 정면 승부에서까지 이겼다.

'아. 생각하니 갑자기 속이 쓰려오는군.'

태현은 진지한 목소리로 말했다.

"너희들한테 하나 말해두겠는데, 이후 퀘스트에서 이세연을 만나더라도 너무 친하게 놀지 말라고. 이세연이 인성 좋아 보이지만 사실 이세연은……."

"……?"

"나보다 더 성격이 꼬인 사람이야."

아무도 대답하지 않았다. 거북한 침묵!

"진짜라니까!"

"아, 아니. 아무리 그래도 그건 좀 아니지 않나요……."

평소에는 태현의 편을 들어주던 이다비마저도 어색하게 시선을 피하고 있었다. 유 회장은 고개를 끄덕이며 말했다.

"맞아. 말도 안 되는 소리 하지 마라, 이놈아. 세상에 너보다 더 성격이 꼬인 놈이 어디 있냐?"

"아니, 진짜라니까요! 걔를 한 번 만나 봐야 그런 소리를 안 하지!"

태현이 가슴을 치며 답답해해 봤자 다른 사람들에게는 제대로 와닿지 않았다.

같은 파티원들한테도 믿음을 주지 못하는 이 슬픔!

'내가 나쁜 건가? 내가 나쁜 건가?! 아니다. 나쁜 건 이세연이다!'

태현은 굽히지 않았다. 나쁜 건 분명 이세연!

"그런데 이세연 씨가 오면 확실히 편하기는 하겠네요. 이세연 씨 길드원들도 오나요?"

"몰라. 그건 안 물어봤는데. 그거 아니더라도 이세연 정도면 데리고 다니는 언데드 군사들만 해도 꽤 되잖아. 그 정도면 충분하지."

"하긴, 그러네요."

둘은 상상조차 못 하고 있었다. 투기장에 있던 플레이어들이 이세연을 따라 우르르 몰려오고 있다는 것을!

"됐다. 폭탄도 다 만들었겠다. 슬슬 마을 사람들 불러서 출발 준비 하자고. 아. 그전에 장비 좀 갈아입고."

태현은 가방을 뒤적거렸다. 찾는 것은 사디크 교단 성기사의 장비들! 예전 것은 다 팔아치웠지만, 저번 영지에서의 싸움 덕분에 가방 안에 남은 장비 아이템들이 몇 개 있었다.

'사디크 교단이 있는 곳으로 가면 이런 장비를 입고 가는 게 낫겠지.'

"어? 우리 건?"

"여기 있지. 자. 위에 챙겨 입어."

"······여기에 폭탄 넣어놓은 건 아니지?"

케인은 의심 섞인 눈빛을 태현에게 보냈다.

뿌리 깊은 불신!

이제까지 당한 걸 생각한다면 어쩔 수 없는 일이었다.

"폭탄이라니? 무슨 소리냐?"

영문을 모르는 유 회장이 궁금하다는 듯이 물었다.

"저 자식이 제 갑옷에 폭탄을 넣어서 자폭시켰었다고요."

"무슨 농담도······ 농담이 아니냐?"

"진짜거든요?!"

"하하, 다 지나간 일이잖아?"

"그걸 네가 말하면 안 되지 이 자식아!"

케인이 씩씩거리며 항의해 봤자 태현은 아랑곳하지 않고 움직였다. 빠르게 갈아입은 넷!

유 회장은 문득 이상한 점을 깨닫고 물었다.

"잠깐, 나도 가야 하나?"

"당연히 어르신도 같이 가야죠."

"나, 나는 여기가 좋은데······."

유 회장은 그냥 이 마을에서 평화롭게 낚시나 하고 싶었다. 타이럼 시나 절망과 슬픔의 골짜기와 달리, 이 마을 사람들은 매우 친절했다.

물론 사디크 교도의 광신도들이라 친절한 것이었지만, 이유야 어쨌든 유 회장은 처음 받아본 환영!

그냥 이 마을 사람들에게 환영받으면서 낚시나 하자!

"하하. 어르신 두고 갔다는 걸 알면 지수가 화낸다고요."

"그, 그런가? 잠깐, 지수가 그걸 알 일이 없잖아?"

"타세요. 야, 케인. 어르신 마차 타시게 도와드려라."

여차하면 미끼는 많을수록 좋다! 태현은 망설이지 않고 유회장을 마차 안으로 집어넣었다. 어어 하는 사이에 그대로 마차 안에 들어가 버렸다.

"어이, 촌장! 출발!"

"알겠습니다! 그런데 성기사님. 저 뒤의 짐은 뭡니까?"

"위대한 사디크 님께 바칠 공물이지."

"역시! 사디크 님의 힘이 느껴진다 했더니 그런 거였군요!"

뒤에 폭탄을 가득 싣고서, 마차는 사디크 교단의 숨겨진 본거지로 향했다.

마차 안에서, 태현은 하품을 했다.

'뭐…… 이세연도 불렀겠다, 이번 퀘스트는 어지간하면 쉽게 깨겠군.'

태현이 자신 있는 이유가 있었다. 먼저 사디크 교단은 중앙 대륙에서 크게 깨지고 프리카 대륙으로 도망친 교단이었다. 급하게 세력을 키웠다고 해도 한계가 있을 것이 분명!

본거지라고 해봤자 조그만 요새나 신전 몇 개를 끼고 있을 테니, 거기에 몰래 폭탄을 설치해서 날려 버리면……

"저, 저, 저…… 저게…… 다 사디크 교단 건물인 거 같은데요……?"

이다비의 말에 태현은 마차 밖으로 시선을 돌렸다.

그러자 눈에 들어오는 믿을 수 없는 장면!

프리카 대륙의 항구에 도착해서 남쪽으로 내려가면, 거대한 카프 산맥이 나왔다.

울창한 숲이 뒤덮은 산맥! 가파른 산맥을 거대하게 자란 나무들이 뒤덮고 있는, 플레이어들도 꺼려 하는 지역 중 하나였다. 곳곳에서 특이하고 처음 보는 강력한 몬스터들이 튀어나오는 데다가, 지형도 복잡해서 길을 잃기 쉬웠다.

게다가 이 산맥에는 다크 엘프 부족들이 많이 살았다. 마법과 궁술에 능숙한 다크 엘프 부족들은 잘못 걸리면 바로 로그아웃 당한다고 봐야 했다. 특히 이렇게 익숙하지 않은 곳에서는 더더욱!

프리카 대륙에 발을 디딘 플레이어들은 많았지만, 정말 퀘스트가 급한 플레이어가 아니라면 카프 산맥은 굳이 노리지 않았다. 다들 비슷하게 생각하고 있었던 것이다.

-여기는 나중에 가도 돼.

-여기는 플레이어들 평균 레벨이 좀 더 높아지면 뚫리겠지. 지금은 아니야.

그리고 지금, 태현 파티는 카프 산맥에 도착해 있었다.

"아, 아니. 잠깐만. 왜 여기?"

"카프 산맥은 아니죠! 여기는 아니죠!"

케인과 이다비는 횡설수설하기 시작했다. 카프 산맥에 대해 잘 모르는 유 회장과 태현만 멀뚱멀뚱 쳐다볼 뿐!

"그러니까 카프 산맥이……."

"어. 어."

이다비가 빠르게 설명하는 동안, 태현은 밖으로 시선을 돌렸다. 듣는 것도 좋지만 역시 눈으로 판단하는 게 제일!

직접 보니 이다비가 질색하는 이유가 있었다. 안 그래도 험하고 접근하기 힘든 지형인데, 거기에 추가로 엄청나게 요새화가 되어 있었다. 산맥 위, 곳곳에 보이는 크고 단단해 보이는 요새들! 그리고 그 요새들을 연결하는 두껍고 단단한 성벽들까지!

아무리 생각해도 금방 지어진 건축물들이 아니었다.

"이게 말이 되나?"

"저, 저기 다크 엘프들인데요?"

성벽 위, 요새 위에 무장한 다크 엘프 궁수들이 보였다.

장비만 봐도 견적이 나오는 수준이었다. 중앙 대륙에서 볼 수 있는 저렙 산적들과는 차원이 다른 강함!

태현은 깨달았다.

'사디크 교단이 여기 다크 엘프들하고 손을 잡았구나!'

"아니, 사디크 교단은 어떻게 다크 엘프들하고 손을 잡은 거지? 걔네가 그렇게 친화력이 좋나? 딱 봐도 따돌림당할 것 같은 놈들인데."

"글, 글쎄요? 사고방식이 잘 통한다거나?"

"저기 다크 엘프들도 별로 멀쩡한 놈들은 아니겠군."

세상을 사디크의 불로 태워 버리겠다는 놈들이나, 그 의견을 듣고 손을 잡는 놈들이나. 둘 다 비슷한 놈들!

태현은 속으로 혀를 차며 최대한 산맥 전체를 관찰하려고 노력했다. 이 사디크 교단의 본거지는 좁은 이등변삼각형 모양으로 산맥에 자리 잡고 있었다. 그 뾰족한 끝에는 다른 요새들보다 훨씬 더 거대하고 튼튼해 보이는 요새가 자리 잡고 있었다.

그리고 그 요새를 중심으로 펼쳐진 성벽들과 그 성벽들을 보강하는 다른 요새들! 산맥의 지형까지 합쳐지니 이건 말 그대로 난공불락!

'옆의 성벽 밑은 거의 절벽이고, 저기서 기어 올라가다가는 다크 엘프들한테 맞아 죽겠군. 그나마 안으로 들어가려면 정면의 요새를 깨고 들어가야 하나?'

요새와 성벽 안에 사디크 교단의 신전 건물이 몇 개 엿보였다. 완벽한 방어 태세를 갖춘 사디크 교단을 보고, 태현은 투덜거렸다.

"아니, 이 자식들은 왜 이렇게 방어에 공을 들인 거지? 중앙 대륙이면 모를까, 프리카 대륙은 딱히 사디크 교단을 치러 올 놈들도 없잖아?"

"저번에 어처구니없이 당해서 아닐까요?"

이다비는 별생각 없이 말했지만, 태현은 움찔했다. 생각해 보니 저번 사디크 교단이 있던 절망과 슬픔의 골짜기도 꽤 방어가 단단한 곳이었다. 태현이 뒤의 산맥으로 돌아서 빈집털이를 해서 그렇지!

'설마 내가 한 짓 때문에 이렇게 철저하게 방어를…… 아니, 그건 아니지. 그건 아니지!'

스스로가 한 짓에 발목을 잡히게 된 상황!

태현은 고개를 흔들었다. 아무리 그래도 그렇지 그건 너무 과대망상 같았다.

"그런데 우리는 괜찮지 않아요? 이렇게 마차 타고 안으로 들어가니까……."

"우리야 괜찮은데, 이세연이 문제지. 걔는 밖에서 뚫고 들어와야 하잖아."

"역시, 안 그런 척하시면서 걱정을 하고 계셨군요?"

"무슨 개소리야. 걔가 밖에서 뚫다가 실패하면 우리도 위험하잖아."

정말 조금도 이세연을 걱정하지 않는 냉정한 모습!

이다비는 속으로 생각했다.

'아무리 이세연 씨가 꼬였어도 이 사람보다 더 꼬인 사람일 수는…….'

"아무래도 이세연 오면 맞춰서 저기 정면 요새를 흔들어야 할 것 같은데. 저기 말고는 뚫을 곳이 안 보여. 나머지 성벽 밑은 올라가는 거 자체가 무리일 거 같다."

"흔들어요? 어떻게요?"

태현은 시선을 돌렸다. 이다비도 시선을 돌렸다. 케인은 눈을 감았다.

"야, 눈 떠라."

"눈 뜨세요! 케인 씨! 눈을 떠요!"

"싫어! 이 개××들아! 또 나한테 이상한 걸 시킬 생각이지!"

셋의 대화를 듣던 유 회장은 밖을 쳐다보았다. 푸르른 산맥은 참 아름다웠다. 마차 안에서 벌어지는 더러운 대화와는 전혀 다른 세계!

'낚시나 하고 싶군……'

"다 도착했습니다, 성기사님!"

"잘했다. 촌장. 교단에 네 이름을 말해두도록 하지."

"감사합니다! 그런데 제 이름을 아시는지……."

촌장의 말은 듣지도 않고, 태현은 걸어가 버렸다.

혼자 남은 촌장은 민망한 표정으로 손을 내렸다.

"다행히 그렇게 빡센 곳 같지는 않다. 너희들도 따로 다녀도 안 들키겠는데."

태현은 사디크 교단 본거지의 분위기를 파악했다. 안에는 성기사들과 사제들만 돌아다니는 게 아니었다. 다크 엘프 부족들과 사디크 교단을 믿는 일반인 NPC들. 이 주변을 돌아다니는 타 부족 전사들도 곳곳에 보였다. 사디크 교단+다크 엘프 부족+기타 등등이 이 본거지의 세력!

'위장하기 쉽겠는데?'

태현 파티는 사디크 교단 장비를 입고 있는 데다가, 태현은 사디크의 권능까지 쓸 수 있었다.

"여기서 뭘 할 생각이냐?"

"흠, 그건 이제 찾아봐야죠. 그보다 어르신, 어르신은 저기가 어울리실 것 같습니다."

태현은 손가락으로 뒤를 가리켰다. 광산의 입구!

밖에서 봐도 어두컴컴한 지하로 내려가는 입구는 소름 돋게 느껴졌다.

탁!

유 회장은 대뜸 태현의 멱살부터 잡으려 들었다.

"이놈이 드디어 나를 팔아먹으려 드는구나! 역시 본색을 드러내네!"

"무슨 소리를 하시는 겁니까, 어르신? 저걸 보시라고요."

"……?"

광산 입구에는 이 주변 부족 인간들이 줄을 서서 기다리고 있었다. 그리고 그들은 낚싯대를 하나씩 들고 있었다.

곡괭이가 아닌 낚싯대!

"저거 보십쇼. 낚싯대 들고 있잖습니까. 그래서 추천드린 건데."

"아니, 왜 광산에 들어가는데 낚싯대를 들고 가는 건데?! 광산이잖아! 곡괭이를 들고 가야지!"

아무리 판온이 낯선 유 회장이라지만, 이 정도 상식은 갖고 있었다. 그러나 태현은 고개를 저었다.

"사실 저게 광산이 아닐 수도 있잖습니까. 안으로 들어가면 고급 낚시터일 수도 있고요."

"세상 어디에 저런 낚시터가 있냐!"

"어쨌든 낚싯대 들고 들어가잖습니까. 낚시를 할 수 있으면 뭐든 좋은 거 아니었어요?"

"윽……."

"저거 보세요. 저기 주변 부족 놈들이 사디크 교단 믿으면서까지 올 정도니까, 분명 낚시하기 좋은 곳일 겁니다."

"으으윽……."

묘하게 설득되는 태현의 논리! 확실히 그럴듯한 말이었다. 유 회장은 솔깃했다.

'한번 가볼까?'

"그런데 내가 가서 네놈한테 도움 되는 게 있느냐? 왜 이렇게 친절하지?"

"하하. 어르신. 제가 그렇게 피도 눈물도 없는 냉혈한은……."

"맞지."

"맞잖아."

"맞죠……?"

셋의 반응을 무시하고, 태현은 말을 이어갔다.

"……아닙니다. 어르신이 낚시하고 싶어 하시는 건 저도 잘 아니까 이렇게 배려해 드리는 거죠. 저희가 이 주변 돌아다니면서 퀘스트 깨는 동안, 어르신은 편하게 낚시하시면서 기다리고 계세요."

"으음…… 그러면 그렇게 할까?"

유 회장은 고개를 끄덕이더니 낚싯대를 들고 줄에 섰다.

정말 낚시를 좋아하는, 진정한 낚시꾼!

유 회장이 줄을 선 것을 보고, 이다비가 속삭였다.

"그래서, 진짜 이유는 뭐예요?"

"무슨 일 생겼을 때 너나 케인하고 달리 저 어르신은 발 빠르게 대응을 못 하잖아. 차라리 저런 곳에 내버려 뒀다가 써먹는 게 낫지. 저 광산이 뭐 하는 곳인지도 좀 궁금하고."

역시 유 회장을 생각하는 마음은 조금도 없었다!

"너희들은 위대한 사디크 님을 믿는가?"

"예!!"

"너희들은 위대한 사디크 님의 이름을 받들고 사악한 아키서스를 저주하겠는가!"

"예!!"

"좋다! 들어가도 좋다!"

"감사합니다!"

광기 느껴지는 응답에, 유 회장은 고개를 갸웃거렸다.

"이보게, 자네도 사디크를 믿는 건가?"

"믿으라니까 믿는 거지, 뭐."

옆의 낚시꾼 NPC는 심드렁하게 대답했다.

"맞아. 믿어야 여기로 들여보내 주니까."

"낚시를 하려면 여기만 한 곳이 없어. 저 밑의 강보다 훨씬 좋다니까."

"근데 아키서스는 뭐 하는 신이길래 맨날 저 성기사 놈들이 욕하는 걸까?"

"몰라. 성기사 놈들이 욕하는 걸 보니까 아주 큰 죄를 지었나 봐."

유 회장은 머리가 나쁜 사람이 아니었다. 아니, 오히려 아주 좋은 편에 속했다. 여기 모인 NPC들의 대화를 들으며 빠르게 정보를 수집하는 유 회장!

'여기가 확실히 낚시하기 좋은 곳이긴 하구나!'

유 회장도 슬슬 판온에 적응해 가고 있었다. 낚시를 하기 위해서는 낚시꾼 본인의 실력도 중요했지만, 낚시를 하는 곳도 중요! 가슴이 뛰기 시작했다.

이제까지 토끼들이 시비를 거는 연못이나, 해적들이 나타나는 바다에서만 낚시를 해왔다. 과연 낚시의 명당은 어떤 모습일까? 이런 어두컴컴한 모습은 그냥 겉모습일 뿐이고, 실제로는 분명 대단한 명당일…….

[사디크의 끓어오르는 지하 용암 광산에 입장하셨습니다. 할당량을 채우기 전까지는 나갈 수 없습니다. 도주할 경우 사디크

성기사의 공격을 받을 수 있습니다.]

[강렬한 열기가 당신을 덮칩니다. 이동속도가 내려갑니다. 화염 저항의 각인으로 저항에 성공합니다.]

후끈하게 덮쳐오는 열기! 다행히 현질한 장비들이 있어서 견딜 수 있었지만, 지금 중요한 건 그게 아니었다.

"할당량이라니, 그게 무슨 소리냐!"

"이 친구 보게. 처음 왔나? 사디크 성기사들이 공짜로 낚시를 시켜주겠나? 여기서 낚은 만큼 바쳐야지."

유 회장은 뭔가 잘못 돌아가고 있다는 걸 깨달았다. 주변의 낚시꾼들은 앞으로 걸어 들어가면서 주섬주섬 장비를 입기 시작했다. 두꺼운 전사용 중갑옷 세트!

아무리 봐도 낚시를 하면서 쓸 장비가 아니었다. 멋진 낚시꾼 세트를 입고 있던 유 회장은 불길함을 느끼며, 태현에게 귓속말을 보냈다.

-야, 이놈아!
-대답해라! 이놈아! 듣고 있는 거 다 안다!
-이놈아아아아아! 대답하라고!
-뭡니까, 어르신?
-뭐긴 뭐겠냐!

유 회장은 황당한 목소리로 들어간 곳을 설명했다. 그러자 태현이 대답했다.

-그런 좋은 곳이 그렇게 들어갈 정도라면 정말 좋은 게 낚일 곳이 분명합니다. 어르신. 잘됐네요. 거기서 낚시 좀 하세요.

-할당량이 있다잖느냐! 그게 뭔 명당이냐!

-어차피 어르신, 한자리에서 뚝심 있게 낚시하시는 분이시잖습니까. 할당량은 충분히 채우실 텐데요.

-그, 그렇지만…….

상상과는 좀 많이 달랐다. 유 회장이 원하는 건, 스스로 자리를 잡고 느긋하게 여유 있게 낚시를 하는 모습!

그러나 여기서 요구하는 건 할당량을 채울 때까지 낚시를 해야 하는 그런 모습이었다. 낚시 노예에 가까운 모습!

-내가 원한 건 이런 게 아니었단 말이다!

-하하, 어르신. 세상일이 원래 다 그렇게 좋은 대로 흘러가는 게 아니잖습니까. 명당에서 낚시를 하려면 어느 정도는 참고 들어가야죠.

'어느 정도'가 좀 심하기는 했지만, 태현은 신경 쓰지 않았다. 어차피 자기 일이 아니었으니까!

유 회장은 더 따져봤자 의미 없다는 걸 깨달았는지 입을 다물었다.

-어르신, 그래도 한 가지는 확실합니다. 그런 페널티를 안고서 들어가야 하는 곳이라면, 거기는 정말 좋은 곳이라는 거죠. 기회를 놓치지 마십쇼! 거기서 아주 제대로 뽕을 뽑으세요!

……그래. 알았다.

유 회장은 고개를 끄덕였다.

생각해 보면 태현의 말도 일리가 있었다. 이렇게 페널티를 감수해야 들어갈 수 있는 곳이라면, 정말 좋은 곳이 분명!

이런 말도 있지 않은가. No pain, No gain!

태현한테 말로 휘둘려서 들어가게 된 것은 좀 찜찜했지만, 유 회장은 기왕 이렇게 된 거 확실하게 낚시를 하기로 결심했다.

그러나 유 회장은 아직 모르고 있었다. 그가 들어가게 될 곳이 얼마나 위험하고 어려운 곳인지를!

화아악-

걸어 내려가던 도중, 어두컴컴하던 앞이 갑자기 밝아졌다.

나타난 것은 거대한 용암 웅덩이!

이글거리는 용암 웅덩이는 얼마나 깊은지 알 수 없었다. 그들은 용암 웅덩이 위에 나 있는 좁은 길을 걷고 있었던 것이다. 조금만 발을 헛디디면 바로 떨어질 게 분명했다.

"이게 뭐냐?!"

"쉿. 긴장하라고, 신입. 이제 곧 나올 테니까."

부족 낚시꾼들은 위태위태한 좁은 길에서 자세를 낮추고 긴장했다.

퍼억!

"나왔다!"

"놈이다! 잡아!"

순간 끓어오르는 용암 속에서 무언가가 튀어나왔다. 붉은색으로 번쩍이는, 날렵하게 생긴 물고기였다.

"조심해! 놈이 용암을 쏜다!"

"으악! 나 맞았어!"

붉은 용암 물고기는 허공을 날아다니며 용암을 쏘아댔다. 마치 물총으로 찍찍 쏴대는 것 같은 공격이었지만, 물고기가 쏘아대는 건 물이 아니라 용암이었다.

맞으면 피가 쭉쭉 깎이는 강력한 대미지!

"크악!"

부족 낚시꾼 중 하나가 용암을 피하다가 발을 헛디뎠다. 그는 허우적거렸지만 이미 늦은 상태였다.

풍덩!

밑에서 끓어오르는 용암 웅덩이로 입수!

"으아아악!"

"저런 멍청한 놈!"

"신경 꺼! 저놈은 우리 낚시꾼 중 가장 약한 놈이었어!"

같이 온 사람이 빠졌는데도 낚시꾼들은 아랑곳하지 않았다. 어떻게든 물고기를 하나 낚아보기 위해 눈이 붉어진 그들이었다.

쉭! 쉭쉭!

"잡았다!"

허공을 가르던 물고기 하나가 낚싯바늘 끝에 걸렸다. 그러자 낚시꾼은 세상 모든 걸 가진 것처럼 기뻐했다.

"아니야…… 이건 내가 생각한 낚시가 아니야……!"

유 회장은 비통한 목소리로 절규했다. 낚시는 좀 더 점잖고, 고상하고, 예의 바른 것! 이렇게 서바이벌처럼 피하고 구르고 비명을 지르는 건 낚시가 아니었다.

"헉, 허억, 커헉……!"

유 회장은 숨을 몰아쉬었다. 분명히 게임인데도, 느껴지는 압박은 현실 못지않았다. 그리고 그 덕분에…….

[뜨거운 화염을 견디며 계속해서 움직였습니다. 체력이 상승합니다. 날아오는 용암을 피하는 데 성공했습니다. 민첩이 상승합니다. 붉은 용암 물고기를 낚는 데 성공했습니다. 낚시 스킬이 오릅니다.]

[레벨 업 하셨습니다.]

그야말로 폭풍 성장! 쭉쭉 오르는 스탯들과 레벨.

스탯 성장 보너스에 특화된 〈아키서스의 화신〉과 비교될 정도로 오르는 스탯들이었다. 물론 당사자인 유 회장은 그런 걸 신경 쓸 시간도 없이 날아다니는 물고기를 피하느라 구르고 있었지만!

"이, 놈들, 내가, 누군지, 아느냐……!"

시련은 플레이어를 성장시킨다. 그 말이 유 회장에게도 그대로 적용되었다. 서투른 풋내기 플레이어인 유 회장이었지만, 용암 광산에서의 사투는 그를 급속도로 성장시켰다.

몬스터의 특징을 파악하는 능력!

"저 물고기는 바위 뒤에서 튀어나오는 놈이다!"

자신의 스킬을 파악해서 적재적소에 사용하는 능력!

"〈돌아오는 낚싯바늘〉스킬과 〈나뉘어지는 미끼〉스킬을 동시에 사용한 다음, 〈연속 낚시대 찌르기〉스킬을 사용하면 더 효과가 좋구나!"

콤보가 뭔지, 스킬이 뭔지도 몰랐던 유 회장이었다. 그러나 사람은 필요하고 절박하면 배우게 되어 있었다.

[끓는 용암에 직격당했습니다. 장비의 내구도가 하락합니다. 이동속도가 내려갑니다. HP가 10% 미만으로 내려갑니다.]

"포, 포션……! 포션!"

유 회장은 황급하게 가방을 뒤졌다.

'포션이란 걸 쓰면 HP를 회복할 수 있다고 들었는데……!'

유 회장이 현질을 할 때, 이다비가 옆에서 조언을 해주었다. 필요한 장비나 유 회장이 쓸 법한 소비 아이템까지 전부.

그 조언이 지금 엄청난 도움이 되고 있었다.

꿀꺽꿀꺽!

하나에 몇십만 원, 몇백만 원 하는 포션을 유 회장은 아낌없이 사용했다. 중요한 건 지금 살아서 버티는 것!

반드시 살아나가서 저 얄미운 김태현 놈의 낯짝을 낚싯대로 후려갈기리라!

[레벨 업 하……]

유 회장이 급속도로 성장하는 동안, 태현 파티는 조심스럽게 주변을 둘러보고 있었다. 과연 어느 곳에 깽판을 쳐야 가장 효과적으로 깽판을 칠 수 있을까?

이제까지 한 짓만 보면 〈남의 집에서 깽판치기〉, 〈깽판학개론〉같은 책을 내도 벌써 몇 권을 냈을 태현이었다.

"어? 저쪽에…… NPC가 아니라 플레이어들 같은데요?"

"뭐? 그 버…… 버 뭐였지?"

아직도 버포드의 이름을 제대로 기억 못 하는 태현이었다.

"버포드 말하는 건가요?"

"그래. 그 버포드 말고도 사디크 교단에 가입한 플레이어들이 있었나?"

"시간이 좀 지났으니까 있지 않을까요? 그런데 좀 신기하네요. 사디크 교단이 잘 나갈 때도 아니고, 망해서 도망쳤는데 가입하다니."

둘의 대화를 듣던 케인이 끼어들었다.

"원래 세상에는 별놈들이 다 있는 법이잖아."

케인의 말뜻은 이랬다. 〈파워 워리어〉 길드나, 〈아키서스 교단〉에 가입하는 플레이어들도 있는데 사디크 교단에 가입하는 놈들이 있을 수도 있지!

그러나 이다비와 태현은 케인의 속뜻을 알아차리지 못하고 고개를 끄덕였다.

"하긴, 세상엔 별놈들이 많으니까."

"꼭 이해득실로 움직이는 사람들만 있는 건 아니죠. 참 신기해요. 그렇죠?"

'니들 이야기야!!'

케인은 속으로 외쳤다. 가장 찔려야 할 둘이 전혀 자기 이야기인지 모르는 모습이 어이가 없었다. 교단을 무너뜨릴 사악한 놈들이 들어왔다는 것도 모르고, 버포드는 신이 나서 새로 들어온 플레이어들과 떠들고 있었다.

"……이 정도가 사디크 교단에서 주의해야 할 정도지."

"오오, 그렇군요!"

"감사합니다!"

무슨 말을 한마디 해도 바로 좋게 반응해주는 플레이어들. 그 모습에 버포드는 흐뭇해져서 코밑을 쓱 닦았다.

'그래, 이게 게임 하는 맛이지!'

예전에 가졌던, '혼자 사디크 교단에 들어가서 독점한 다음 판온을 독주하겠다!' 같은 야망은 사라진 지 오래였다. 그런 야망은 태현에게 깨지고 토벌대에게 깨지고 에반젤린에게 깨지고 교단 내 다른 NPC들한테도 깨지고 나니 완전히 사라져 버렸다.

이제 원하는 건 하나.

사디크 교단에 다른 플레이어들이 좀 들어왔으면 좋겠다!

매번 혼자서 비밀스럽게 퀘스트 깨봤자 제대로 되는 것도 없고, 서럽기만 했다. 차라리 다른 플레이어들이 좀 들어와서 쉽게 깨는 게 났겠다!

그래서 버포드는 게시판에 글을 올리기 시작했다.

[사디크 교단, 너도 가입할 수 있다!]

[사디크 교단 가입, 어렵다고요? 어렵지 않습니다.]

[강력한 공격력과 방어력을 원하시는 당신에게 사디크 교단을 추천!]

[악명 높은 당신을 위한 직업! 오라, 사디크 교단으로!]

프리카 대륙에 관심이 높아지는 상황에서, 프리카 대륙에 기반을 다진 사디크 교단은 나름 플레이어들에 관심을 끌었다. 중앙 대륙에서 그렇게 망했는데도 플레이어들이 모인 데에는 이유가 있는 법!

그러나 버포드는 한 가지를 놓치고 있었다. 사디크 교단은 악 성향의 교단. 즉, 가입하는 플레이어들은 보통 악명이 명성보다 높은 플레이어들이었다.

그리고 그런 플레이어들은 보통…….

-저 자식 조금 띄워주니까 좋아하는데?

-완전히 호구라니까. 영상 봤냐? 그냥 적당히 이용해 먹자고.

-여기 스킬이 쓸 만하다며?

-쓸 만하기도 하고, 악 성향 교단 가입해 놓으면 편할 거야. 적당히 해먹고 튀자.

그랬다. 버포드의 글을 보고 사디크 교단에 새로 들어온 플레이어들은 다들 꿍꿍이가 있는 플레이어들! 어떻게 뒤통수를 칠까, 어떻게 한탕하고 나갈까, 이런 생각을 먼저 하는 플레이어들이었다.

그것도 모르고 버포드는 기분 좋게 웃었다.

이런 기세라면 머지않아 보일 장밋빛 미래!

그 모습을 본 케인이 고개를 갸웃거렸다.

"쟤네 왜 저렇게 떠들면서 웃냐? 기분 나쁘게."

"알 게 뭐야. 저 버 뭐시기는 원래 좀 이상한 놈이었어."

가차 없는 평가! 게다가 에반젤린한테 반지까지 뺏긴 이상, 더 이상 태현은 버포드에게 관심이 없었다.

"그래도 저 사람이 여기에 대해 제일 잘 알지 않을까요?"

"흠, 그것도 그렇긴 하네."

태현은 고개를 끄덕였다. 확실히 버포드를 무시하기는 했지만, 버포드의 경력을 무시할 수는 없었다. 나름 판온에서 사디크 교단에 대해 가장 잘 아는 플레이어!

"그러면 한번 가서 물어볼까?"

"……미쳤나?"

"아냐. 은근히 통할 거 같아. 지금 보니까 저기 있는 놈들이 새로 사디크 교단에 가입한 플레이어들 같거든? 나도 저런 놈들인 척하면 되는 거지."

〈마르덴 후작의 살아 움직이는 가면〉 덕분에 태현은 어지간하면 걸릴 일이 없었다. 그래도 그렇지, 보통 사람이라면 할 수 없는 배짱!

"잠깐 갔다 올게."

"야, 야! 그러다가 걸리면 어쩌려고!"

케인이 말리려고 했지만, 이미 태현은 당당하게 걸음을 옮긴 뒤였다.

"안녕하십니까!"

버포드도, 새로 들어온 약탈자 플레이어 파티도 의아하다는 표정을 지었다. 처음 보는 플레이어였던 것이다.

-너 아는 놈이냐?

-아니? 모르는 놈인데.

-게시판 글 보고 온 거 아냐? 우리만 본 거 아니겠지.

-그거 보고 온 놈이 왜 저렇게 약해 보여?

-그냥 쪼렙이 프리카 대륙 왔다가 글 보고 호기심에 찾아왔겠지. 용케 안 죽고 들어왔네.

버포드는 내버려 두고, 약탈자 파티는 빠르게 대화를 나누었다. 사디크 교단에서 적당히 빼먹은 다음 나갈 생각이었던 그들이었다. 원래 태현처럼 새로 나타난 플레이어는 방해가 되니 막아야 했지만…….

-별로 상관없겠지.
-그래, 레벨도 안 높아 보이는데 무슨 일 생기면 같이 죽이자고.

경계하기에는 너무 약해 보이는 태현의 겉모습!
약탈자 플레이어들은 어깨를 한 번 으쓱이고서는 태현에게서 신경을 껐다. 그나마 태현에게 신경을 써주는 건 버포드 정도였다.
"오오! 새로 가입하러 온 건가! 내 글을 읽었구나!"
'그런 글도 썼었나?'
태현은 이제야 알 것 같았다. 이놈이 사람 없다고 게시판에 글까지 올렸구나!
"네! 버…… 뭐시기 님의 글을 읽었습니다!"
"……버포드다."
"아, 네. 버포드 님."
"그, 그래. 헷갈릴 수도 있지. 어려운 이름이니까."
딱히 어려운 이름은 아니었다. 그러나 버포드는 스스로를 속였다. 어려운 이름이니까 저렇게 헷갈릴 수도 있는 거지!

"딱히 어려운 이름은 아니잖아?"

"맞아."

약탈자 파티가 수군거리는 건 무시하고, 태현은 기세 좋게 외쳤다.

"그런데 버포드 님! 여기에서 가장 중요한 건물은 뭡니까?"

"픕!"

멀리서 사디크 성기사인 척하고 어슬렁거리던 케인이 고개를 숙였다.

'저런 미친놈!'

원시인도 저것보다는 더 세련되게 묻겠다!

그러나 버포드는 뭔가 이상하다는 걸 눈치채지 못하고 있었다. 새로 들어온 플레이어들을 너무 반가워한 덕분에 사라진 의심!

"중요한 건물? 중요한 건물은 너무 많은데. 저기는 대신전 건물이야. 난이도 높은 퀘스트를 깨면 저기 들어갈 수 있는 걸 허락받지. 들어가면 강력한 버프나 보상이 나오고. 뒤에 이어진 건 신전의 보물 창고. 저쪽은 고위 성기사들의 훈련소. 성기사단장의 숙소도 같이 있지. 그리고 또……."

하나부터 열까지 차근차근 다 말해주는 버포드!

태현은 고개를 끄덕여가며 메모에 열중했다. 그 반응에 버포드는 더욱 신이 났다. 저들(꿍꿍이가 많은 약탈자 플레이어들이었지만)보다 훨씬 더 열심 아닌가!

비록 레벨이 낮지만, 사디크 교단에 대한 진심은 더 확실한

게 분명했다.

'이 녀석, 혹시 사디크 교단의 직업으로 전직하려는 게 아닐까?'

그냥 교단에 가입하는 게 아닌, 교단의 직업인 성기사나 사제로 전직하는 것! 그래만 준다면 버포드는 더 바랄 게 없었다. 저 플레이어들은 관심은 보였지만 사디크 교단의 직업으로 전직하는 것에 관해서는 '아니, 그건 좀……'이라며 단호하게 거절했던 것이다.

"혹시 더 궁금한 거 있냐? 있으면 물어봐!"

"반지는 왜 뺏겼…… 아니."

순간 흘러나온 본심. 태현은 급히 말을 멈췄다.

"여기서 잘 보여야 하는 NPC는 누구입니까?"

"아, 그건 좀 어려운 질문인데."

태현은 의아해했다. 성기사단장이나 대주교의 위치를 알고 싶어서(그리고 거기에 폭탄을 설치하려고) 물은 질문이었다.

그런데 어려운 질문이라니?

"지금 사디크 교단 안에 파벌이 좀 나뉜 상태라서……."

"파벌??"

태현은 어이가 없었다. 교단 내에 파벌이라니. 그가 이끄는 아키서스 교단에서는 상상도 할 수 없는 모습!

버포드도 태현이 어이없어하는 걸 눈치챘는지 당황한 목소리로 변명에 나섰다.

'기껏 새로 왔는데 내보낼 수는 없어!'

"아, 아니. 이게 원래 사디크 교단이 그렇게 심하지는 않았는데, 중앙 대륙에서 그 있잖아. 토벌 퀘스트 당하고 여러모로 실패하니까 좀 내분이 생기더라고. 판온이 현실적이잖아? 이게 내 잘못은 아니고…… 그래도 딱히 크게 문제는 없다? 스킬이나 보상도 꼬박꼬박 들어온다고."

파벌로 갈라진 원인한테 구구절절 변명을 하는 버포드였다. 진실을 알게 된다면 이불을 뻥뻥 찰 부끄러운 짓!

태현은 안타깝다는 표정을 지었다.

"저런…… 정말 안타깝네요. 어쩌다 그렇게 됐는지."

"그렇지?!"

버포드는 오랜만에 그에게 동의해주는 사람을 만나자 눈에 띄게 기뻐했다. 그 모습에 새로 들어온 약탈자 파티는 눈썹을 찌푸렸다.

-저놈들 뭐 하는 거냐?
-내버려둬. 어차피 쪼렙이랑 멍청이잖아.
-아니. 저건 좀 그런데.

원래 버포드는 그들에게 매우 친절했었다. 덕분에 그들은 버포드를 이용해 여기서 챙길 만큼 챙기고 나갈 생각이었고. 그런데 지금 새로 온 플레이어와 버포드가 친해져 버리면, 버포드가 새로 온 플레이어의 말만 들을 수 있었다.

-에이, 설마 그러겠어? 어차피 저놈 아무것도 모르는 초보 같은데 우

리한테 방해는 안 될 거야.

　-초보니까 오히려 헛소리할 수도 있다고.

　이를테면 좋은 아이템이 있는 곳을 알아내려고 하는데, 그런 것보다 경치 좋은 곳을 먼저 알려달라고 한다던가. 판온을 잘 모르는 초보는 그런 식으로 이득을 신경 쓰지 않는 플레이를 하고는 했다.

　-가서 더 친한 척해.

　-내가? 아니, 저 호구놈 이야기를 얼마나 들어줘야 해? 아까 지가 털린 이야기를 한 시간 넘게 한 거 봤잖아.

　평소에 이야기할 플레이어가 없었던 버포드는 상대가 생기자 본색을 드러냈다.

　'내가 중앙 대륙의 절망과 슬픔의 골짜기에 있었을 때 이야기인데'로 시작하는 길고 긴 이야기를 계속해서 해댄 것!

　원래 다른 사람을 속이는 데에 익숙한 약탈자 플레이어들도 질릴 정도! 그 정도로 버포드는 끔찍하게 말이 많았다.

　-에이 씨…… 알겠어. 내가 한다.

　-파이팅!

　그러나 그들은 아직 모르고 있었다. 앞에 있는 게 누구인지를! 상대방에게 원하는 게 있다면 그 이야기가 얼마나 길고 지루하든 상관없다!

태현은 눈을 빛내며 버포드를 다독였다. 원하는 이야기를 모두 긁어낼 생각으로.

"그러니까 두 파벌이다?"

"그렇지!"

태현은 버포드의 긴 이야기를 참을성 있게 다 들어주었다. 쓸모없는 소리가 많았지만 그래도 필요한 건 다 들은 상태.

현재 사디크 교단은 두 파벌로 나뉘어 있었다. 원래 교단의 중심이던, 성기사단장과 대주교들이 뭉친 교단파 세력. 그리고 새로 들어온, 아탈리 국왕의 삼촌인 안토니오와 안토니오가 이끄는 기사들 중심으로 뭉친 안토니오파 세력.

사디크 교단이 잘 나갈 때는 서로 사이가 좋았다. '아탈리 왕국을 먹겠다!'고 할 때만 해도 서로 화기애애했던 것이다.

교단은 안토니오를 지원해주고, 안토니오는 국왕 자리에 오르면 교단을 밀어주고!

그러나 계획이 틀어지고, 계속해서 세력이 줄어들고, 도망만 치게 되자 슬슬 반목이 시작됐다. 지금은 거의 한 지붕 아래 두 세력 수준으로 나눠진 상태!

"나는 안토니오를 따르고 있지."

"안토니오가 더 좋나요?"

"안토니오 본인도 고렙 기사인 데다가 데리고 있는 기사들도 세거든. 물론 성기사단이나 사제들도 강하긴 한데 나는 안토니오한테 걸었어. 더 미래가 있어 보였거든. 게다가 여기 다크 엘프 부족들도 안토니오를 더 좋아하는 거 같아."

말은 거창하게 했지만, 버포드가 안토니오파에 들어가게 된 이유는 간단했다. 일일 퀘스트 보상이 더 좋아서!

하지만 부끄러워서 이유를 포장한 것이었다.

"그렇군요. 그러면 저도 안토니오를 따라야겠군요!"

"그, 그래. 그러면 좋겠지. 내 눈을 믿으라고."

"그런데 둘로 나뉘면 위험한 거 아닌가요? 여기로 누군가 공격할 수도 있잖아요."

태현은 천진난만한 목소리로 물었다.

위험하다고 해줘! 약점을 말해줘!

그러나 그런 태현의 검은 속마음은 생각지도 못한 채, 버포드는 웃기 시작했다.

"걱정 말라고. 여기는 어느 놈도 함락할 수 없으니까."

"그래요?"

그 말을 들은 태현은 호승심이 생겼다.

오냐, 어디 한번 함락되나 안 되나 보자!

"원래 이 주변 요새들은 고대 다크 엘프들이 만들었던 요새거든? 일반 요새 성벽보다 훨씬 튼튼하고 단단해. 게다가 여기로 치고 들어오려면 정면밖에 길이 없거든. 그런데 그 정면에 있는 요새는 여기 있는 요새 중에서 가장 강력한 요새야. 거기 성문 봤냐? 그거 뭔지 알아?"

"모르는데요."

"크. 나중에 직접 가서 감정 스킬 써봐. 감탄이 나올 테니까. 그건 절대 못 부수지. 잠깐, 레벨 낮아서 못 보려나?"

'아, 새끼 더럽게 말 많네.'

버포드를 제외한 다른 모든 사람의 생각이 일치했다. 그러거나 말거나 버포드는 신이 나서 말을 이어갔다.

"그리고 가장 중요한 건, 여기 주변에 쳐들어올 놈들이 없다는 거야. 중앙 대륙하고는 다르다고. 왕국 기사단도 없고 교단 성기사단들도 없는데 누가 여기 쳐들어오겠어? 다크 엘프들은 동맹이고 주변 부족 놈들도 손을 잡았는데. 그러니까 우리는 여기서 안심하고 레벨 업 한 다음 나중에 세력을 더 키워서 중앙 대륙으로……."

"습격이다! 습격!"

"여기인가?"

우글우글-

정말 인산인해라는 말이 딱 어울리는 모습이었다.

플레이어들로 꽉 찬 카프 산맥 앞! 판온이 전 세계 사람들이 하는 게임이라고 하지만, 이런 식으로 한 자리에 많이 모인 플레이어들은 은근히 볼 일이 없었다. 그만큼 판온의 대륙은 넓었던 것이다. 그럴듯한 이유가 없다면 이렇게 모이지 않았다.

버포드가 말한, '여기 올 적이 없다'라는 건 틀린 말이 아니었다.

어떻게 예상할 수 있겠는가. 프리카 투기장 리그를 보러 온 플레이어들이 이세연을 보고 우르르 몰려올 거라는 것을!

"언니! 언니는 속고 있어요!"

"그래. 그래."

"속고 있다니까요! 그놈한테!"

"그래. 그래."

"언니!!"

이세연은 옆에서 소리를 지르는 동생, 김현아를 달랬다. 실력 좋고 성격 좋은 플레이어였지만 태현과 관련된 일에 관해서는 매우 날카로워지는 게 문제였다.

'내 잘못이긴 해. 설명을 제대로 안 해줬으니.'

이세연도 인정했다. 다른 사람들이 보기에는 태현이 이세연을 등쳐먹는 것으로 보일 것이다.

그렇지만 아니었다. 둘은 언제나, 정면으로 대결하는 것일 뿐! 판온 1 때부터 그래 왔던 것이다.

'다른 사람들은 이해 못 하지.'

"김태현 그놈이 분명 언니를 이용해 먹는 거예요! 언니! 들어주세요!"

"그래. 나도 이용해 먹을 거니까 크게 소리치지는 마."

"그런 놈 이용해 먹지 마요! 저를 이용해 주세요!"

"내가 어떻게 너를…… 와, 현아야. 저기 요새 좀 봐."

웅성웅성-

플레이어들도 상황을 깨달았는지, 웅성거리기 시작했다.

잘 모르는 사람이 봐도 엄청난 난이도의 요새!

"저, 저거 뭐야?"

"저 안에 있다고?"

따라온 플레이어 중에서 진지한 플레이어들은 그렇게 많지 않았다.

'이세연이 가니까', '이세연이나 다른 플레이어들이 앞에서 쓸면 뒤에서 콩고물이나 주워 먹어야지' 같은 마음으로 온 플레이어들도 많았던 것이다. 그런 사람들에게 요새의 겉모습은 공포 그 자체였다.

"그, 그래도……."

"이세연이 있으니까 괜찮겠지."

"맞아. 이세연도 있고."

사람들은 웅성거렸지만 움직이지는 않았다.

이세연이라는 이름 하나 때문!

아무리 강해 보이는 요새라도, 이세연이 직접 왔는데 설마 못 뚫겠어? 하고 남아 있는 것이다.

그러나 정작 그 이세연은…….

-야. 장난해? 장난해?

-잘못 거셨습니다?

-지금 그럴 때 아니거든? 나 앞에 와 있거든?

-알아. 안에서도 들렸어.

태현에게 따지는 중이었다.

-지금 투기장 연습 한 번 하자고 내가 전설 등급 퀘스트를 깨야 해? 내가 그렇게까지 해야 해? 응?
-아니, 아무리 그래도 전설 등급 퀘스트는 아니지. 그 정도는 아니잖아.
-전설 등급이야. 지금 여기에 있는 플레이어들한테 퀘스트창 떴거든.

이세연의 말은 사실이었다.

〈사디크 교단의 본거지를 공략하라-사디크 교단 토벌 퀘스트〉
중앙 대륙에서 도망친 사디크 교단은 프리카 대륙에서 새로운 본거지를 만들고 있었다. 다크 엘프들과 주변 부족들의 힘을 빌린 사디크 교단은 강력한 요새 속에 숨은 상태. 내버려 둘 경우 다시 대륙을 위협할 강력한 존재가 될 것이다.
사디크 교단의 본거지를 공격하라!
보상: ?, ???, 대륙의 선 성향 교단 공적치 포인트, 아탈리 왕국 공적치 포인트.
-퀘스트 등급: 전설.

최고난이도 퀘스트! 등급만으로 이 요새를 공략하는 게 얼마만큼의 난이도인지 알 수 있었다. 원래라면 퀘스트 등급을 보고 우르르 탈주해도 이상하지 않았다. 아무도 탈주하지 않고 오히려 기대하는 표정으로 있는 건 순전히 이세연 덕분!

-걱정 마. 내가 안에서 도와줄 테니까.
-거기 몇 명인데?
-4…… 아니, 3명이지만 충분하다고!
-그래. 어디 한번 믿어볼게.

귓속말을 하던 도중, 버포드가 크게 소리를 질렀다.
"산맥 앞에 플레이어들이 우글거린다니. 그게 무슨 소리야?!"
태현은 뭔가 이상하다는 걸 깨달았다. 방금 전설 등급 퀘스트를 말할 때도 이세연은 '여기에 있는 플레이어들'이라고 말했다.

-잠깐, 너 혼자 온 거 아니었어? 주변에 플레이어들이 많다는데?
-잘못 거셨습니다?
-야, 야!

말을 돌리려고 했지만 태현은 그냥 넘어가지 않았다.

-어떻게 된 거냐니까? 왜 다른 플레이어들이 여기 있어?
-그야 너를 도와주려고 데려온 거지!

말을 돌릴 수 없다는 걸 깨달은 이세연은 오히려 당당하게 대답했다. 이런 상황에서는 고개를 숙이면 불리해진다!

-나를…… 도와주려고 데려왔다고?

태현은 멈칫했다. 다른 사람들이 이세연한테 저런 말을 들었다면 '아니, 이세연이 나를 위해 저렇게 말해주다니' 하고 감격의 눈물을 흘렸을 것이다.

그러나 태현은 아니었다. 태현 안에서 이세연은 사악하고 비열한 인격의 소유자! 본인과는 반대되는 사악함을 가진 사람이 바로 이세연이었다.

'말이 안 되는데?'

-그래. 혼자서 도와주는 데에는 한계가 있잖아? 그래서 사람들을 모았지.
-어떻게?
-그냥 말하니까 모이던데?

태현은 다시 한번 놀랐다. 그의 기준에서, 저렇게 사람들이 모이는 건 말도 안 되는 일이었다. 난이도는 전설 등급에, 깰 방법이 있는지도 모르고, 알려진 정보도 별로 없는 퀘스트인 것이다.

그걸 그냥 따라가는 건 순진한 걸 떠나서 멍청한 수준! 저런 수상쩍은 제안, 태현이라면 절대 따라가지 않았을 것이다.

그러나 이세연은 해냈다.

'유명인은 이래서 대단하군. 원래라면 아무도 안 따라올 일인데 다 따라오게 만들고.'

그도 한 가지 놓치고 있는 게 있었다. 그것은 이세연이 태현의 이름을 사용했다는 것!

이세연이 참가하는 퀘스트에, 태현까지 낀다고 하니 대체 무슨 퀘스트인지 궁금해서 따라온 플레이어들의 숫자도 만만치 않았던 것이다.

태현은 아직까지 자신의 이름이 가진 힘을 완벽하게 인지하지 못하고 있었다.

-고맙지? 고맙지?

-고, 고, 고……

-그래! 말을 하는 거야. 고맙다고 말을 해!

-크으윽……!

명분에서 밀린 태현은 괴로워했다. 이세연한테 '고맙다'고 말하는 건 정말 괴로운 일이었다.

이세연은 기대감으로 잔뜩 흥분한 상태! 사소한 일이지만 태현을 무릎 꿇릴 기회!

"하악, 하악……."

"언, 언니. 왜 그래요?"

옆에서 현아가 기겁한 표정으로 이세연을 쳐다보았다. 평소에는 절대로 볼 수 없는 모습! 대체 무슨 귓속말을 하는데 저렇게 숨을 거칠게 내쉰단 말인가?

태현의 위기를 구해준 것은 버포드였다.

"모두 모여봐! 이게 대체 어떻게 된 거지?"

-앗. 버포드가 부른다. 이따가 다시 이야기하자고.

-야! 야! 말하고 가!

그러나 태현이 대답할 리 없었다. 순간 이세연은 이런 일이 예전에도 있었던 것 같은 느낌을 받았다.

'아. 판온 1때…….'

길드에 들어오라고 할 때도 그냥 접속 종료를 해버린 태현이었다.

'그리고 오스턴 왕국에서도…….'

오크들 군세에서 관대한 마음으로(심지어 왕관을 뺏겼는데도!) 제안을 했을 때에도, 태현은 거절을 했었다.

'생각해 보니까 이 나쁜 놈은 진짜 내가 뭐만 하자고 하면 다 거절이네!'

새삼스럽게 화가 치밀어 오르는 기억들! 그렇다고 이세연이 나쁜 제안을 한 것도 아니었다. 아무리 생각해 봐도 나름 다 좋은 제안들이었다.

'아무리 생각해도 내 잘못이 아니야. 김태현 잘못이지!'

상대방이 저러니 이세연도 자꾸 이상해지는 것 같았다. 일단 태현에 대한 불만을 멈추고 생각에 잠겼다.

지금 중요한 건 사디크 교단 공략!

'그보다 버포드? 버포드면 사디크 교단에 가장 먼저 들어간 플레이어일 텐데…… 안에서 만난 건가? 어떻게?'

그녀가 안 본 사이 무슨 일이 일어났는지 정말로 궁금했다.

"여기 앞에 토벌대가 왔다잖아! 어떻게 된 거냐고!"

버포드가 당황해서 외치자, 약탈자 플레이어 중 한 명이 손을 들고 말했다.

"어쩌다가 여기로 온 파티 아냐?"

투기장 리그도 그렇고, 프리카 대륙에 대한 관심이 많아지고 있었다. 새로 온 플레이어 중 산맥을 돌아다니다가 여기 앞에 도착한 걸 수도 있었던 것이다.

그러나 버포드는 가슴을 치며 답답하다는 듯이 대답했다.

"그게 아니라니까. 엄청 대규모야! 이세연이 주도해서 끌고 왔어!"

"뭐?!"

"이세연이?!"

약탈자 파티의 표정이 변했다. 이세연이 직접 플레이어들을 데리고 토벌을 위해 왔다니. 가볍게 넘길 수 있는 말이 아니었다.

-야, 뭐야? 어떻게 된 거야?

-여기가 어떻게 알려진 거지?

-그보다 어떻게 할 건지부터 정해야 하지 않나? 기껏 가입했는데 아무것도 못 얻고 나가야 하나?

-아오. 이세연은 왜 여기에 와가지고…….

-조금 기다려 보자고. 여기가 바로 뚫릴지는 모르는 일이잖아? 만약에 막아내면 공적치 포인트 꽤 나올 테니까 그거 받고 바로 튀자고.

그들은 일단 남아 있기로 결정했다. 그들이 보기에도 여기 요새는 정말 튼튼해 보였던 것이다. 게다가 사디크 교단의 전력과 다크 엘프들, 타 부족의 전사들까지 있었다.

아무리 이세연이 있다고 하더라도 이 정도면 막을 수 있지 않을까?

"왜 아무도 대답이 없어?"

약탈자 플레이어들이 자기들끼리 떠드는 동안, 버포드는 초조해졌다.

"이게 어떻게 된 건지 아는 사람 없어? 어? 밖에 플레이어들이 여기를 대체 어떻게 안 거지?"

"그건……."

"그쪽밖에 없지 않나요?"

약탈자 플레이어가 버포드를 가리키며 말했다.

말은 공손했지만 내용은 전혀 공손하지 않았다.

"뭐? 왜 나야?"

"그야 우리도 그쪽이 올린 글 보고 여기 온 거니까……."

생각해 보니 그랬다. 버포드는 사디크 교단을 소개하는 글을 사이트에 올렸던 것이다.

물론 교단 본거지의 위치를 바로 알아차릴 수 있을 정도로 대놓고 쓰지는 않았다. 교단 밖에서 가입을 하면 본거지로 올 수 있으니, 교단 밖에서 가입을 하는 방법 위주로 설명을 했다. 그러나 지금 상황에서 그런 건 의미가 없었다.

가장 가능성이 높은 건 버포드의 글!

"아, 아니야! 나는 분명 본거지 위치는 빼고 썼다고. 밖에서 가입하는 방법에 대해서 설명하는 글! 너희들도 봤잖아!"

"우리야 그걸 봤지만 그쪽이 글을 한두 개 쓴 게 아니잖습니까. 아주 게시판에 도배를 했던데. 글 쓰던 도중 실수한 거 아니에요?"

"아니라니까!"

억울해서 가슴을 쳤지만, 이미 약탈자 파티의 눈빛은 차가워진 상태였다. 범인을 버포드라고 생각하고 있는 눈빛!

물론 범인은 태현이었지만, 그들은 설마 저 약해 보이는 플레이어가 뒤통수를 쳤다고는 상상치도 못하고 있었다.

여기 본거지까지 오려면 그래도 퀘스트를 좀 깨고 왔을 텐데, 뭐가 아쉬워서 밖에 정보를 뿌린단 말인가?

'살짝 미안해지는데?'

범인으로 몰려서 울먹거리는 버포드를 보며 태현은 아주 조금 미안해졌다. 배에서 순간이동을 했는데 사디크 교단 믿는 마을로 떨어져서 한 번에 왔을 거라고 누가 알았겠는가?

"나 아니라고! 내가 왜 내 무덤을 파는 짓을 하겠냐니까?"

"그야 실수겠죠."

"그런 실수를 내가 하겠냐?!"

"할 거 같은데……."

"그쪽이 이제까지 한 걸 보면……."

버포드의 입이 더욱 벌어졌다. 치사하게 사실로 두들겨 패다니!

이제까지 했던 것들을 따져보면 반박할 수 없는 말이었다.

그때 태현이 나섰다.

"그만하죠, 지금 그게 중요한 게 아니잖아요. 어디서 새어나 갔든……."

태현에게서 새어나갔다.

"중요한 건 지금 힘을 합쳐서 공격을 막아내는 거 아니겠어요? 저는 버포드 씨를 믿어요. 밖의 플레이어들이 다른 방법으로 알아냈을 수도 있잖아요."

"너……!"

버포드는 감격한 표정으로 태현을 쳐다보았다. 궁지에 몰린 버포드에게 비친 한 줄기 빛! 물론 그 상대가 자신을 궁지로 몬 범인이었지만!

버포드가 감격해서 태현의 손을 잡고 꺼이꺼이 하는 모습을 보며, 약탈자 파티는 다시 한번 혀를 찼다.

-아, 저 쪼렙 자식 진짜 더럽게 거슬리네.

-그러게 왜 멀쩡한 호구를 괴롭히고 그래?

-아무리 생각해도 저놈이 한 짓이잖아. 어떻게 저렇게 토벌대가 빨리 와? 지가 분명 실수로 글 써놓고 잊어버린 거라니까. 저놈 칠칠잖은 거 알잖아.

들었다면 울었을 정도의 공격이었다. 그러나 버포드는 태현의 응원으로 힘을 되찾았다.

"그래! 일단 성문 요새로 가자! 지금 중요한 건 공격을 막아내는 거니까!"

"그래요! 성문 요새의 취약한 곳으로 가죠!"

요새를 부술 생각으로 가득한 태현!

그것도 모르고 버포드는 감격한 얼굴이었다.

"이 주변에 언데드들이 별로 없나?"

이세연의 말에, 다른 사람들은 황당하다는 표정을 지었다.

지금 그들 앞에는 언데드 군대가 일어나고 있었으니까.

-죽은 자의 땅.

-언데드 라이징. 언데드 라이징. 언데드 라이징.

-깊게 매장된 무덤. 사악하고 어두운 힘!

주변에 언데드한테 버프를 주는 광역기를 깔고, 대량의 언데드들을 일으킨 다음, 그 언데드들에게 다시 버프를 걸었다. 언데드 종류는 기껏해야 스켈레톤이나 구울 정도였지만 아무도 비웃지 못했다. 느껴지는 힘이 장난이 아니었던 것!

-크르륵…….

-크르륵…… 산 자의 기운이 느껴진다…….

약한 언데드 몬스터들이지만, 이세연의 버프를 몇 겹으로 받자 절대 잡몹으로 취급할 수 없는 강함이 드러났다. 스켈레톤 전사들 주변에서 넘실대는 검은 오오라를 본 플레이어들은 수군거렸다.

"저게 〈사악하고 어두운 힘〉 스킬인가? 네크로맨서 비전 스킬인?"

"이세연이 얻었다는 소문이 있다던데 정말로 얻었었구나."

"어디서 얻은 거지?"

따라온 플레이어 중에 가장 관심 있게 쳐다보는 사람들은 네크로맨서였다. 네크로맨서인 그들에게 이세연은 롤모델 그 자체! 기계공학 대장장이들이 태현을 우러러보듯이, 네크로맨서는 이세연을 우러러봤다.

물론 그 두 직업은 안정성이 전혀 다르지만…….

"거기, 좀 도와줄래?"

"네? 네?"

"네크로맨서면 같이 하는 게 더 편하잖아. 와서 언데드들 좀 소환해. 이 영역 안에서는 소환하기 편할 거야."

"……예!!"

네크로맨서 플레이어들은 냉큼 앞으로 달려 나갔다.

이세연과 같이 싸울 수 있는 기회라니! 많은 걸 배울 수 있는 기회일 뿐만 아니라, 그 자체로도 영광이었다.

-중급 언데드 소환! 중급 언데드 소환!
-데스 나이트 소환!

"벌써부터 그렇게 힘을 뺄 필요는 없는데……."

언데드들을 소환하는 데 공을 들이는 플레이어들을 보고 이세연은 중얼거렸다.

지금은 아직 공성전 초반. 나중을 대비해 스킬들을 아껴놓는 게 좋았다. 다른 사람들이 알았다면 다시 경악했을 것이다. 이게 스킬들을 아껴놓은 수준이라니.

일인군단이라는 네크로맨서의 위력을 절실히 보여주고 있었다.

'김태현은 제대로 준비하고 있겠지?'

대충 준비가 끝나자, 이세연은 공격을 시작했다.

"가라!"

작전은 간단했다. 이세연과 네크로맨서들이 이끄는 언데드들이 방패가 될 테니, 나머지 플레이어들은 알아서 공격해라!

어차피 여기 모인 플레이어들 데리고 복잡한 전략은 쓸 수도 없었다. 만난 지 얼마 되지도 않고 다 제각각이었으니까.

-크와아앙!

-쿠와아아앙!

강화된 스켈레톤 전사들과 구울 전사들이 유령 늑대들을 타고 돌진하기 시작했다. 그 뒤를 따라가는 건 언데드 궁수들과 마법사! 뒤의 네크로맨서에 비하면 엄청나게 부족하지만, 원거리 공격이 된다는 점에서 의미가 있었다.

파파파파곽-

"더러운 언데드 놈들이 온다!"

"사디크 님이시여, 힘을 주소서!"

그에 맞서서 요새 위에서도 드디어 적들이 얼굴을 내밀기 시작했다. 사디크 성기사들과 주변 부족 전사들이었다.

퍼퍼퍼퍽!

요새 위에서 화살비가 내리기 시작했다. 그 공격에 언데드 전사들이 나뒹굴었다.

"계속 쏴!"

언데드들이 쓰러지자 부족 전사들이 함성을 질렀다.

그러나 그건 잠시일 뿐이었다.

스르륵-

[죽은 자의 땅 스킬로 언데드들이 다시 일어납니다.]

방금 맞은 게 거짓말이었던 것처럼 일어나서 무기를 드는 언데드 전사들! 그 모습에 네크로맨서들이 소리를 질렀다.

"이게 이세연 님의 실력이다!"

"빛세연! 빛세연!"

"그래요! 이게 언니의 실력이죠!"

옆에 있던 동생 김현아까지 신이 나서 찬양에 열중했다.

그리고 막 성문 요새에 도착한 태현은 그 소리를 들었다.

"어떤 놈이 저런 소리를 하고 다니는 거야?"

투덜거리는 태현의 모습에 버포드는 기뻐했다. 쳐들어온 이세연을 진심으로 싫어하는 저 모습!

'정말 진심으로 사디크 교단에 들어오고 싶어 하는구나! 녀석!'

플레이어들 대부분은 이세연을 좋아했다. 심지어 이세연한테 공격을 당한 플레이어들도!

'나 이세연하고 싸운 적 있다'가 자랑이 되는 것!

정정당당하게 실력으로 승부하는 이세연과의 승부는 뒤끝을 잘 남기지 않았다.

'나 김태현하고 싸운 적 있다'는 플레이어들은 대부분 '그리고 김태현은 내 평생 원수다!'라고 했지만, 이세연은 아니었던 것이다.

"야, 버포드! 밑에 언데드들이 쫙 깔렸잖아!"

이제는 존댓말도 사라진 약탈자 파티! 그러나 워낙 급한 상황이기에 버포드는 눈치도 못 채고 있었다.

"걱정 마! 언데드들로는 여기를 못 뚫어. 네크로맨서는 우리

하고 상성이 안 좋다고!"

그랬다. 버포드의 말대로, 사디크 교단은 아직 제대로 반격을 하지 않고 있었다.

"시작해라!"

명령이 떨어지자, 사디크 사제들은 일제히 신성 마법을 사용하기 시작했다.

-사디크의 화염! 퍼지는 들불! 화염을 키우는 바람!

순식간에 성문 요새 앞에 타오르기 시작한 화염! 보통 화염이 아니었다. 사디크의 힘이 깃든 신성한 화염이었다.

[사디크의 화염에 당한 언데드들이 영원히 파괴됩니다. 화염에 당한 언데드 늑대 기수가 움직일 수 없습니다.]

"이런……."

이세연은 혀를 찼다. 생각보다 사디크 사제들의 마법이 강했다. 화염 몇 번에 언데드들이 쓸려 나가다니.

하는 짓이 좀 그래서 그렇지, 사디크 교단도 엄연히 신을 믿는 교단이었다. 언제나 신성 관련 직업과 흑마법 관련 직업은 상성이 안 좋았다.

-데스 와이번 소환, 데스 나이트 소환.

허공에 마법진이 열리더니 뼈만 남은 와이번과 중무장한 푸른 안광의 데스 나이트가 걸어 나왔다.

"우와와와와와!"

"데스 나이트다!"

플레이어들은 상황도 모르고 환호! 성벽 밑 언데드들이 싹 갈려 나갔는데도 플레이어들은 흔들리지 않았다. 그만큼 이세연을 믿고 있었던 것이다.

NPC들과는 다를 수밖에 없는 플레이어들의 반응!

그 반응에 태현이 화를 냈다.

"저, 저, 저…… 철없는 놈들! 언데드들이 쓸려 나가는데! 뭐가 좋다고!"

"그렇지!"

버포드는 태현이 왜 화를 내는지도 모르고 동의했다. 그도 플레이어들 반응은 꼴 보기 싫었던 것.

겁을 먹고, 포기를 해야 하는데 아랑곳하지 않고 신이 나 있는 모습!

물론 태현은 진지하게 공격하지 않는 플레이어들에게 화를 내고 있었던 것이었다.

"더 강하게 공격해라! 목숨을 걸고!"

'요새 위로 날아가게 하는 건 무리겠네. 견제만 해야겠다.'

데스 와이번 나이트들을 불러서 하늘에서 공격을 시도하던 이세연은 상황을 깨달았다.

조금만 접근해도 사디크 고위 사제들이 강력한 신성 마법을 연속으로 퍼부었다. 위로 들어갔다가는 아까운 데스 나이트들만 날려 버릴 것 같았다.

"언니! 저런 놈을 위해 데스 나이트들을 쓰시다니요!"

"괜찮아. 골렘에 비하면…… 아차."

"그 골렘도 저런 놈을 위해서 썼어요?!!"

"아니…… 그건 아니고. 쟤가 부쉈지만……."

태현 VS 이세연 VS 스미스전에서 태현이 부순 골렘들. 하나하나 만드는 데 어마어마한 비용이 들어간 골렘들이었다.

이세연은 그걸 보충하기 위해서 길드원들에게 재료를 부탁했는데, 설마 그 이유가 태현이라니!

"죽여야 해!"

"네가 죽을걸?"

이세연은 동생을 진정시키고 데스 나이트들을 움직였다. 성벽 위의 병력에게 원거리 공격을 했다가 거리를 벌리고, 공격을 했다가 거리를 벌리고…….

이른바 얍삽이, 짤짤이라고 불리는 치사한 방식!

"저런 빌어먹을 네크로맨서 놈!"

"저주를 받아라!"

자꾸 요새 성벽 위로 깔짝대는 데스 와이번 나이트들의 모습에 사디크 성기사들은 이를 갈았다. 그 사이 이세연은 태현을 불렀다.

-뭐해? 안에서 안 흔들어주면 여기서는 더 못 갈 거 같은데.
-데리고 온 플레이어들은 폼이야?
-폼이지.
-…….
-이 사람들은 진지하게 따라온 게 아니라서 내가 안 뚫어주면 안 움직일 거야. 지금 내가 혼자서 뚫기는 무리고.
-쯧. 알겠어. 내가 흔들어보지. 기다려!

태현은 귓속말을 끊고 빠르게 움직이기 시작했다.
그것도 모르고 버포드는 떠들었다.
"그러니까 말이야, 여기 성문 요새의 문은 정말 대단하거든? 정말 천에 하나, 만에 하나 그 문을 뚫어도 이어지는 좁은 통로는 수비하기에 최적화된 통로야. 다크 엘프들이 진짜 요새 잘 짓는다니까? 내가 사디크 교단이라서 이런 말을 하는 게 아니라…… 어, 어디 갔냐?!"
장황하게 혼자 떠들던 버포드는 당황해서 태현을 찾았다. 그러나 이미 사라진 지 오래!

〈성문 요새를 지켜라-사디크 교단 수비 퀘스트〉
〈성문 요새를 파괴해라-사디크 교단 토벌 퀘스트〉

움직이는 태현에게는 두 개의 퀘스트가 동시에 떴다.
물론 태현이 어떤 퀘스트를 깰지는 뻔한 상태!

-케인, 성문으로 와라. 만약의 일이 생기면 내 방ㅍ…… 아니, 날 도
와줘야겠다.

-…….

-빨리 와, 인마.

-알겠어!!

태현의 말을 들은 케인은 울컥해서 뛰기 시작했다. 그러는
사이 태현은 휘파람을 불며 성문 요새의 정문에 다가섰다. 요
새의 문은 버포드의 말대로, 정말 특이하게 생겨 있었다.

온통 시커먼 색!

'뭐지?'

보통 성문과는 전혀 다른 느낌의 문이었다. 강철로 된 것도
아니고, 다른 금속으로 된 것도 아니고……. 게다가 문을 여
는 장치나 그런 게 전혀 보이지 않았다.

태현이 고민하는 사이, 순찰하던 사디크 성기사 한 명이 태
현을 보고 말을 걸어왔다.

"너는 여기서 뭐 하는 거냐?"

"저 사악한 토벌대 놈들을 쓸어버리기 위해 왔습니다!"

"그러면 성벽 위로 올라가라! 여기는 싸울 일이 없다!"

"싫습니다!"

푹찍!

[치명타가 터졌습니다! 사디크 교단의 본거지에서 사디크 성기사를 쓰러뜨렸습니다. 발각될 경우 매우 위험합니다!]

'뭐 이런 일 한두 번 하나?'

태현은 아무렇지도 않게 사디크 성기사를 구석에 처박았다. 잊지 않고 아이템을 챙기는 것은 물론!

문 근처에는 사디크 성기사들이 우글거렸다. 여기서 더 접근하면 무조건 저쪽에서 알아차릴 수밖에 없는 상황. 접근한다면 저 성문을 확실하게 열어젖힐 방법을 갖고 접근해야 했다.

-이다비, 저 성문 좀 확인해 줄래?

-네!

상인 직업인 이다비가 이럴 때는 매우 편했다. 감정 스킬이 가장 높았으니까. 태현은 못 보는 것을 이다비는 멀리서도 볼 수 있는 것이다.

'폭탄으로 할까, 망치로 할까.'

태현은 사디크 교단을 믿는 마을에서 폭탄을 만들었다.

있는 재료를 다 쏟아부은 강력한 폭탄 하나와 남은 재료로 만든 소소한 폭탄 십여 개.

사디크와 아키서스의 신성 폭탄:
두 신을 믿는 대장장이가 신성한 재료로 만든 폭탄. 원래라면 만들어질 수 없는 폭탄이다. 사디크 교단이 보면 어떤 반응을 보여줄지 알 수 없다.
(주의)죽고 싶지 않다면 터뜨리지 마시오.

정말 심플하고 간단한 아이템 설명! 명품은 구구절절하게 말하지 않는다는 듯이, 이 명품 폭탄은 간단하게 설명해 주고 있었다.

'죽기 싫으면 터뜨리지 마라!'

이걸 성문 부수는 데 쓰기에는 좀 아까운데…….

가장 효과적인 곳에 터뜨리고, 남은 소소한 폭탄들은 다른 요소요소에. 물론 효과는 전혀 소소하지 않을 것이다.

'그러면 망치인가?'

폭탄을 쓰지 않더라도 태현에게는 플랜 B가 있었다. 무생물 오브젝트에게는 사형 선고나 마찬가지인 〈고대의 망치〉!

-태현 님. 태현 님.

-?

-저 성문, 슬라임인데요?

……뭐?

이다비의 설명을 들은 태현의 입이 벌어졌다.

뭔 슬라임?

감정 스킬로 알아낸 이다비의 설명은 이러했다.

저 성문은 사디크의 마수 중 하나라는 것! 온갖 속성 공격에 내성을 갖고 있고, 엄청나게 높은 HP를 갖고 있으며, 그에 못지않게 엄청나게 빠른 HP 회복 속도를 갖고 있는 슬라임! 공격력은 0에 가깝지만 나머지에 몰빵한 괴물 슬라임이었다.

'사디크 교단이자신만만한 이유가 있었군.'

태현도 솔직히 막막했다. 이다비의 말이 사실이라면, 지금 당장 공격할 방법이 보이지 않았다.

'방법은 행운의 일격하고 치명타 스택으로 데미지를 올릴 수밖에 없나? 아니, 성문 정도면 그걸로는 힘들 거 같은데…….'

태현의 데미지 딜링 스킬이 플레이어 중에서 독보적이기는 했다. 그러나 그건 어디까지나 플레이어 수준!

판온에는 괴물 같은 보스 몬스터들이 많았고, 태현은 그런 보스 몬스터들을 일격으로 이길 수 있다는 생각은 하지도 않았다. 저 성문 슬라임은 사디크 교단이자신만만한 만큼 HP에는 자신이 있을 것이다.

한 방으로는 무리고 몇십 방을 넣어야 하는데, 이 주변에는 사디크 성기사들도 많으니…….

'으윽. 방법이 없나?'

-잘됐네요. 그죠?

이다비의 말에 태현은 고개를 갸웃거렸다. 잘 됐다니. 이게 무슨 소리?

-뭐가 잘돼?
-저 성문이 살아 있는 슬라임인 거, 잘된 거 아닌가요? 접근만 하면 되잖아요. 태현 님 화술 스킬이면 가볍게 통과 아니에요?
-저걸 부술 방법이 있나?
-네? 〈살아 움직이는 폭탄〉 스킬 쓰면 되잖아요?

태현은 경악했다. 이걸 놓치고 있었다니!

-설마 생각 못 하고 계셨어요?

말해준 이다비가 더 놀랐다. 태현 정도 되는 사람이 이걸 놓치고 있었다니.

-으윽…… 케인한테 쓸 생각만 하고 있어가지고…….

이다비는 순간 어이가 없다는 표정을 지었다.
그러나 태현에게도 변명거리는 있었다. 이제까지 성문 같은 걸 부수는 데에는 고대의 망치를 써왔던 데다가, 〈살아 움직이는 폭탄〉을 적에게 쓸 일이 있을 거라고는 생각지 못한 것이다. 시전하는 데 시간이 좀 걸리니까!

'케인한테만 쓸 수 있을 줄 알았는데.'

방법이 나온 이상 문제는 쉬워졌다. 태현은 손가락을 뚜둑거리며 앞으로 나섰다.

화술 스킬 일발 장전!

[설득에 성공합니다. 사디크 성기사들이 길을 열어줍니다.]

태현이 달려와서 다급하게 외친, '안토니오 님이 성문을 확인해 보라고 하셨습니다'라는 말에 성기사들은 길을 열어주었다.

-살아 움직이는 폭탄!

사용하는 데 시간이 좀 걸리는 스킬. 성문에 손만 가져다 대고 있으면 성기사들이 의심할지 몰랐다.

-케인, 지금이다.

이럴 때 언제나 나서는 게 케인! 소란을 일으켜서 성기사들의 주목을 끌게 되어 있었다.

"후……."

케인은 머리카락을 쓸어내렸다. 이제 숨 쉬는 것처럼 자연스러운, 이런 역할!

'이래도 되는 걸까?'

고민과 별개로 자연스럽게 움직이는 몸!

"나는! 사디크 교단의! 케인이다!"

"뭐야? 저놈 뭐야?"

"거기서 뭐 하는 거냐?"

[살아 움직이는 폭탄 스킬을 사용했습니다. 폭탄이 터지기 전까지 스킬을 다시 사용할 수 없습니다. 기계공학 스킬이 크게 오릅니다.]

[중급 기계공학 스킬이 고급 기계공학 스킬로 변합니다.]

[레벨 업 하셨습니다.]

"……어?"

태현은 순간 눈을 의심했다.

To Be Continued

9클래스 소드 마스터

이형석 퓨전 판타지 장편소설
WISHBOOKS FUSION FANTASY STORY

검성(劍聖), 카릴 맥거번.
검으로 바꾸지 못한 미래를 다시 쓰기 위해
과거로 돌아오다.

이민족의 피로 인해 전생에 얻지 못한 힘.

'이번 생에 그걸 깨주겠다.'

오직 제국인들만이 사용할 수 있었던,
그 힘을!

'나는 마법을 익힐 것이다.'

이제, 검(劍)과 마법(魔法).
두 가지의 길 모두 정점에 서겠다.

9클래스 소드 마스터: 검의 구도자